KEY·可以文化

站在人生长河的下游

人生长河的

周大新

著

浙江文艺出版社
Zhejiang Literature & Art Publishing House

图书在版编目（CIP）数据

站在人生长河的下游/周大新著. —杭州：浙江
文艺出版社，2024.1

ISBN 978-7-5339-7450-3

Ⅰ. ①站… Ⅱ. ①周… Ⅲ. ①散文集-中国-当代
Ⅳ. ①I267

中国国家版本馆 CIP 数据核字（2023）第 234713 号

策划统筹	曹元勇
责任编辑	易肖奇
营销编辑	耿德加　胡凤凡
责任印制	吴春娟
装帧设计	柒拾叁号

站在人生长河的下游

周大新　著

出版发行		浙江文艺出版社
地　　址		杭州市体育场路 347 号
邮　　编		310006
电　　话		0571－85176953（总编办）
		0571－85152727（市场部）
印　　刷		上海盛通时代印刷有限公司
开　　本		880 毫米×1230 毫米　1/32
字　　数		238 千字
印　　张		11.375
插　　页		2
版　　次		2024 年 1 月第 1 版
印　　次		2024 年 1 月第 1 次印刷
书　　号		ISBN 978-7-5339-7450-3
定　　价		56.00 元

自　序

　　总觉得还有很多人生风景未看，却在倏忽之间，迈过了 70 岁的门槛，被冲到了人生长河的下游，心中自然会有不甘！

　　不甘又能如何？还想回到 18 岁去再览河之上游的风光，抑或回到 45 岁去观中游的美景？没有可能了！造物主已预知人会生返老还童的妄想，早早便把人生的返程票全部毁掉，根本不在人生长河岸边的码头上开设卖返程票的窗口。死了心吧，你！

　　剩下的还有什么选择？只有老老实实地站在下游，站在你该站的地方。

　　现在还能做什么？

　　能做的第一件事，是去想一些事。很多过去做过的事，没来得及细想；很多过去见过的事，没有特意去想；很多过去听说过的事，没有多想。如今有时间去思考了，就该去静思默想一番，或许能从中想出名堂，找出规律，悟出道理。然后记下来，讲出去，对后来者可能会有些益处。一个人经过几十年的生活历练，体力是不行了，但思考思索思想能力，比青年、中年时期，还是有点优势的。

　　能做的第二件事，是去见一些人。在人生之河的上游和中游，整天太忙了。在学校忙学业，在单位忙工作，有家了开始忙家务，业余时间忙交际应酬。有的场所没能去，有的场所不便去，有的场所没想去;有的该见的亲人,个别该见的朋友,很多没机会见面的熟人,没能安排时间相见。现在好了,不忙了,不需要上班,不需要出差,有时间有权利自由活动了,就该出去走走,约他们见见面了。见了面先道出自己的歉意,再说说想说的话,回答一下他们想问的问题,把欠下的人情债还了。也可以去很多场所参加自己感兴趣的活动,把想说的话说了。

能做的第三件事,是去读一些书。过去为工作、为事业,读了太多的信息、资料和文件,留给自由读书的时间不是很多,也因此,与很多想读、应读的书,擦肩而过了;很多朋友写的希望自己去读的书,也没能读或没读完。现在好了,有时间了,可以把这些缺憾都补上。找来这些书,或坐在书房里,或坐在庭院里,或坐在外出旅游的汽车、高铁、飞机上,去安心地享受阅读的快感。

再就是四下里走走,去看看人生长河下游的风景。

这儿倒也真有值得一看的东西。你看河之两岸,虽然花已落去,草正萎黄,树在变枯,墓地里有人在办同龄人的下葬仪式,但依然有白发老者在河畔上游走,有人在说,有人在歌,有人在舞。

你看人生长河此段的河水,虽然水面变宽,水流变缓,水浪变小,水的威风不再,有祭奠逝者的灯和纸钱在漂,但水上依然有舟,舟中依然有白须老者,他们或在摇橹,或在戏水,或在垂钓,或在撒网捕鱼,一脸的得意。

你看河心洲上,虽然沙黄、土黑,有被水流搬运来的枯枝败叶,有被老渔民抛弃的破渔网和旧船壳,但洲上依然有雁鸣,有鸟叫,有白云在风中飘摇……

人生长河的下游,也有美景哟……

癸卯春于京城寓所

目　录

在右岸：想一些事

在左岸：见一些人

在河心洲：读一些书

在右岸：想一些事

在开封为赵佶一叹

一

身为一个河南人，开封是我常去的城市。每次去开封，只要看到龙亭，看到北宋王朝留下来的遗迹，都免不了在心里为赵佶一叹。唉，赵佶，你该去精研你的书画艺术，而不该去当皇帝呀！

赵佶是宋朝的第八位皇帝，庙号徽宗。提起宋徽宗，读书人都知道史书上留下了多少对他的责骂：亡国之君！败国之帝！淫奢之王！私智小慧！疏斥正士！狎近奸谀！溺信虚无！困竭民力！怠弃国政！日行无稽！玩物丧志！

民间留下了多少关于他昏庸的故事：滥增捐税，就为大兴土木修筑华阳宫；搜刮江南的奇花异石，由花石纲运往汴京，就为修好"丰亨豫大"园林艮岳；道士认为其生日不吉，他竟将自己五月初五的生日改为十月十日……

赵佶在接过哥哥赵煦的皇位时，大宋王朝的局面还很不错。汴京当时是拥有150万人口的世界性大都市，工商业异常繁荣。张择端在《清明上河图》里描绘了汴京的繁华市景，这幅画绘成后，张择端便把它献给了赵佶,赵佶是这幅画的第一个收藏者,这表明画中的图景就是对当时现状的真实描绘。但当赵佶继位 25 年之后,大宋王朝竟然就呼啦一声亡掉了,朝廷被迫南迁,北宋的历史戛然而止。

颇是辉煌的大宋王朝就在他手里毁掉了。

他是怎么毁掉这个王朝的?

按说赵佶当了皇帝,首先就要学会用人,按照治国需要去用那些正直有才之人,来帮他打理政治、经济、军事诸样大事,这是对统治者的最基本要求。但他根本不会识人,全凭个人好恶,最后用了蔡京、童贯、王黼等一帮只看近利、只顾私利、毫无眼光、胸怀狭隘的奸臣。人没用好,朝政能好?

按说赵佶当了皇帝,就要研究军国大事,思虑着把宋军建得更加强大,把敌友分清,制定出正确的军事战略。但他无兴趣研究军事,任凭军队腐败,且盲目确定联金灭辽之策,结果被盟友攻破了自己的都城。

按说赵佶当了皇帝,就要关心经济和民生,就要出主意发展农耕和工商诸业,因为只有经济发展了,百姓生活安好了,政权才能稳固。但他整天关心的,是精美园林的修建,是历代文物的收藏,是写诗作画,对百姓的死活不闻不问,结果导致了方腊和宋江起义,使国家起了巨大的内耗。修建园林,收藏文物,活跃诗、书、画创作,这些事当然该做,但这应该是管这类事的文臣们去做的,不该是一个皇帝要操尽心力去办的事。

他没有去做他该做的事!他根本不会当皇帝。

可他偏偏当了皇帝。

大宋国的最高权力交给一个根本不会掌握权力的人来运作,灾难焉能不发生?

结果,汉人首次完全亡国于外族外敌。

结果,宋朝的国都被金兵所占,都城里的技艺工匠、法驾、礼器、天文仪器、皇家藏书、天下州府地图和公私积蓄全被金兵掳掠一空,汴京城从此一蹶不振。

结果,大批宋军将士和普通百姓被金兵所杀,无数人的生命消失在与金兵的战事之中,汴京城内和大宋国的人口骤减,加上随后的大规模人口南逃和南迁,中原之繁华永远成了过去,再也没能恢复。

结果,他和儿子被金帝废为庶人,连同后妃、宗室、官员数千人,被押送金国都城,受尽了凌辱。在押送途中,他不得不亲眼看着自己的亲人和后妃遭受金兵将士的喝骂、殴打和欺侮,尤其是看着自己宠爱的妃子王婉容被金将强行索去。当金将奸淫王婉容时,他只能将牙关咬紧,让泪水流进心里。到了金国都城后,他又被作为俘虏,与儿子一起穿着丧服,让金人押去拜谒金太祖的庙宇,还被迫参加金人的"牵羊礼",这游戏其实就是金人盛装围观,让宋徽宗与自己的众多嫔妃、女儿、儿子、儿媳裸身游行,下跪磕头。他的很多嫔妃,包括郑皇后,都被金人侮辱,沦为了妓女和军中性奴。之后,他又被辗转押送于几地囚禁。他于45岁的壮年被抓,整整被囚禁了9年,在54岁那年,巨大的精神和肉体折磨使他告别了这个世界。

宋徽宗让我们更清楚地看到了一个民族亡国之后的恐怖和凄惨下场。即使在近千年后,当我写下这些往事时,我的身子还是禁不住战栗了一下。

《靖康稗史笺证》附录诸跋其九写：自古亡国之耻辱，未有如赵宋者。

这就是赵佶带来的。

这就是赵佶的悲剧命运。

二

多少年来，人们一直在追询赵佶悲剧命运的起因。无数的历史研究者得出了无数的结论。而我这个不懂历史的人认为，起因就是他当了皇帝。

他要不当皇帝，他被俘与被辱的结局可能都不会发生。大宋王朝的灭亡是一定的，但可能不会是这个时间，也不会以如此的形式出现。

而他，原本是可以不当皇帝的！

他的哥哥宋哲宗赵煦去世时，他是端王，这一年他 18 虚岁 17 周岁。此时的他已有了对事情作出选择的能力。

他的哥哥是在 25 岁的盛年去世的，尽管去世前已病了一段时间，但事发还是有些出人意料。17 周岁的赵佶并没有要当皇帝的准备，包括精神准备和素质准备。当时，因赵煦没有留下子嗣，按照规制，只能从哲宗的兄弟中选择继位者。哲宗此时在世的兄弟有 5 位，包括赵佶，但赵佶并非哲宗的嫡亲兄弟，按照宗法制度，他并无资格继承皇位。当时的宰相章惇提出，按照嫡庶礼法，该立哲宗同母弟弟简王赵似为君。不料遭向太后反对。章惇退而提出，若论长幼，那么当立年长的申王赵佖为帝。可向太后以赵佖眼有疾病为借口又给予拒绝。向太后因对赵佶印象好而坚持立他为君。章惇认为"端王轻佻，不可以君天下"。在宰相和太后为此僵持的情状下，其他大臣附和了向太后之议，章惇势单力薄，不再争辩。据说，当端王赵佶被传来宫中时，并不知道他同父异母的哥哥哲宗已经去世，他来到向太后所坐的帘前，被向太后告知：皇帝已弃天下，无子，端王当立。他闻听此谕，急忙推辞：申王居长，不敢当。太后又道：申王病眼，次当立，不须辞。其他大臣此时也都附和道：宗社大计，无可辞者。这时，有人卷帘引赵佶进入帘中，他再次当面对向太后说，希望另选他人。太后宣谕：不可！

如果他坚辞不受，那对他和大宋王朝无疑是一件好事。可惜他没能坚持到底，他最终领受了向太后的美意，登基做了皇帝。毕竟，当皇帝的好处太多，当了皇帝就是天下老大，说句话就是圣旨，天下的好东西全可以占为己有，可以三宫六院七十二妃，对人的诱惑力太大。17岁的赵佶没有坚辞是可以理解也可以原谅的。

可我们若做个假设，假设赵佶想把握自己的命运，有一点自知之明，知道自己的兴趣根本不在掌握权力上，他要辞去皇位是完全可以的。他只要再在向太后面前坚决一点，再述说一遍自己喜欢书法和绘画而不喜欢朝政，加上有章惇的反对，向太后是有可能改变主意的。他并不是向太后的亲生儿子，向太后只是觉得他聪明孝顺而已。

差不多可以断定,赵佶在这个重大的人生选择面前,依从了自己的本能而不是自己的理智。

我们对他人依从本能做出的人生选择不好责备。人人不都有一份对权力尤其是对皇位的向往?

何况他当时还年轻。

但很多正确的人生选择,是要依从理智来进行的。17 岁的赵佶明知道自己喜欢的是书法,是绘画,是艺术收藏,是蹴鞠,是骑马游玩,而不是端坐在朝堂上去一本正经地思虑和处置政事,可他还是做出了违背了自己内心的选择。

我想,当他被囚在金国之后,他回想起自己当初做皇帝的选择,大约是会心生后悔的!会在心里念叨:当初要不做皇帝多好……

对此,多少年后,我也想为他一叹:选错了呀,赵佶!

当然,我这样叹说,是很容易遭到反驳的:当今美国两个 70 多岁的男人为当总统都争得不可开交,你竟想让几百年前一个 17 岁的中国男人把到手的皇位推掉,这不是白日说梦吗?谁能做到?就是你自己,真要遇到让你继承皇位的机会,你能拒绝?

我承认这反驳很有力,也让我心中一惊:假如真让我有了这样的选择机会,那对我肯定也是一场严峻的考验,我真能理智地选择拒绝?我想那也会是一个很难很难的选择过程!不过,还是有前人给我们做出了榜样——

那就是伯夷和叔齐。这二位都是商朝时期孤竹国国君之子,伯夷是老大,叔齐是老三。孤竹国君非常疼爱老三,常说,在我死了之后,真希望能由老三叔齐来继承我的王位。可按当时的制度,王位是应该由长子来继承的,伯夷才是合法的第一顺位继承人。后来,孤竹国君死了,伯夷想起父王的话,想父王准是看到叔齐有治理国家的才能才这样说的,于是便推让本属于他的王位给叔齐;没想到叔齐也不贪恋权位,坚决拒绝了大哥的好意,说,按礼法应该是大哥继位。二人都不肯登基,彼此相持不下,竟成僵局。伯夷想,只有我走了,叔齐才好继位,于是便在一个深夜,留下要叔齐继位的书简,悄悄离开了王宫。叔齐想,大哥贤德仁厚,一定能把国家治理得比我好,只要我留在这儿,大哥就不会违背父命登基,干脆,我走。叔齐于是在半夜从王宫后门走了。二人双双逃走后,孤竹国的人只好让老二继承了王位。

我们这些后来者包括我自己,是不是该向这二位学习?

三

宋徽宗自选的命运再也无法更改,但几百年之后的我,倒可以做个假想。假想赵佶做了另外的选择:坚辞皇位,仍做端王,潜心于他喜欢的书画创作。

那他会不会有另外一种命运?

答案是肯定的!

他在书法上的造诣可能更高,会创作出更多的书法瑰宝。他自幼喜欢书法创作,而且很富灵性,他在学薛曜、褚遂良的基础上,杂糅各家,取众人之长又独出己意,创造出了独树一帜的"瘦金体"。

其所书之字，笔画细瘦而有弹性，侧锋如兰竹，尾钩锐利，富有鲜明个性。如果他不务其他，专心于瘦金体书法作品的创作，可能就会修正其作品中的柔媚轻浮之缺点，留下更多的书法珍品。他的悟性很好，我想只要给他时间静思，他一定会修正自己作品中的毛病，从而进入书法创作的更高境界，在书写内容上，不再去频繁重抄千字文，而是书写下自己的人生体会和对社会生活的认知。那样，我们今天再欣赏他的书法作品时，所怀的就全是敬仰了。可惜，他当了皇帝后，少有时间静思，经常还要在节日和庆典前赶工写书法作品，为的是用作对朝臣们的赏赐，以此来笼络大臣们。这种赶出来的作品虽然也留下来一些，但其艺术质量不可能很高。

他创始的工笔画可能会提升到更加出神入化的艺术境界，为后世留下更美好的绘画精品。他热爱绘画且极有天分，尤其擅画工笔花鸟。他注重写生，观鸟入微，以把鸟羽画得精细逼真著称。生在几百年后的我，曾在纽约一位华人收藏家家里见到他画的鹰，其栩栩如生的样子令我很是震惊：几百年前的工笔画已达到如此高的水平？他的画用笔挺秀灵活、舒展自如，画里充满祥和的气氛。如果他不当皇帝，潜心作画，不说画别的，单说画鸟，他可以改一下常画小幅作品的习惯，像欧洲那些名画家那样，画出几幅长卷作品来，那给人们的艺术震撼力可能更大。我这个不懂画的人来替他出个可能很瞎的主意：画一幅百尺长卷，把他喜欢画的美女像和俊鸟们放在一起，让很多美女在一个春天的上午观赏各种鸟的觅食之态，那将会令多少人着迷呀！可惜，他当了皇帝，哪有很多时间和心情再去仔细琢磨绘画？哪有再画大幅作品的心境？

如果他不当皇帝，他是可以成为世界级艺术大师的！很可能会与毕加索、达·芬奇、伦勃朗、拉斐尔、凡·高、塞尚、米开朗琪罗等画家一起，进入世界上最著名的30位绘画大师名单。

他本可以让我们这些喜欢艺术的人永远仰望着他，但他却让我们这些艺术界的后来者在这儿为他叹息。

四

赵佶的悲剧命运昭示我们，当我们去选择一生要做的事情时，一定要三思而行，不能只凭本能；一定要注意拒绝诱惑，不要被一些职业表面的光鲜所吸引；一定要争取不被外力左右，自己做出决定；一定要量力而行，去做自己喜欢做的、愿意做的、有可能做成的事！

我想，在这个世界上，因为主业选择错误而毁掉短短人生的，绝不止赵佶一人。

为了不给自己招来悲剧命运，我们在选择一生的主业时，应该多加小心！

耶拿战役之后

一

耶拿,离北京很远的一座德国古城,与我原本没有任何关系。它所以引起我的注意,是因为那里曾发生过一次重要战役。

1806年10月14日黎明时分,在耶拿城郊,拿破仑为扩大自己的统治地盘,率主力部队向普鲁士军队发起了猛烈进攻。普军大败溃逃,拿破仑随后又令法军追击其残部直至魏玛城内。这一战役,普军共伤亡27 000余人,损失火炮200多门,法军以伤亡5 000人的代价大获全胜。这是拿破仑继奥斯特里茨战役之后,获得的又一重大胜利,其战绩记录册上,再添了辉煌的一笔。

2018年5月11日的午后,我走进了拿破仑发起的耶拿战役的古战场,站到了为纪念这场战役而立的纪念碑前。我猜,纪念碑所在的这座高地,也许是拿破仑当年勒马观看战况指挥部队发起进攻的地方。我站在纪念碑前四望,去想象当年的战场场景:作战经验丰富的法军士兵手握步枪呼啸着向山坡下的普军冲击,法军的骑兵高举战刀在黎明的天光里向普军砍去,枪炮声和伤兵们的哭喊声响成一片……

拿破仑是一个喜欢用战争解决问题和满足自己欲望的皇帝。他一心想当欧洲的霸主，在已经拥有庞大的帝国体系之后，还想让更多的欧洲土地归属自己管辖。他在法国掌权后，大部分时间都用来打仗和准备打仗了。在世界历史上，这位身量不高的法国人，用征战造出的响动震撼过整个世界。

有过军旅生涯的我，年轻时对他充满了崇拜之情。他的那句名言"不想当将军的士兵不是好士兵"，曾对世界上很多军人，也包括对我，产生过影响。直到进入老年之后，我才收回了那份崇拜，对他改呈一种淡淡的敬意。

一切都会过去。当年发生在欧洲腹地的耶拿战役，早已退出了人们的记忆。在中国，除了个别的战史研究者，几乎没有人对这场战役再有过关注。

可我来了，一个年过六十的写小说的中国人。

拿破仑在1806年率兵发起耶拿战役的时候，大概想不到212年之后，会有一个中国作家来到这场战役的故址上游览并对其做出评说。身为皇帝的拿破仑在向他的军功簿上记录战绩那阵子，小人物周大新的生命还不知在中国中原的哪片土地上飘荡呢。但历史做了巧妙的安排，我因为所写的书被译成德文而结识了德国朋友吕龙霈和赫尔穆，是他们在212年之后，引领我走进了这片古战场。

当年杀声震天、尸体和伤兵遍地的耶拿古战地，如今已是一片碧绿的树林和农田。空中有鸟雀在悠然自得地飞翔，山坡和谷地里的葡萄树和庄稼在静默自在地生长。残酷的战场场景已经被时间深埋地下,大地执意呈现出她一向喜欢的和平之美。

脑子习惯乱想的我,站在那座纪念碑前,开始去想这场战役的后果。

二

任何事情一旦发生,都会产生后果。因果律是这个世界最基本的规律之一。只是事情有大有小,其后果有显有微罢了。有的人主张:眼要向前看,对已经发生的事不要再去多想。这当然也有道理。但我却主张,一些小事的后果可以不去细想,但对一些大事的后果想透,于当事者和人类的进步会有意义。

耶拿战役属于大事。双方动用了 20 多万兵力,死伤那么多人,闹出那样大的动静,应该去观察一下它的后果。

先看看这场战役给拿破仑自己带来的后果。拿破仑作为这场战役的总指挥,是当然的胜利者。战役结束之后,他常胜统帅的称号上又镀了一层金色,更多的法国军人向他投以钦佩的目光,更多的欧洲女性向他表示崇拜之意。兴奋至极的拿破仑不知道是在耶拿市政厅里还是在城外的军帐里开始设宴庆祝,并犒赏他的指挥官和士兵。第三军的指挥官达武被封为奥尔施泰特公爵,第五军的指挥官拉纳虽未被授予太多的奖赏,但被誉为了英雄。士兵们被允许饮酒庆祝,无数当地产的葡萄酒和猪肉、牛肉被拉进军营。拿破仑和他的官兵们在美妙的音乐声中,开始边饮酒边吃猪排牛排边跳舞作乐。但拿破仑根本没有想到，这场战役之后，除了几乎同时进行的奥尔施泰特战役获胜之外，他只有再打胜弗里德兰战役、瓦格拉姆战役等有限的几次战役了，而且离他丢掉王权彻底失败只剩 9 年时间了。这次的胜利，其实是在更快地推着他走向滑铁卢，走向他的决定性失败之役。这次的胜利，更是在缩短他被流放到圣赫勒拿岛的时间，缩短他死在那个荒岛的时日。沉浸在胜利之中的拿破仑，没有时间去全面思考这场战役的后果，他以为上帝会一直把自己当作宠儿，以为上帝会给他很多时间来决定自己的命运。他没有去想他亲自指挥的这场战役，加深了普鲁士军人和民众对他的仇恨，他们已在内心里把法军和法国当成了仇敌。战役的失败使普鲁士失去了对拿破仑说"不"的权利，但有时内心说"不"的力量更可怕。拿破仑也没有想到，他此前征服的奥地利，虽然表面上认了输，但其实内心里也对他和他的法国恨之入骨。他更加没有想到的是，在他的祖国——法国国内，原先最拥护他的农民，由于他连年对外战争使他们的赋税负担加重，弄得几乎家家出现孤儿寡妇，也对他生出了恨意。法国国内那些原先支持他的掌握大量资本的有钱人，由于战争对贸易的影响使他们遭受了严重经济损失，也开始对他生出了反感。沉浸在胜利中的拿破仑只顾高兴地去谋划未来的战争，哪有暇去感受这种暗流涌动？当他后来进攻俄国失败，对他仇恨的普、奥、俄和瑞典军队立刻联合起来就势在莱比锡又给了他沉重一击，迫使他慌慌渡过莱茵河逃回了法国国内。不服输的拿破仑在比利时境内的滑铁卢企图扳回败局，不料最终一败涂地，从而彻底结束了自己的政治生命。耶拿战役之后，仅仅 9 年时间，不可一世的拿破仑就在欧洲政坛上消失了。

而且不仅仅是丢权、下台，竟是被流放到一个荒岛上孤独地过日子。从此，他不再拥有皇冠、皇宫和王座，甚至不再拥有美女。

相比当初的前呼后拥、金镫坠马、豪车街行，这让多少世人感叹命运的变化无穷。

其实，有哪个人能完全掌握自己的命运？拿破仑作为操控政治和军事的人，更应该懂得命运之神的残酷无情。

拿破仑的经历告诉我们，当你获得胜利的时候，你当然可以去喝酒庆祝，但你最应该做的，是静下心来，去想想这次胜利带来的所有后果，去琢磨一下你接下来可能面临的危机，这叫居安思危。这个世界从来不会允许一个人成为常胜者，命运之神从来不会只眷顾关照某一个人，因为，平衡是人间的永恒法则之一，人的得与失必成平衡状态，没有人会成为例外。当一个人身处顺境的时候，逆境其实就在不远处窥视着他，随时准备降临到他的身边；当一个人身处逆境的时候，顺境其实就在近处等候，随时准备递给他缰绳。可惜，深懂军事指挥艺术的拿破仑，并不懂这些人生哲理，他在耶拿战役之后，没去细想这场战役给他自己带来的全部后果，他只是看到了他将会继续取得胜利。

于是，悲剧便在前边等着他。两者的时间距离只有9年。

三

再看看这场战役给普鲁士带来的后果。27 000余人的死伤，受冲击的可不仅仅是 27 000 多个普鲁士家庭。每一个死伤的军人除了给他们的父母爷奶兄弟姐妹带来苦痛之外，结了婚的还会给他们的妻子儿女岳父岳母送去伤痛，没结婚的也会令他们的叔叔、姑姑、舅舅、姨妈伤心不已。哭声和哽咽声还会在这些家庭里长久持续。这只是后果之一。

后果之二，是普鲁士人痛定思痛，开始去寻找导致自己失败的原因。最先被战败震醒的是普鲁士军人。沙恩霍斯特、格奈森瑙和克劳塞维茨这些普鲁士军官都是这场战役的参与者，失败的耻辱让他们开始把普军的组织编制、指挥体系和战术技术与法军对比，从中找出了差距。他们开始在军队内部废除当初腓特烈大帝制定的教条，改变刻板的作战队形，像法军那样实行宽松的散兵线作战，加快部队的调动速度，不再实行有秩序的排枪射击，提高补给系统尤其是辎重纵队的机动性等等，从而使普鲁士军队的作战能力获得了很大提高，这种对军队的改革为后来打败法军奠定了基础。

后果之三，是进一步动摇了普鲁士的封建统治，法国大革命确立的民主精神开始在耶拿、魏玛、奥尔施泰特这些德意志城市更快地弥漫。此前，德意志的土地上有很多面积很小的封建国家，拿破仑的战争使这些小国得以合并，中世纪的封建制度被摧毁。耶拿战役促使德意志在统一的道路上更快地前行，分裂成为更不可能的事情。社会精英们开始向法国学习，开始去读《拿破仑法典》，对德意志按照法国大革命后的做法进行社会改造，法治、民主、自由成为一股四处飘散的清风。拿破仑进攻耶拿，进攻普鲁士的本来目的，是想把普鲁士永远置于自己的统治之下，没想到反倒加速了普鲁士转变成为现代国家的进程,并最终使其成为强国,让它担当了欧洲大陆上的领导角色。

一种先进文化向落后地区传播的途径,通常有两种:一种是通过和平的手段来实施,比如当年中国先进的大唐文化向吐蕃地区的传播,是通过大唐和吐蕃和亲的途径来实现的。文成公主于贞观十五年正月十五启程西行,去嫁吐蕃赞普做松赞干布的王后时,带了大批的内地工匠和360卷文化经典,还有营造工技著作60种、治病的药方100种、医学论著4种、诊断法5种、医疗器械6种,甚至还带了芜菁种子。文成公主进吐蕃之后,吐蕃地区的政治走出了原始性,屋宇建筑走向了正规化,医疗摆脱了迷信,种植业开始发展,全面接受了大唐的先进文化。先进文化向落后地区流动的另一种途径,是通过战争来实现的,比如发生在耶拿的这场普法之间的战争。拿破仑在取得战争胜利的同时,把本国相对先进的政治、军事和经济文化输入了战败的普鲁士地区。陪同我游览古战场的耶拿居民赫尔穆先生说,耶拿之战,从客观上说,对德意志的社会改造是一个极大的推动——单从这个层面上说,他们这些后人在回眸历史时对拿破仑的感情挺复杂,既有反感,也有感激。

四

碰巧的是,当耶拿战役激烈进行的时候,著名哲学家黑格尔在耶拿大学宣布,他于1805年开始撰写的哲学著作《精神现象学》完稿。其时，黑格尔是耶拿大学的副教授。他是1801年来到普鲁士哲学和文学的中心耶拿城的，1805年在获得副教授职的同时开始撰写《精神现象学》。在这部书中，他将人类意识发展分为五个阶段，即意识、自我意识、理性、客观精神和绝对精神，划时代地提供了一部人类意识的发展史，揭示了人的个体发展与人类社会发展两个方面互相影响的历史辩证法。现在已无从知道黑格尔写完这部书最后一部分时的具体情景，我猜想，他坐在自己的书斋里，一边听着城外断续传来的枪炮声和士兵们的呐喊声，一边奋笔疾书着《精神现象学》的最后一章。激烈的枪炮声所以没有使他分神停笔，也许是因为他担心战争的结果会影响到他写作计划的完成，他要求自己抓紧写作，与战争赛跑。结果，拿破仑在创造人类战争史的时候，黑格尔也在创造人类的思想史。两个人同时胜利了，不过，拿破仑的这次胜利促使他更快地走向了失败；而黑格尔的胜利，则促使他在学术研究的道路上走向了更大的辉煌。

不知是不是这次的经历使黑格尔对拿破仑有了别样的感觉，黑格尔对拿破仑的评价其实不低，他曾说过：世界之所以平衡，是因为有上帝的存在；欧洲的天秤之所以保持平衡，是因为有拿破仑。作为思想家的黑格尔，对于军事家拿破仑这样评论，是人类中杰出者的惺惺相惜。

我一直在想，当枪炮声回响在耶拿城的上空时，有一支笔的笔尖在纸上移动的沙沙声轻响在一间书斋里；铁与火造成的巨大轰响和笔与纸造成的轻微响声交互在一起，应该能同时送进上帝的耳朵，不知上帝他老人家听到后是何种感觉。但两种响声带来了两种后果,这足以让我们深长思之。

在时间的长河里日益远遁的耶拿之战,其实是很值得我们回头一望的。

八百里伏牛山

    地球上最美的地貌,除了江河湖海,就是山了。山,是地球显得雄美的最主要元素。我们试想一下,若是地球上没有了山的装扮,到处都是一马平川,四面八方都一览无余,那她将会变得多么乏味,会像今天这样雍容华贵、漂亮诱人?

    地球上的山太多了,有亚洲的喜马拉雅山、南美洲的安第斯山、北美洲的落基山、欧洲的阿尔卑斯山、非洲的乞力马扎罗山等等。正是因为有了这么多的山,我们人类才有了更多的栖居地、繁衍地、文化发源地和旅游目的地。

    绵延八百里的伏牛山,是我故乡河南省的一座大山。虽然他的个头在地球上山的大家族中显小,平时又不爱说话,在他那些兄弟姐妹中不争什么名分,很少惹外人注意,但他对于我,对于南阳人,对于中原人,对于中国人,其实是很重要的。他对于我们中华民族的发展,乃至于整个人类的进步,是很出过一些力的。

    最早发现伏牛山之好的,是恐龙。在地球的三叠纪晚期至白垩纪中期,一大批鸭嘴龙、禽龙、原角龙和肉食龙最先发现,在伏牛山的一块断陷地区——今天的西峡县境内,有茂密的可供他们食用的松柏、银杏、苏铁、草本植物和大批的蚂蚁,于是他们用自己独有的语言,向同类发出了召唤的信息,更多种类的恐龙便开始向这儿聚集,把这儿作为了栖居地。以至于6 000多万年之后,西峡县的人们随便一挖,就在这儿找到了1 000多枚恐龙蛋和不少的恐龙骨架。而且在已发现的这些恐龙蛋下部地层,至少还存在着16个产蛋层。已发现的这些恐龙蛋,分属6科9属13种,特别是其中的巨型长形蛋和戈壁棱柱形蛋,在当今的世界稀有罕见。这儿出土的恐龙蛋,数量之大,种类之多,分布之广,保存之好,堪称世界之最。如今,这里建立的南阳西峡恐龙遗迹园,是国家的5A级景区。

后来发现伏牛山之好的,是我们人类先祖中的一支——著名的"南召猿人"。当时猿人获取食物的主要方法,是猎杀小动物及采摘树上的果子,这些,伏牛山都可以满足。伏牛山地处北亚热带与暖温带的交界处,气候湿润,且垂直气候变化比较明显,果树特别多,山梨、山杏、山桃、山柿、山枣、山茱萸、山核桃、猕猴桃,遍山都是。兔子、山鸡、野猪,到处都有。南召猿人就因为伏牛山提供的这种条件,在此停下了迁徙寻找的脚步,他们决定,就在这儿生息下去。而且他们发现,在伏牛山中列山脉的石灰岩分布地带,大小溶洞分布广泛,这些溶洞,给他们提供了天然的住所和可解渴的泉水。有吃有住有喝的,还用再去哪里? 不知道他们在这里繁衍生息了多久,也不知道他们繁衍了多少儿女,更不知道他们何时学会了种植本领,如今能猜测的是他们住烦了山洞,嫌它太潮了,就向山下走,并渐渐学会了刀耕火种。他们,慢慢就成了人类的先祖之一,今天的南阳人和中原人，说不定其中有不少就是他们的后裔。

接下来发现伏牛山之好的，是楚人。《史记·楚世家》中记载：封熊绎于楚蛮，封以子男之田，姓芈氏，居丹阳。这个丹阳，就是伏牛山中的丹阳。其位置就在今天的南阳淅川县丹江和淅水的交会处。楚人大概看中了这里的山光水色风景绝美，看中了这里的山岭连绵起伏、易守难攻，看中了这里山珍繁多、物产丰富，所以把其作为了自己的第一个都城。今天，伏牛山中不断出土楚国的用物，便是在为这个楚国故都就在此地做证。以后，随着楚人的开疆拓土，疆域向南向东不断扩展，觉得丹阳不在国之中心，才又开始向南向东数次迁都。

对中国古代思想文化发展做出重要贡献的老子，在离开老家苦县厉乡曲仁里西行时，看到了伏牛山，于是向山的深处走去。没有人知道老子西行的确切目的和最终的目的地，但根据传说，老子走至今河南省栾川县城东南三公里的伏牛山一座高峰——景室峰时，停下了脚步，他开始在这儿建茅屋修行。不知道他的《道德经》是不是在这儿写的，也不知道道教是不是在这儿创立的，但这儿成了道教全真派的圣地却是真的。唐太宗后来把这座山峰改名为老君山，以纪念老子。至今，老君山上留下了16座大小不一的庙宇，而且有大大小小179处景点，很多景点相传都与老子有点关系。

唐代的诗人们自然不会不来伏牛山游览。初唐诗人宋之问曾在伏牛山游历过很长一段时间，而且写过一首长诗，写他自己游历伏牛山的所见所闻，诗句可谓情真意切。开头四句是：晨登歇马岭，遥望伏牛山。孤出群峰首，熊熊元气间。盛唐时，著名的李白先生大概来过南阳城两次,只是不知他是由洛阳沿驿道南行,过鲁山到南阳的,还是南出长安,经武关道到南阳的。不管他走哪条路,都得翻过伏牛山的山岭。他第二次到南阳时,想起了已逝的好友,留下了一首催人泪下的《忆崔郎中宗之游南阳遗吾孔子琴,抚之潸然感旧》的诗:昔在南阳城,唯餐独山蕨。忆与崔宗之,白水弄素月。时过菊潭上,纵酒无休歇。泛此黄金花,颓然清歌发。一朝摧玉树,生死殊飘忽。留我孔子琴,琴存人已殁。谁传广陵散,但哭邙山骨。泉户何时明,长扫狐兔窟。诗中的独山是伏牛山的余脉,诗中的菊潭,是伏牛山中的著名景点,能从诗中感受到他对伏牛山的喜欢。晚唐的著名诗人薛能也来过伏牛山游览,曾专门写过一首名为《伏牛山》的诗:虎蹲峰状屈名牛,落日连村好望秋。不为时危耕不得,一黎风雨便归休。

中华人民共和国的领导人当然也不会不关注伏牛山。作为共和国的当家者,他们自然深知北方缺水的情况是多么严重,所以一直有一个南水北调的设想。从哪里把南水调往北方?最后决定了三条线,在决定中线工程的水源地时,他们注意到了流经伏牛山的丹江,这条江不仅西接秦岭之水,而且在流经伏牛山的过程中,又汇聚了千峰万岭之雨水、泉水,把这条江截住,建一个巨大的水库,库水便可以北调京、津。于是从二十世纪七十年代初开始,很多万人开始建设这个宏大的工程。经过几十年的建设,2014 年 12 月 12 日下午 14 时 32 分,南水北调中线工程正式通水。丹江口水库的水沿着 1 277 公里的输水干渠,缓缓向北京流去;之后,再通过 155 公里的输水支线,流向天津。因此工程受惠的大、中城市多达 14 个,有力推动了中国中、北部地区的经济社会发展。

在南阳盆地长大的我，虽然很小就知道盆地的西部和北部是伏牛山，但因为家在盆地的底部，那年代一切行动都靠两只脚走，所以直到长至18岁当兵，坐火车沿焦枝铁路北上去山东时，才第一次看见伏牛山。记得载我们新兵的闷罐军列停在鲁山站时，有人指着车厢大铁门外叫道，看，伏牛山！我闻声急忙挤到铁门前去看，果然，远远近近都是山头。那是长在平地的我第一次看见大山，那逶迤连绵的巨大山体令我震撼。这次见面几年之后，我坐由洛阳南行的旅客列车回乡探亲，一直坐在车窗前，两眼贪婪地看着车窗外的大山，想要把他的模样牢记到心里。

后来，当我把家安在南阳城后，我有了游历伏牛山的方便。记得有一次，我随着南阳日报的几位朋友，去了位于伏牛山腹地的宝天曼原始森林，那真是令我大开眼界。我从来没想到，就在中原，还有如此规模的遮天蔽日的原始森林。那确是树的海洋。给我们一行当向导的山民告诉我，伏牛山自然保护区总面积近60 000公顷，区内植物，包括亚种、变种和变型的，总共有2 800余种，其中的香果树、领春木、青檀、水青树、山白树、大果青扦、水曲柳，都是珍贵稀有的树种。看完这里的树，你在中原不用再看别处的树了。在这片原始森林里穿行，踏着向导用砍刀开辟的道路，我有一种回到南召猿人时期生活的感觉。

小说家乔典运在世的时候，有一年邀请我和一批作家去了伏牛山的主峰老界岭。老界岭海拔2 000多米，站在老界岭上，俯视伏牛山的千岭万壑,在流云和山岚的作用下,只觉得那是一波一波的海涛,一直铺向遥远的天边。那天在老界岭上,我们吃的都是山珍,炒的、烩的、蒸的、煮的、煎的,全是平时没见过的伏牛山特产。厨师告诉我们,伏牛山的山珍很多,包括西峡香菇、花菇、牛肝菌、姬松茸、竹荪菌、猴头菇、富硒黑木耳、鹿茸菌、黄金菇、茶树菇、鸡腿菇和真姬菇等几十种。到了 2019 年,连欧洲人都喜欢吃用伏牛山香菇做的香菇酱,据说,去年拉了一火车的香菇酱,通过中欧班列拉到了欧洲。那次在老界岭,乔典运先生还让我们每个人都打了猎枪。西峡县猎枪厂的朋友带了几支崭新的猎枪,让我们都过了过打猎的瘾,当然,并没有打到猎物——伏牛山的野生动物是不让打的,受国家保护。伏牛山里的野生动物很多,在位于栾川县仓房村深山的野生动物园里,你可以看到几十只东北虎,以及非洲狮、白虎和金钱豹等大型猫科动物,另外还有黑熊、猕猴、环尾狐猴和孔雀等珍稀动物。到密林和溪水里,还经常可以看到麝和大鲵。猎枪厂的人告诉我,伏牛山国家级自然保护区野生动物中,兽类有 62 种,占河南省兽类总数的 86%;鸟类有 213 种,占河南省鸟类总数的 71%;昆虫的种类则超过 3 000 种,其中的蝴蝶种类,在河南省甚至全中国,都是很全的。

生活在南阳盆地里,接受着伏牛山的庇护和恩惠,我对他充满爱意。

喝杯黄酒解乡愁

我小的时候,在故乡河南邓州,说到喝酒,其实就是喝黄酒。

那时,白酒很少,而且贵,一般人喝不起。重要的是,喝黄酒是祖辈子传下来的规矩,故在我少时的记忆中,人们说喝酒,指的就是喝黄酒。

黄酒是用小米中的酒米,也就是酒谷酿成的。每年的秋收过后,一般人家都要做一缸酒放在家里。记得那时我父亲总是在母亲的帮助下,先把酒米淘洗干净,然后开始蒸煮,在闻到米被蒸熟的香味之后,开始把酒曲拌在米里,之后舀放在酒缸里,在酒缸的缸盖和缸身上蒙上棉织物,再用麦草将酒缸围住,放在屋子一角发酵。过了一些天,满屋里就开始飘起了酒香。逢到这时,父亲就会打开缸盖,用勺子舀出一碗,用开水兑了让我们品尝,通常是一人尝几口,并不让多喝。那时我对酒没有兴趣,也没感觉到它有什么好,只是觉得它有些甜而已。尝过之后,父亲就会把缸盖封好,准备留到春节时再喝,以庆祝最重要的节日。酒缸挺大,如果春节时喝不完,剩下一些,父亲会用软泥把缸沿封住,一直留存到盛夏再喝。

黄酒很有营养,体虚的人热一碗兑了水的黄酒,在酒里再打两个荷包蛋,是很好的治虚之品。我们那儿有些分娩后的少妇,也用这个法子来恢复身体。

　　大约因了它有营养,故一般人都认为,黄酒不会醉人,它只是一种有营养的饮品罢了,可以放心喝。常听到酒桌上有人劝他者喝黄酒时说:喝吧喝吧,黄酒还能把你喝醉了? 其实这是一种误解。我就吃过这话的亏。记不准是几岁了,反正是在一次乡村的酒宴上,有人抓住在酒桌间乱跑的我,开玩笑地要我喝黄酒。可能是口渴了,也可能是那天上桌的黄酒比较甜,我就大胆地喝起来。乡村里喝黄酒,都是大碗,我不歇气地一口气把一大碗黄酒全喝了下去。我听见有人喝起彩来,叫:这小子行,将来是个喝酒的料! 大概为了逗能,为了再听到表扬声,我又端过桌子上一个邻家叔叔的酒碗,咕嘟咕嘟又喝了几口。之后,我在众人的喝彩声中走离酒桌,我当时只觉得两腿发软,身子开始摇晃,可能走出不到十步,就不由自主地向地上扑去,在倒地前的最后一瞬,我听见了我母亲的惊呼声,听见了有人朝我跑过来的脚步响动⋯⋯

　　我酒醒已是第二天的中午了。

　　记得醒后我有点迷糊,呆呆地看着母亲。母亲这时则哭开了,摇着我的胳臂抹着眼泪说:你要把我吓死了! 你怎么敢喝那么多酒? 你是个憨瓜吗? 他们叫你喝你就喝? 我有点不理解母亲的愤怒,胡乱地笑了一下就爬了起来。母亲扯住我的耳朵交代:以后再不准喝酒了,记住了没有? 我点点头,母亲还不放心地吓道:再见你喝酒,我会打断你的腿!

　　这次醉酒的经历留到了我的心里。

　　醉酒的难受没有记住多少，母亲的忧心和愤怒一直记得很清楚。大概就是因为这个，此后我一逢喝黄酒就非常小心，跟大人们学着推让，在心里警告自己别喝醉。不管谁叫我喝黄酒，我通常只喝半碗。我自信半碗黄酒喝不醉，上次醉酒主要是喝了一碗多，量太大。但有一次过春节走亲戚，在亲戚家我只喝了半碗黄酒，竟然刚走出他家院门，风一吹我的头，我就又两腿一软坐在了地上。本来午后就要返家的，只好推迟到晚饭前回家。到家没敢给母亲实说晚回家的原因，只说有事耽误了。我长大后才知道，喝黄酒醉不醉不在你喝多少，而在你喝的酒酽不酽，也就是浓度高不高。如果让你喝的全是酒汁，没有兑一点水，即使喝的量不多，只有半碗，也仍然能把你喝醉，让你迎风倒下。后来还知道，做酒时若用小曲多，酒的浓度不会高，喝醉人的情况比较少；若用大曲多，酒的甜度会降低，但度数会升高，能喝酒的人会觉得喝着过瘾，但这种酒容易拿头，造成迎风倒。

　　这两次醉酒让我懂得了：喝黄酒不能大意！

　　但对喝黄酒，我自此也有了兴趣。

　　当兵到部队后，没有了喝黄酒的机会，凡遇酒宴，上的都是白酒。这与我自幼对黄酒的喜好相去甚远，加上在野战军当兵，外出训练经常吃凉饭喝凉水，胃的消化本领大大降低，白酒的刺激性又强，我对喝白酒的兴致便越发不高了。每次坐上酒桌，端起白酒杯，应付几下场面就了事了。

　　有一年到一个朋友家做客，朋友大概知道我爱喝黄酒，从屋里抱出了一箱古越龙山酒说：黄酒发端于北方，光大于南方，前些天我去绍兴,有好友送我了一箱八年陈,咱们今天不喝茅台,就尝尝这个!

我一听是喝黄酒,兴致来了,急忙动手去开酒瓶。当兵后虽然知道了绍兴酒是黄酒中的名品,比我们邓州黄酒在全国的影响还大,但真正喝它,那天还是第一次。

因为加了姜丝和话梅,酒又加了热,故绍兴的黄酒喝进嘴里的确口感很好,几乎没有任何刺激性。这让我失去了警惕,心开始放松,人开始兴奋,话开始增多,手开始舞动,一杯连一杯地与他人碰杯喝下,不知不觉间,我一个人喝了近两瓶。待到要上饭时,我已感到头开始晕,拿筷子的手忍不住想摇动。我在心里告诫自己:你可不能倒下,今天你是主客,陪客中还有女士,你要是倒下那可就太丢人了!我抓紧吃主妇端上来的一碗面条,期望用饭来把那股想要掀翻我的酒劲压下去,但我感觉到状况越来越不好,吃下去的面条在胃里翻腾不已,一副想要冲出口的样子,重要的是双眼看东西也有重影了。我得马上撤退!我假装看了一眼手机,说:对不起了,家里来信息说出了点急事,我得马上回去处理,你们继续聊,我这就告辞了!边说边站起身来,尽量让双腿不打晃,走出房门后,勉强回头抱拳作了个揖,让送行的众人留步。坚持到刚刚上了出租车,车还没有开出 100 米,我就哇的一声吐了,吐得车里一塌糊涂,吐得出租车司机怒火万丈高声抱怨。后来,给了出租车司机 300 元才算完事……

自此,我喝黄酒的次数也少了。

吐酒,太难受太难堪了!

　　不过,逢了河南老家有人来京带来了黄酒,还是会忍不住喝上几口,因为一喝了黄酒,我就会想起故乡的老屋、田畴、猪羊、河渠、小桥,想起挂在屋檐前的柳枝、苞谷和辣椒,想起长长的牛叫和零乱的狗吠,就会解了我对家乡的思念,心里会特别舒服安恬。

　　只是量,再也不敢多了!

万千声音纳于耳

一个人能听到声音,相比那些先天和后天的失聪者,应该算是一种幸运。

能听到声音的人,从出生后能听到声音开始,到衰老到不能使用助听器、彻底丧失听力结束,一生能听到多少种和多少数量的声音?

估计没人做过这种统计。

我想了想,我活到今天,若说两耳听到的声音之总数量,确实无法回答;若论听到的声音之种类,倒还是可以数一数的。

幼年时,我最留意听的是自然之音。雷声,是我非常恐惧的一种声音,我曾仔细地去区分过闷雷、轰雷和炸雷的种类,每次一听见就慌慌地问母亲:这是哪儿的声音?母亲几乎每次都抱住我安慰:这是老天爷生气发怒了,要用雷声劈死天下的坏人,但你不会有事的。我在母亲的话声里朝天上看去,心中暗猜老天爷为了什么人在发怒。雨声,是我幼年留意到的另一种声音,我尤其爱听细雨发出的响声,淅淅沥沥,不紧不慢,不大不小,持续地响在人的耳边,让人

有一种昏昏欲睡的感觉,我常常在细雨声中睡熟在母亲的怀里。雨
一变为中雨、大雨,那声音就容易让人紧张,暴雨发出的声音会让我
心里害怕。水的流动声也是我常听到的一种声音,可我只爱听小
溪、小河的流动声,那种潺潺的声响让我着迷;我讨厌去听暴涨的河
水呼啸滚动的声音,那声音让我常常想爬到树顶上去。对于风声,
我倾向认为大风的声音最好听,微风几乎没有声音,不好玩;但风一
旦变狂,那种呼呼号叫的声音也让我心惊。每逢狂风来时,全家人
都要用木棍和钉耙去压住草房的房顶以防它被狂风掀走。看着家
人们在房顶爬上爬下,我对狂风会生出怨恨,用两手捂住耳朵,拒绝
去听他的声音。有一天晚上,我在院子里听到了一声长长的叹息,
但院子里当时却没有一个人。我把这事告诉了母亲,母亲愣了一
下,说:别对外人说这事了,小孩子有时能听到大人们听不到的声
音,那大概是上天发出的,说出去会有不幸发生……幼年时,同村里
识字的一个叔叔告诉我,大海的海浪能发出哐哐的声音,火山喷发
能发出呼呼的声音,地震也能发出沉闷的地声,陨石坠落还能发出
啸叫的声音,可惜我都没缘听过。

　　少年时,我最留意听的是动物们发出的声音。每天早上,都是
讨厌的鸡叫把我惊醒,他们一遍一遍地叫着,不把你搞醒决不罢
休,为此,我曾建议母亲不要养鸡,母亲反问我:不养鸡你咋能吃
到鸡蛋? 狗的叫声让人心安,每次摸黑由学校回家,只要一听到狗
的叫声,我就知道离村子不远了。平日在家,只要一听到狗的叫
声,就晓得有伙伴或客人来了。我一直觉得猪的叫声不好听,哼哼
唧唧的,很不雅,曾问瞎爷爷猪为啥不能换个叫法,瞎爷爷说:猪

爹猪妈猪爷猪奶们都这样叫,猪儿猪孙儿们就没法换了。牛的叫声很好听,哞——很长,对谁都没威胁。马的叫声咳儿咳儿的,没有驴的叫声好玩,每次一听到驴夯唏夯唏的长叫,我就想笑,有时笑得停不住,需要母亲拍我一巴掌才行。我最想听的是鸟鸣。啄木鸟啄树的声音最早引起了我的好奇;叫天子在田野里鸣叫着飞上高空,令我惊异;猫头鹰在夜晚的叫声,容易让人身上的汗毛竖起来。夏天的晚上,我随大人们露天睡到院外的空地上,早上大人们早早下地割麦,因为离院内鸡笼的距离很远,鸡们的叫声已惊不醒我,这时能惊醒我的只有鸟鸣。先是炸梨鸟在叫,后是黄鹂在叫,后是麻雀们在叫,我有时醒了但继续装睡,麻雀们会飞到我的头旁边,对着我的耳朵叽喳,个别的时候,竟然还敢啄一下我的耳朵,弄得我只好伸个懒腰坐起身子,对着他们嘿嘿一笑:好,好,算你们有本领,终于把我喊醒了……春天,我爱听蛙鸣,蛙鸣45天之后,娘就可以用新豌豆为我做喷香喷香的豌豆糕了。夏天时,我爱听蚯蚓和昆虫们的叫声,那声音很低,听着听着你就睡着了。到了秋天,我喜欢听蝈蝈的叫声,我知道只要他们一叫,就可以摘绿豆喝绿豆汤了。一个堂哥告诉我,蛇也会叫,这让我毛骨悚然,所幸我没听过。瞎爷爷说:豹叫、熊叫、虎叫特别难听。所幸我们那里是平原,没有这些动物。

长成小伙子以后,我随父亲去田里干活,已能听到植物发出的声音。有一次在玉米地里锄草歇息时,我忽然听到轻微的咔咔声,那阵子四周并无外人,也没有动物,我惊问父亲这是啥东西在响,父亲说,这是玉米秧拔节长高的声音,他们和麦子一样,都会拔节生长。我很惊奇：原来庄稼也能发出声音？绿豆将熟时，我在绿豆地里屏息细听，能听到豆荚开裂的声音。后来在西瓜地里，我听到了熟了的西瓜自动崩开肚皮的声音。在瞎爷爷的指导下，我屏息站在荷塘边，能听到荷花花瓣打开的声音；站在竹丛旁边，能听到竹笋拱出土的声音。此外，我还听到过皂角树上皂角开裂的声音，听到过玉兰树上花开的声音，听到过榆树树干裂开口子的声音。植物们真的会发出声音。

我这一生听到的最多的声音，是人发出的。

从小时候听父母的呼唤、听弟弟的哭声、听小伙伴们的嬉闹声、听村人的招呼声、听邻居们的吵架声，到上学后听老师的讲课声、同学的说话声、操场上的脚步声；由从军后经常听的口令声、军号声、枪声、炮声，到旅行时不得不听的汽车引擎声、火车行进声、飞机轰鸣声……

对人类发出的声音，我听到的真是无可计数。但直到中年和老年，我才意识到应该把听到的人类发出的声音做个区分。我自己觉着，人类发出的声音大致可分成两类：一类是人在独居和群居生活中凭本能凭需要发出的声音，另一类是人有意识制造出的声音。

凭本能发出的声音，包括人们相互之间的呼唤声、对话声、劝解声、斥责声、亲吻声，包括单个人的笑声、哭声、叫声、吼声、呻吟声、欢呼声、嬉闹声、吃喝声、饱嗝声、自语声、梦语声、放屁声等等。我每次听到父母和其他亲友的呼唤声时，心里很快乐很踏实；每次和朋友和他人聊天对话时,心里便洋溢着平静祥和之感;听到他人的笑声时,会忍不住也抿嘴一笑;听到他人发出呻吟和哭声时,心里会感到难受;听到别人的尖叫声和吼声时,会禁不住打个冷战;听到欢呼声时,会不由得停下脚步去倾听声音的来处;听到男女的亲吻声时,会莞尔一笑马上闪躲开来;听到别人的饱嗝声和放屁声时,我会赶紧走开以免对方不好意思。在人类凭本能凭需要发出的声音中,我最想听的是笑声、嬉闹声和亲吻声,我不愿听的是哭声、呻吟声和斥责声,我最烦听的是吼声、恐吓声和献媚声。

在人有意制造的声音中,我特别爱听悠扬的器乐声、婉转的歌唱声和人们舞蹈时发出的声响。每次听到二胡和箫的声音,我的心就会颤动;听到降央卓玛的中音歌声和豫剧演员的唱腔,我会陶醉其中;在悉尼歌剧院听到踢踏舞的声音,心中快乐无比。我觉得人类能制造出这些声音真是高明,在漫长而充满烦恼和苦痛的人生过程中,有这些声音相伴会让人感觉轻松许多。

在人有意制造的声音中,我不想去听又粗又糙的搅拌机声,讨厌去听铁器在水泥地板上的拖曳声,很烦大型挖掘机和拖拉机的轰鸣声,特别愤恨房屋装修时发出的声音,有时在家里去听隔壁装修电钻的持续响声,会有一种生不如死的感觉。

在人有意制造的声音中,我更不愿去听恐怖的焚火声、械斗声、子弹飞动声、炸药爆炸声和炮弹呼啸声。当年在南部边境战争中,我对敌人所打出的冷炮弹头的飞动声深恶痛绝,我的一些战友就死在这种冷炮声中,我曾恨自己为何不能拥有一种神功:用手去阻止那些弹头的飞动,掐灭它的啸叫,将其装进自己的衣袋里。

在人有意制造的声音中，有一些中性的声音，比如拉动桌椅声、拍巴掌声、敲打家具声、划水声、跳动声、跳水声、拍篮球声、锯木声、擦洗声、冲水声、刷锅声、秋千晃动声等，我能够耐下心来听。

声音，是一种看不见摸不着的东西，却是地球上的一种重要存在。

正是有了如此众多的声音，地球才充满了活力和对我们的诱惑力。听说有人做过试验：把一个人放进一个发不出一丝声音的空间，他在短暂的安静之后就会显出烦躁和不安，并随着时间的持续会最终走向精神崩溃。静寂到极致和音噪到极致，对人的伤害其实是一样的。声音是外部世界显示正常的一个标志，也是我们活着的一个证明。倘若有一个万能的神灵挥一下手，让世界上所有的声音全部静止，死寂会使我们怀疑活下去的意义。

不管我们对有些声音的出现是多么反感，我们都要感谢这世界上还有声音！

趁着我们还有听觉，赶紧去把尽可能多的声音装进耳朵！这样，当我们因衰老彻底丧失听觉时，我们可以回忆的内容会更加丰富，我们随时可以去记忆的仓库里，把那些曾经感动过自己的声音拿出来回味。

我们听到过的声音其实也是我们的一笔财富！

人对于声音，在当下，除了极小一部分是主动去听的——比如买票去听音乐会、去听戏曲、去看歌剧、去参加舞会——以外，其实绝大部分都是被动听到的,都是在你耳朵接收到以后才知道声源在哪里,才知道为什么会有那种分贝的声音发出来。人对于声音的这种被动状态,曾被认为是无法改变的。但其实,这种现象应该得到纠正,也能够纠正。随着社会的发展,随着人类文明程度的提高,随着人对声音控制能力的增强,人类能够创造出一个美好的声音世界。在那个世界里,人们都会尽最大努力,首先是不发出难听的声音,其次是不制造人不愿听的声音,再就是想办法屏蔽一些令人厌烦的声音;在那个世界里,人们治理声音污染会像今天治理空气污染一样认真严厉。到那时,我们的耳朵就会感到更多的舒适。

我期待着那个声音世界的早日到来。

很多重要的、优美的、有纪念意义的声音,在我们耳边一次性滑过,我们没有了再听到它的机会。这是人类在很长时间里的遗憾。为了对付这种遗憾事件的发生,人类一直在做着努力。很多科学家为了把这些值得人类反复听的声音保存下来,一直在做着研究工作。留声机、唱片、录音机、摄录机、CD 盘、DVD 盘就是在这种背景下出现的。相信随着科学的发展,保存声音的机器会出现得更多,也会变得更精密,人类保存下来的珍贵声音也会更多。我相信,总有一天,人类会在地球上建立一座巨大的声音仓库,把值得保存的声音都保存下来,为后世子孙留下一份声音资产。地球上每一个人种、每一个民族、每一个国家、每一个地域、每一个家族,甚至每一个家庭里的人,都可以在这个仓库里留下一份声音档案,人类的后代会从这座声音仓库里随时调出他们想听的声音,去娱悦自己的身心,去了解自己的前人,去感知他们没有见过的生活,从而保存对声音的一份敬畏。

我渴望着那个巨型声音仓库能早日建起!

露齿一笑

很少有人去问母亲自己长乳牙的准确时间。我也是。谁会在意这个？我如今能记得的是，我8岁时最后一颗乳牙掉落之后，母亲说了两句顺口溜：八岁八，掉狗牙。

书上说：婴儿在4至6个月内开始长乳牙，通常是20个，在两岁或两岁半长齐。6岁后，乳牙开始逐渐脱落，32颗恒牙次第萌出，也有人只长28颗恒牙。

当我的32颗恒牙长全之后，我经常露齿一笑，去显示自己的牙长得很正常。

小时候，并不知道牙齿是用来吃东西的，我常把它当作武器来用。母亲说给我断奶很晚，有时她喂奶不及时让我饿了，我会用牙狠咬她的奶头表达不满，常常使母亲疼得一连哎哟几声。后来，与小伙伴们玩游戏玩恼了，打架，打不过对方后，我也会用牙咬对方的胳臂。有一次，我把一个小伙伴的胳臂咬出了带血的牙印，对方的母亲拉着她儿子来我家讨要说法，我母亲一连声地给人家道歉：对不住对不住，俺家这个小东西八成是狗托生的，动不动就咬人，我一定打他屁股,给你们出气! 对方走了之后,我实实在在挨了母亲一巴掌。我愤怒地与她争吵:那我要牙干啥子用? 母亲严肃地告诉我:牙只能用来吃东西!

小时候,同村的小伙伴们在一起玩,什么都要比试个高低。有一次,我们在一起比试谁的牙齿结实。有伙伴先拿来了几粒晒干的豌豆,干豌豆的硬度很大,但我们几个先后都把豌豆咬碎了。接着,有伙伴又拿来了几粒晒干的蚕豆,干蚕豆的硬度更大,不过我们几个还是都把递到自己手里的蚕豆咬碎了。两次比赛都未分出高低之后,有位小伙伴拿来一个破瓦片,让大家比赛谁能把瓦片咬下一块来。在我前边的几个小伙伴都从瓦片上咬了一块下来,轮到我时,我刚咬上不久,一颗牙突然崩下来一块,而且有血从嘴里流出来。众伙伴哈哈大笑,因此判定我输了。我哭着回家找到了母亲,母亲见我嘴里有血,大惊失色,忙问是怎么回事。我说了事情的经过,并愤怒地追问她我的牙齿为何不结实。母亲听罢哭笑不得,只好向我认错:好,好,都怪我没本领,没把你的牙齿生结实……

又长了几岁后,也许是要关注的事情比过去多了,我不再理睬自己的牙齿,尽管每天都要使用他们,可我看他们已如路人。母亲有时让我睡前和起床后漱口以保护牙齿,我也很反感,觉得这是没事找事。大概是上小学六年级时,班主任老师有天突然在课堂上提出要求:经常坚持刷牙的同学请举手。班里好像只有家在镇上的几个同学举了手。老师看罢之后说:要注意爱护你们的牙齿,坚持刷牙,我发现有的同学的牙齿发黄了,牙发黄、发黑都会影响你的形像,会使你变丑!我一听变丑这话,心里一紧,当天回到家就拿过镜子去照自己的牙齿,这一看,吓了一跳,我的牙也有些变黄了。我于是立马向母亲提出买牙膏牙刷,要刷牙。母亲很为难,那年月能供我上学已经很不容易,家里哪有余钱去买牙膏牙刷呢?母亲说:明年,明年一定让你刷上牙!我哭着说:那我的牙齿黄了咋办?母亲就拿过一条毛巾,用毛巾的一角蘸上一点盐水给我擦洗牙齿。考上初中之后,母亲卖了一些鸡蛋,给我买了一支牙刷、一管牙膏和一个陶瓷杯子。第一次刷牙的那个早晨,我蹲在家门前水塘边的洗衣石上,心里又不安又兴奋,不安的是让家里又花了钱,兴奋的是,我的牙要变白了!头一次刷牙我刷了很久,我想我一定要把所挤出的牙膏的益处全部用尽,决不能浪费。结果刷得牙龈都出血了。

自此开始,只要生活正常,我再也没有忘了每天刷牙,我的牙齿果然越来越白了。

上高中时,同学们对牙齿美观的要求变了,要求整齐。若谁的牙齿不整齐,即使你的牙很白,也会被大家笑话。我对镜看了一下自己的牙齿,发觉有两颗不仅嫌低,而且形状不好,这使我在内心里开始自卑,不敢再露齿去笑,怕被同学们发现自己的这一缺陷。尤其是面对女同学时,心里发慌,根本不敢笑甚至不敢说话,怕她们看见自己的牙齿有问题。许多年后,我才知道,人的牙齿不可能完全达到整整齐齐的标准,某一颗稍高一点点、某一颗稍低一点点,都属于正常,外人很少能看出这种微小的差别,人没必要去为这件事烦恼。但处于青春期的我,开始爱美,自动提高了牙齿的完美标准,害得自己为这事变得心烦意乱。

直到入伍当了兵之后，忙碌而紧张的军事训练，加上军人的责任，才使自己对牙齿不美的担心慢慢消去。一段时间之后，我又像童年时代那样，把每天都要使用的牙齿的存在，完全忘在了脑后。

重新对牙齿关心是因为一次牙疼。

那是在山东莱阳。其时，我已经成为一名军官并成家结婚，正随军区工作组在莱阳的一支部队里调研。那天晚上，不知什么原因一颗下牙开始疼痛，开始只是钝疼，还能忍受；下半夜时，开始跳疼，就像有一根针隔一会儿就朝牙龈的深处刺一下，使得疼处跳动一下，这种跳疼折磨得我坐卧不宁，身上直冒冷汗。那是我第一次体验牙疼。原来在身体里根本算不上重要器官的一颗牙齿，疼起来是如此可怕。我被折磨了一夜，天亮开始吃止疼药和消炎药。但事情并未罢休，吃饭和喝水都会引起新的疼痛。同行的一位领导安慰我：牙疼不是病，疼起来想要命，普天下的人都是这样的，每个人一生都要疼一回两回的，别紧张，小伙子！我只能笑笑，极端小心地吃一点东西以应付饥饿，直到几天之后，这种疼痛才算慢慢退走。这一次的经历让我知道，原来牙齿也能对人发动反击，把自己变成攻击人的武器，一旦他不高兴了，完全可以置你于一种极其难受的境地。

改革开放之后，牙齿美容逐渐时兴。最开始的美容是在先富的富人圈里兴起的，美容的项目是镶金牙，也就是在原来的牙齿上镶上一个纯金的外壳，黄亮黄亮的，能显示出人的富有和尊贵。我曾见过镶了3颗金牙的老板,那家伙最喜欢露齿去笑,每露齿笑一次,他金黄的牙齿就显露一下,那确实令很多人惊羡,但却让我有点替他担心:人们都喜欢金子,万一有人夜间拦路抢劫,把他的金牙拔了可怎么办?

后来时兴牙齿贴面美容,就是在原牙的表面粘贴一层近似正常牙色的材料,或树脂贴面或瓷贴面,达到美白的作用。这种牙齿美容曾令很多年轻人心动。我认识的一个朋友就把他的上下平时能露出的牙都贴了瓷贴面,那种效果确实不错,一笑满口莹白的牙齿就亮了出来,确有点令人羡慕。每当他露齿一笑亮出美丽的牙齿时,都在对我发出也去美牙的诱惑,但当时给牙齿贴面的价格很高,这价格一下子就打消了我效仿的念头。

此后,我就安心地与自己的原牙相处,还在心里安慰自己:牙齿是父母留给自己的东西,咱只能去使用和保存,不能随便就去做其他的处置,这也是在尽一份孝心。

这样,就一直维持到了老境。

60岁好像是突然来到的。过去觉得60岁是离自己很远的一个生命驿站,没想到它像躲在暗处的一条狗一样,猛然间就跳到了你的面前。60岁过后的重大变化之一,就是有两颗牙齿开始松动,咀嚼东西时他们不再像过去那样全心投入,一副想要罢工闹事的样子。这让我很生气:我几乎每天都小心翼翼地伺候你们,又是刷又是漱的,你们现在还敢如此胡闹?!但牙齿似乎不为我的生气所动,照样我行我素,而且越发地放肆起来,开始给我制造疼痛,当然这时的疼不像年轻时牙龈感染后疼得那样尖锐，他只是让你缓慢地疼，而且只疼到让你不能把食物完全嚼碎，迫使你把没有完全嚼碎的食物咽下去，加重你消化器官的工作量，使消化过程不断延长，让你觉出一种无可言说的难受。这就让人渐渐生出愤怒，感觉牙齿是在故意捣蛋，我便在此时萌生出了拔除捣蛋牙齿的心愿。

医生最开始是做双方的和解工作，做根管治疗了，做固定手术了，企图延长那些牙齿的寿命。但他们却并不领情，至多延缓一段时日，就又开始了新一轮的折腾。终于，我和医生的耐心都被耗尽，下定了拔除他们的决心。当我那天坐上牙医的拔牙椅时，心里全是对捣蛋牙齿的愤恨，期望医生赶快动手。

麻醉针注射之后，拔牙钳伸进了口腔，我在心里呵呵笑了一声：你们要完蛋了！果然，时间很短，几乎没听见声音，医生就把两颗带血的牙齿献到了我的眼前。我毫无怜悯之意，像对垃圾一样嫌恶地挥挥手，就让医生将他们扔进了垃圾桶里。

几天之后，拔牙的疼痛完全消去，我开始用舌头去探触原来捣蛋牙齿所在的位置，哈哈，那里光光的，一种仇恨得报的痛快在胸腔里弥漫。可惜这种痛快没能持续多久，当晚吃饭时，不疼了的那个地方竟然一点咀嚼的能力也没有，连青菜叶子也会原封不动地完全放走。

我很吃惊！原来父母给我的牙齿确实不能没有。

医生告知我：你现在要么种牙要么安假牙，除此之外没有别的办法。我怕疼，种牙要忍受几次疼痛，于是决定安牙——装上义齿。

又是一番折腾，咬印、压模、试戴，挺像真牙的义齿被安进了牙床。表面上看,他们的模样还算不错,但真用起来,比过去的真牙差太多了,别说去咬干蚕豆了,就是去咬一块熟肉也都会觉得他们不怎么用力。

但又有什么办法?谁让你老了哩!

安了假牙之后,当然可以再露齿一笑,可说实话,心里有点不好意思:露出的牙齿不是真的呀!

"中篇小说"说

在中国文学界，通常把 3 万字以上 13 万字以下的小说，称为中篇小说。它是中国独有的一个小说品种。在国际上，小说只分为短篇和长篇两种，把页码少的称为短篇小说，把页码多的称为长篇小说。

我觉得中国文学界的这种分法有道理，事物总是有大中小之分嘛，小说按其长度做个区分是对的。也是因此，我在写小说的过程中，经常根据自己掌握素材的多少，来决定小说的长度，在写短篇小说和长篇小说的同时，也写下了不少中篇小说。

小说总是要涉及具象的生活，要选择题材。我的中篇小说在题材上，主要指向三个方面：一是乡村生活，这与我在乡村长到 18 岁的经历有关系；二是军旅生活，这与我先是在野战军当战士、副班长、班长、排长、副指导员，后到团部、师部、大军区和总部工作有关系；三是市镇生活，这与我年轻时在小镇求学且后半生在多个城市居住有关系。

小说里总是要有人物出场。从我的中篇小说里走出来的人物很多，按年龄来分，什么年龄层次的人都有，既有耄耋老者，也有风华少年，既有壮健汉子，也有妙龄姑娘。其中的女性形象要更多更丰满一些。按身体状况来分，有健康人，也有残疾人。按心理状态来分,有心理正常的人,也有心理变态的人。按职业来分,那就更复杂,教学的、种地的、杀猪的、做银饰的、当官的、卖棺材的、当战士的、当将军的,啥样职业的人都有。

小说里既然有人,就会发生故事。没有一点故事的小说应该改称散文。我从小喜欢听故事,所以我的中篇小说里的故事性还是很强的。我一向认为,把读者吸引到自己的小说文本里,是小说家必须要有的本领;读者若是拿到你的小说翻几页就扔下了,那你有再好的思情寓意也不能传达给读者。

小说里的故事应该负载精神内容,要有形而上的思考,有超越生活现实的理性思索。没有一点故事的小说很难说是好小说,只有故事的小说也不是好小说。小说的故事必须有精神负载,对读者有新的思想启示。我的中篇小说就思考的内容来说,有关于生命的诞生与死亡的;有关于人生奋斗和得失的,有关于人性探索的;有关于社会公平正义与制度设计的,有关于人与自然关系的。对许多我疑惑的、感兴趣的问题都有追问和思索。

小说总要讲究叙述方式,不同的叙述方式所产生的阅读效果是不同的。衡量一部中篇小说的艺术价值,其叙述方式的创新占有很重要的地位。我的中篇小说在选择叙述视角、确定叙述语言、创新结构样式、掌握叙述节奏时,都尽了最大努力,力图做到陌生化,力争不重复前人、同时代人和自己,很想给读者带去新的阅读享受。

小说创新是无止境的,中篇小说在艺术上的创新当然也是无止境的。我在中篇小说的创作上虽然做了些努力,但当把她们集中起来排着队让大家过目时,我还是心怀忐忑:你们会喜欢她们吗?

天黑之前

好多年前的一个上午,我从一栋四层楼的楼下走过时,看见一位拄着拐杖的老奶奶,手里用网袋提着两个洋葱头,喘着粗气望定单元门,脸上露着畏惧。我当时有点诧异,就上前问:老人家,你需要什么帮助?那老奶奶叹口气说:这两个葱头太重,我怕我提不到楼上去。她的话未落音,我就笑了,说:这两个洋葱头能有二斤?来,我帮你提上去。说罢,问清了她家门牌号,就噌噌地提了那两个洋葱头跑上去放到了她家门口。我下楼时,老奶奶正拄了拐杖在吃力地爬着楼梯。那天回到家里,我回想起这件事时,猛地意识到,老奶奶所以觉得两个洋葱头很重,是因为衰老收走了她的力气,如果她是 18 岁,她也会觉得它们很轻。那么有朝一日,我会不会也像她一样,连两个洋葱头也提不动?就是那一天,我第一次想到了老。

后来就听说有一个前辈作家,老了之后与妻子同住一室但分床而睡,有天晚上睡前还一切都好,半夜里妻子还听见过他的呼噜声,可天亮妻子起床后却发现,他已经去世。医生给出的结论是:心梗。我当时很惊诧:还会有这样的事情发生?

再后来,就从一个朋友那里获悉,大名鼎鼎的张爱玲,年老之后在美国的一套公寓里独居,后来有邻居发现由她屋里飘出了臭味,叫来管理人员破门一看,才发现她已去世几天。这消息让我感到了极端不安。

接下来我又经历了母亲的病倒。90岁的母亲患病卧床,到她92岁去世这段时间,她完全失忆了,就是我到她的床前,她也会问:你是谁?而且她还经常会说一些莫名其妙的话。这时我才真切地知道,人老到某个时候,是有可能变痴呆的。衰老,让我对其生出了真正的恐惧。

但时间并没有顾虑我的这些感受,他只是不停地撕去我书桌上的台历,毫不留情地把我也推进了老境。

老境里的所见所闻让我决心去写这本名叫《天黑得很慢》的书,我想用它来宽慰天下的老人,也宽慰我自己。

天黑之前,人生最后一段路途上的光线会逐渐变暗而且越来越暗,这自然增加了难走的程度。这就特别需要有光来照亮,这种光,就是爱之光。爱之光的光源有三个,一个是他人,包括老人的亲人;一个是社会,包括政府和慈善组织;再一个就是老人自己,每个老人经过一生的历练,在心底都积聚有或多或少的爱意。这三个爱之源头释放出的爱意,会交汇在一起发出一种华彩之光,将人生最后一段路途照亮。这会帮助老人们顺利行走到生命的终点,再换乘另外的交通工具,无憾地进入另一个世界。我在书中,对这种华彩之光有描述,陪护员钟笑漾对孤居老人萧成杉的自愿陪护,萧成杉对钟笑漾的父爱般的关心,曾经感动了握笔的我,但愿也能感动我的读者们,给他们心里送去一点暖意。

　　作家要写当下的生活,面对的是五彩缤纷的流动街景。究竟选取哪一处街景作为自己的描述对象,最费思量。我的做法是选取自己最熟悉的、最好是有过体验的、令自己心生感动的街景,将其移放在脑子里,掺入自己的生活经验,泼上感情之浆,任其发酵和变化,最后变成一团朦朦胧胧的既似现实街景又像海市蜃楼的图画。之后,再努力用笔将其画在纸上。我拒绝听候消息灵通人士的指引,把街头新闻移植到小说里。那不符合我的创作习惯。我所以写《天黑得很慢》,是因为这种生活我已开始体验,我不仅熟悉,而且它还令我心酸心疼,不写出它我会身心都不安宁。

　　写这本书我遇到了两个问题,一个是选择什么样的叙述方式才能引起读者的阅读兴趣。老年生活是一个巨大的话语空间,寻常的叙述所发出的低分贝声音在这个空间里是引不起关注的,我最终决定把我想说的一些话捆成集束手榴弹,趁着黄昏扔出去,让其炸出一声巨响,以吸引读者的注意力。我在叙述角度上自我限制,在叙述节奏上要求快捷,在叙述语言上不求华美,就是想很快抵达老年读者的心底。我遇到的另一个问题是要触摸老人的疼痛之处。我也是老人,触摸这些疼痛之处,不仅令我的人物难受,也令我自己很痛苦。老实说,我不想去触摸,但不触摸就难以写得惊心动魄。比如,性无能,这是每个老人尤其是男性老人最终都要遇到的最痛苦的事情,是作为男人的最大无奈和羞耻。触不触动老年男性的这个疼处,我在写作过程中曾犹豫了很久。写,就会触犯众多老人的禁忌,让大家都难堪;不写,我又觉得不真实不真切。最后,我还是决定写,把老人萧成杉遇到这种情况的画面无保留地呈现在读者面前。我想,既然造物主要老年男性必须如此,那就不能嘲笑他们,要怪,只能去怪生命设计者的无情。

写小说写了这么多年,越来越觉得要写好一部小说很难。我很愿把小说家比作一个大花园里的导游,你首先得决定带领游客去看大花园里的哪片花地,你得琢磨这片花地对于今天的游客是不是从未看过的,得猜想他们有无观看的兴趣。定下去看哪片花地之后,你接下来得决定带着游客从花园里的哪个门进去,走哪条游览路线才会让他们有新奇感。园门和游路确定之后,你还得想好介绍那片花地的导语,确定使用哪种语言风格和说话的节奏来说清那片花地的历史和现状。然后,你才能带领游客向那片花地走去。当游客站在那片花地跟前时,除了让他们看到花朵的美丽、闻到浓郁的花香之外,还要诱导他们去发现隐身于花朵和花叶之下的花魂。如果游客真的看到了花魂,身心受到了巨大的震动,连连感叹说不虚此行,你才算是一个不错的导游。

我会继续努力,争取当一个称职的导游。

始共春风容易别

——关于《洛城花落》

近些年,我看到的婚姻悲剧不少,听到的离婚故事很多,政府公布的年度婚姻结离比颇令我意外,身边不婚的人数也在快速增加,这让我对婚姻这个问题有了关注的兴致。刚好,熟人家也出了离婚案,于是就有了述说的激情,便有了这部小说。

小说公布了一对夫妻的离婚案情,讲了调解和庭审的过程,但目的不是想评判谁对谁错,只是想通过这桩案子,把我对婚姻的几点认知传达给我的读者朋友。当然,这些认知不可能都对,所有有过婚姻经历的人,都可以结合自己的感受对其进行评说甚至批驳。简单归结起来,我想传达的内容是:

第一,婚姻不是一座牢固的建筑,它需要通过不断修缮才可供长期居住。如果把婚姻比作建筑物,它不是钢筋水泥筑就的楼房,可以一住70年或100年,它像极了一座茅草房,保质期通常只有两至三年,此后就需要居住的两个人不断地合力修缮,否则,它便会又漏风又漏雨,然后就可能倒塌。

第二,婚姻这座建筑成为危房时,通常会出现四个信号。其一,生活琐事引发了争吵和冷战;其二,情绪失控引发了暴力行为;其三,身体有恙引发了性生活不和谐;其四,吸引力下降引发了出轨。发现这些信号就要赶紧进行修补和修缮,不然,危房就会摇摇欲坠,晃晃欲倒。

第三,修缮婚姻这座建筑物的最好材料是爱和宽容,只有它们能黏合建筑物内的所有裂缝。最忌讳带着恨意和猜疑去修补,这两种东西对婚姻这种建筑物均有很强的腐蚀性,而且极易迸发火星,从而引燃茅草屋顶,造成火灾,进而导致建筑物彻底报废。

第四,婚姻这座建筑物一旦倒塌,必然是两败俱伤,不会有免伤者和全身而退者,而且容易伤及无辜。当然,有伤重伤轻之分,有内伤外伤之分。有的人受的是外伤,能从他脸上、身上看出来;有的人受的是内伤,外表看上去完好无损,他自己甚至感觉不到被伤了,可内脏里已经在缓慢出血。容易伤及的无辜者,包括双方的父母和自己的孩子,甚至媒人。

第五,婚姻这座建筑物有悄悄被改建为监狱的可能,一旦遇到这种情况,离婚就是脱险的最好途径。婚姻这种建筑物的发明,是人类在管理自己情欲和繁衍方面的一个创造。但就像人类所有的创造物一样,它不可能没有缺陷和副作用。婚姻这种建筑物的缺陷之一,是它可能被其中的一方用金钱、权力、暴力和其他强力悄然改建为监狱。离婚制度的确立,是对这类潜在改建行为的一种纠正。

第六,压根就不进婚姻这座建筑物的人,固然可以避免身陷婚姻监狱的危险,但也造成了另外的遗憾,那就是尝不到婚内那种迷人的亲密感和安全感。而且不婚的人,在抵达中年和老年之后,常会感受到双倍的孤独和不安全。

　　这世上关于结婚和离婚的小说太多了，没有谁能通过一部小说来把婚姻这桩人生大事说清楚，自然我也不能。我能做的就是通过这部小说对读者朋友们来个提醒：虽然爱情有多变的特性，很难陪伴我们一生，但它的确会存在于我们的人生过程中，请不要错过享受它的机会！

关于长篇小说

自 1986 年起,虽然我仍在持续不断地写中短篇小说,但我已悄悄把我的主要精力投入长篇小说写作中了,因怕失败,故没有声张。两年间写完了长篇小说《走出盆地》,于 1990 年出版。从 1988 年开始,我就开始写 3 卷本的百万字长篇小说《第二十幕》了,10 年之后的 1998 年,方最后出齐。此后,我的主要精力,就都放在长篇小说写作上了。

长篇小说写作所以成为我的最爱,是因为我觉得长篇小说在小说家族中算是长子,块头大,也能肩负起很重的责任。

长篇小说允许你从容讲述故事。小说脱胎于故事,故事是小说必备的要素。小说里的故事性可强可弱,但完全没有故事的小说不可能拥有很多的读者,他们应该被称为散文。也正是因为长篇小说允许作者从容讲述故事,而我又是个很喜欢讲故事的人,故他赢得了我的青睐。

长篇小说允许你细心装扮你的人物。小说是要靠人物来支撑的。你的人物形象可以是扁平的,也可以是立体的,但不能没有。以动物为表现对象的小说,表面上看没有人物,其实,那些动物不过是人物的化身而已。在长篇小说里，你可以用各种油彩和多种化妆品来仔细打扮你的人物，不必担心超了字数遭观众厌弃，这也是我喜欢长篇小说的又一个原因。

长篇小说也允许你大胆地进行语言试验，充分张扬你把控语言的能力。你在语言上有多大本领都可以使出来，文雅的、粗鄙的、幽默的、古板的、晦涩的、白开水的语言形状都可以在作品中出现。你可以使用你独有的叙述语言，你也可以创造古怪的人物对话，总之，语言的边界无限。

长篇小说还允许你进行结构创新。你愿怎么讲你的故事都可以，从头讲可以，从尾讲欢迎，从中间讲支持；一条线讲可以，两条线平行讲可以，三条线并行讲也行；时间上颠倒讲可以，空间上打乱讲允许；讲当下真实的可以，讲过去虚拟的可以，讲未来幻想的，也行。没有任何禁忌，你怎么玩花样都可能赢得喝彩。

长篇小说更适合把作者的思情寓意彻底埋藏起来。世上最好的小说，常常是你很难一下子说清他在讲什么的小说。小说创作者的一个重要任务，就是把自己真实的思情寓意通过各种手段埋藏起来，而长篇小说恰好给了作者这个方便，他有充分的时间、空间和语言资源，让作者来埋藏自己的思情寓意，从而使作品读起来变得更加奇妙和充满张力。

虽然我如此喜欢长篇小说创作，但我不得不宣布：《洛城花落》是我的最后一部长篇小说，从此以后，我就不写长篇小说了。

与长篇小说这种小说样式作别，不是因为她对我没有诱惑力了，主要是因为我的精力和体力不行了。年轻的时候，20万字对我就像一个丘陵,不用多长时间就可以翻越过去;可年纪大了之后,20万字对我就像一座高山,我得用几年时间才能爬到山那边。罢了,人得学会撤退。以后就去写散文和一些短东西了。

大戏演至二十幕

一

我的长篇小说《第二十幕》，是我此生写得最长的一部小说，上、中、下3卷，近100万字。写作这部书时，电脑还没时兴，家里没有电脑，我是用笔写成的。前后改了3次，每次都是用圆珠笔和复写纸最后誊清，这样，写成此书的总字数大概在500来万字。书是一卷一卷写的，写完上卷，用《有梦不觉夜长》之书名出版；写完中卷，用《格子网》之书名出版；写完下卷，用《消失的场景》之书名出版。3卷出完之后，我又对全书做了些改动，于1998年以《第二十幕》书名出版，至今，这套书已有十几个版本，印刷了很多次。

在写作这部书的过程中，我的家庭不幸陷入了一场旷日持久的官司，我的身体也因打官司出了些毛病。我当时最害怕的，是不能写完全书。害怕留下半部作品的我，曾经简要地写了后边的提纲，以便日后万一有热心人续写时有个依据。所幸，上天眷顾，让我们赢了那场官司，让我活着走出了那场灾难，给我时间写完了全书。今天，每一想起这点，我就会合掌向天表示感激。

最初动笔写作此书,是在 1988 年。当时年轻好强,边写这部书,还边写一些中短篇小说和散文。如今回头一看,一晃之间,竟是 30 年过去了。现在,还有那么多读者喜欢读这部书,还有人在计划着把其搬上屏幕,这给了我最大的安慰。每个作家都希望自己的作品能留传得久些,我当然也不例外。

二

现在回想起来,写这部书的最初的冲动,来自一个小小的场景。那个场景是夏季的一个正午,我在一家商场的丝绸服装柜台前,看见一个姑娘穿着一件新买的丝织连衣裙在镜子前审视,裙子的颜色极其美丽入眼,姑娘也很漂亮,裙子穿在她身上很可身。那一刻,丝绸的美和女性形体的美撼动了我的心,让我突然生出一个念头,日后要写一篇与丝绸、女人有关的小说。

这个念头当时只是一闪而过。让这个念头在胸中停留下来是在我读家乡方志的时候。方志上记载,南阳在汉代是全国六大都市之一,丝织在那时就很发达;到了唐代,南阳成为向中亚出口绸缎的基地之一;宋代时,南阳丝绸在全国已享有盛名。这时我想,说不定那个念头真有可能实现——南阳丝织业的发展中应该有故事可写。

我在读史书时注意到,每当一个世纪行将结束的时候,人们总是忙着去做新世纪的计划,而不重视对旧世纪的遗产进行清算。结果,很多计划和打算便告落空。十九世纪末,多少人想在二十世纪干一番宏伟事业,计划都已经做好,结果,两次世界大战的枪声将他们的心愿砰然打碎,几千万人的尸体把他们的美好计划压在了下边。我想,我如果要写一篇和丝织业发展有关的小说,我必须着眼于人类遗产的清算,弄清我们在过去的世纪里究竟收获了哪些东西。

我在用自己的方法对二十世纪的遗产进行清算时发现,人类在二十世纪通过两次世界大战和无数次局部战争所毁掉的生命和自己的创造物,并不比十九世纪、十八世纪少,人类在善待自己这个问题上所迈出的距离,并不比上两个世纪长。我因此觉得,人类应该经常回视自己留下的脚印并从中获得警示。由此我想到,在历史学家用笔保留这些脚印的同时,我们弄文学的也可以做点事,譬如用小说的形式去把这些脚印保留下来。这些念头和想法掺和在一起,像火星一样逐渐变大并启动了我的想象闸门,于是才有了这篇小说。

小说中写了尚安业、尚达志、尚立世、尚承达、尚昌盛、尚旺等几代男人对丝织祖业的痴情和坚守。他们在二十世纪的遭遇是我们这个民族在这个世纪经历的缩影,他们身上的那股百折不挠的强大韧劲,是我们这个民族历经磨难仍能挺立于世的原因。小说中这些男人的性格各异,他们的作为,我并不都赞成,但我在塑造他们的形象时,确是满怀着深情。我相信,我们中华民族在向未来走去时,仍然需要这样的人。

小说中也写了顺儿、盛云纬、容容、文琳、小瑾、雅娴、绫绫等众多女人,写了他们因与尚家男人发生联系之后的命运。在塑造这些女性形象时,我同样倾注了大量心血,我把许多的爱与同情给予了她们。我写完她们再重读本书时,我自己也被她们的言行感动得落下了泪。女性在一个家庭、一个家族、一个国家和一个民族里,从来都是黏合剂,也从来都是最易受伤害的人。这些女性对尚家丝织祖业的贡献,读者不会忘记。中国女性对民族发展所做的贡献,也应该被后代所铭记。

回眸《第二十幕》的创作经历,我非常感谢人民文学出版社的领导和本书最初的责任编辑赵水金女士和陶良华先生,他们耐心地等待我写作和修改,这份耐心和信任令我感动。也非常感谢后来的几任责编在推广本书时所做的努力。

三

我是 1952 年来到这个世界上的,对二十世纪后半叶中国和世界发生的事耳闻目睹了一些,对前半叶发生的事就只有从别人嘴里和前人留下的书里去了解了。要把整个二十世纪国人的生活情况和生存状态写出来,对我来说不是一件容易的事。一开始我感到没有把握,几次下笔又几次停下。但后来我想,写小说主要是作者依据自己的人生阅历、人生体验和对人性的认识去虚构人物和故事,是依据正史和野史去展开想象,是用现代眼光和自己对历史的思考去观照过去,启动自己的想象才是最重要的。所以我自己给自己打气:写吧,写下去!也是巧,就在我写这部书的时候,我的家庭突然经受了我刚才说到的那场灾难，这场灾难让我第一次窥见了人性黑暗部分的形状，第一次明白了苦难在人生中所占的比例，第一次知道了命运的反复无常，第一次感受到了个人的渺小，第一次体会到人在这个世界上活着是多么不易。这场灾难使我的写作时断时续，甚至要完全中断，但最终是珍贵的人间友谊支持我活了下来并且写了下来。事后想想，这场灾难对我的亲人和我的身体是造成了伤害，但对这部书的写作还是多少有些好处的。它改变了我原先的许多设想和设计，使书成了今天这个样子而不是原来的模样。

我平时喜欢看一些和考古有关的文章，我对世界上存在的不解之谜很感兴趣。对那些不解之谜，我个人的解释是，地球上曾有过一次或数次和我们今天一样甚至水平更高的文明，后来不知什么原因使得那些文明毁灭了，我猜测，毁灭的原因很可能和人类不会善待自己有点关系。我在写作这部书时，不觉间把这种猜测也写了进去。

我过去写过一些中篇小说，我自己体会，如果把写中篇和写长篇做个比较，两者的不同有二，其一，写中篇只需准备一到几个故事，而写长篇，则需要准备一长串故事。故事是小说的基本成分，只有故事不是小说，没有一点故事的东西也很难称为小说。故事是思情寓意的载体，是人物成活的依据，是引诱读者阅读的香料，是展览语言才能的舞台。故事太少或长度不够，写出的长篇小说会显得很瘦很瘪，像一个发育不好的姑娘，不丰满，缺少诱人的魅力。其二，写中篇起笔可以随意，而写长篇小说则要求预先把框架搭好、搭结实，如果没搭好就开始填充建筑材料，由于所用材料太多、重量太大,很可能会把你的框架压得摇摇晃晃甚至塌掉。中篇小说虽然也要搭框架,但可以边搭边填充,而且随时可以调整。

此外,在叙述方法的选择上,长篇小说在选择叙述角度、叙述节奏和语言样式时比中篇也更费思量,弄不好就会前功尽弃。我在写作本书选择叙述方法时,也很是犹豫了一段时间,在这方面出新的确不是一件易事,我想来想去,还是用了现在这种一般读者可以接受的方法。

四

我写这部小说主要是想完成自己的一桩夙愿:写一部比较耐读的献给二十世纪的书。二十世纪就要过去,自己在这个世纪里生活了这么长时间,不能就这样空手离开;再说,这辈子既然从事了文学创作这个行当,总得有一本稍微像样的书奉献给读者。写作时根本没去想改编影视的问题,实际上,若带着改编影视的目的去写小说,是不可能写出像样的小说的。但我并不反对甚至赞成小说被影视导演们改编成影视作品,因为社会上看影视的人总比看小说的人多,小说一旦被改编,其影响也相应扩大——这种改编自然不可能传达出小说里的全部东西,不可能像小说那样深刻,但它毕竟起到了扩大小说影响的作用。《复活》这部电影不可能传达出列夫·托尔斯泰的小说《复活》里的全部思情寓意,但它却让更多的人知道了《复活》这部小说。《尤利西斯》这部小说需要很强的毅力才能读下去，改编成电影后，不少普通人得以了解小说的大概内容。影视作品有着广大的观众，小说家借助影视扩大自己作品的影响不是一件坏事。

这部书也曾经被中央电视台国际电视中心抽出中间的一段，改编成了电视连续剧《经纬天地》。也许在以后，还会有其他的人来改编它为影视作品，对此，我持欢迎的态度。但我的任务已经完成，写完全书，是我的任务，其他的事情，有待其他人去完成。

近年长篇小说出版的数量比较大，在网上发表的长篇小说更多，据说加起来有几千部。我因为忙着写自己的东西，看得比较少。我觉着，数量大是好事，我们国家这么大，人这么多，不同文化水平的人们需要不同质量层次的长篇小说，只要有出版社愿意出，有网站愿意刊载，有读者愿意买、愿意上网看，就出呗。好作品说不定就在这种宽松的环境里出来了。欧洲一个2 000多万人口的国家一年能出几十部上百部长篇小说，我们这个国家一年出几千部长篇小说不算多。当然，呼吁提高长篇的质量是对的。

这部以南阳丝织世家为表现对象的长篇小说，今天遇到了国家实施"一带一路"倡议的契机，很多读者因此又对其表现出了特殊的兴趣。我刚才说了，我的故乡南阳在东汉时非常繁荣发达，丝织业是当时南阳的重要产业，其产品质量很高。据说，南阳当时出产的三分之二的绸缎，都被调运到了都城洛阳。唐代的丝绸之路形成以后，南阳，也成了丝路上的一个重要起点。我相信，这部书中写的故事，位于今天丝路上的一些国家的读者们，也会感兴趣。我期待着这部书被翻译成多国文字，让更多的丝路沿线的国家的读者看到它。

关于小说的用处，有很多种说法，我自己觉得，小说是人们心灵沟通的桥梁。我愿意写小说，愿意去造这种看不见的桥梁。写小说发不了大财，但我对它情有独钟。既然此生喜欢上了写小说，就努力去学习、去写作吧。写小说其实就是为读者提供精神娱乐和精神慰藉，让不同地域和不同国度的读者建立起精神联系。如果读者朋友们读了《第二十幕》，能在精神上得到一些安慰，心里能有快感和感动，就行了。写作者的任务，就是尽力把活儿做好。

品　牌

　　己亥年深秋,有机会到贵州赤水河边的茅台镇一游,到镇上参加茅台酒节,去茅台集团参观,看到他们对茅台酒这个品牌的珍视之状,甚为感动,遂有了说说"品牌"这个话题的兴致。

　　品牌,这个语词来源于古斯堪的纳维亚语,最初的含义是"燃烧",是指生产者燃烧印章到自己的产品上。今天,品牌是指消费者对一种产品或商品的认知程度,是指一种信任;是一种产品或商品综合品质的体现和代表,是制造商或经销商加在商品上的标志。因此,品牌在当下已是一个集合概念,其包括了产品或商品的质量、形象、技术、功能、效用等诸多内容。

　　品牌意识在西方国家比较浓厚,因为他们较早进入资本主义社会,商品经济繁荣。西方国家的品牌意识,是包括品牌的建立、发展、使用和保护全过程的。在发达国家的市场上,品牌识别已取代产品识别,几乎成了市场选择的唯一要素。如今,西方发达国家几乎在各个业界,都有了自己的驰名品牌,比如饮料界的可口可乐、女包界的香奈儿、服装界的路易·威登、运动鞋界的耐克、红酒界的拉菲等等。我们中国人现在去西方发达国家购物,一般不看别的,就看品牌。

尽管早在公元 1127 年的北宋时代，山东济南就打出了"刘家功夫针铺"的品牌广告，但中国人真正明确意识到要创建品牌，在时间上是比西方发达国家晚的。中国人在各个业界大量建立自己的品牌，是共和国成立后尤其是改革开放后这四十几年间的事。而且毋庸讳言，不少品牌在建立后，并没有进行有意的保护和维护，致使其建立时间不长便又消失了。比如笔者的老家河南，曾也在白酒业界建立过一些品牌，当这些品牌逐渐被社会认可之后，买这些品牌白酒的人越来越多，可一些品牌的拥有者却不知珍惜品牌的声誉，随意扩大产量，只想在短期内多卖钱，默许质量下降，最终导致人们不再信任这些品牌，使其销量逐渐减少以致最后无人问津。结果庞大的喝酒人群，愿到别的地方去买酒，把钱花在了别处，这真是令人痛心。

茅台酒这个白酒中的佳酿，虽然新中国成立前就有些名气，但其真正成为我国白酒中的一个品牌，是开始于开国大典当晚的开国第一宴。在北京饭店举办的这开国第一宴，据悉主酒是周恩来总理亲自确定的，就是茅台。至此，当年为四渡赤水的红军伤员疗伤的茅台酒，成了共和国的开国喜酒，成了我们国家白酒业的一个真正品牌。

茅台这个品牌在全国白酒业界逐渐叫响之后，茅台酒的酿造者并没有躺在这个品牌上呼呼大睡，只管靠它来牟利，而是花大力气维护着这个品牌的价值。这种精心维护主要表现在五个方面：其一，是限制盲目扩产。盲目扩大产量，是很多品牌自毁的一个教训。

茅台人深懂这一点，他们总是根据自己的能力，在确保质量的前提下，逐步且有限地把产量扩大一些。他们从不设超产奖，只设质量奖，不走盲目扩量赚快钱的路子。至今，经过几十年的发展，茅台酒的总产量也不过 5 万来吨。其二，是严把进料关口。原料的成色如何，直接关系到酒的质量。茅台酒的主要原料是高粱，茅台集团在向当地农户下的订单上明确规定：农户在种植高粱时不得使用化肥和农药，在高粱的运输、包装、储存过程中，不允许使用塑料袋等包装用具和一切可能污染高粱的操作方法。其三，是保护好赤水河流域的水体。赤水河是茅台酒的母亲，没有这条河的河水，不可能酿造出酱香型的茅台酒。所以茅台集团对保护好赤水河流域水体下了大功夫，从建立污水处理厂，到禁渔 10 年，到解决煤烟处理和燃煤脱硫处理，再到提高流域森林覆盖率，使赤水河主要水体水质断面均达三类以上。其四，是严格按工艺流程生产。据介绍，茅台酒的酿造分制曲、制酒、贮存、勾兑、检验、包装六个环节，整个生产周期为一年。茅台人严格按工艺流程办事，成立质量检验部门，实行班组、车间和公司三级检验制度，不允许任何偷工减料、走捷径等违反工艺流程的事情发生。其五，是专门设立茅台品牌管理知识产权保护处，进行对外对内的品牌维护。对外的维护，是指该处的工作人员，常到省市县的茅台专卖店暗访，看有没有卖假酒，如有售假，就堵物流、端窝点、查库房、清货架、拆门头。他们还在一些地区提供定时定点的免费鉴定服务。对内的维护，主要是把好品牌审批，对于下属子公司可能导致茅台品牌利益受损的包装和广告，都直接拒绝通过。正是由于茅台集团清醒地采取了这些维护品牌的措施，茅台酒的品牌才一直在中国的白酒业界熠熠生辉，才使茅台酒的品牌深入国人心底，才使拿茅台酒待客成为国人的一种荣耀和身份象征。

在今天的商业社会里，品牌的力量已经无处不在。不论你是生产农产品、服饰还是生产信息产品，抑或是生产纸质书籍和音像制品，如果不用心创建自己的品牌，那当这些产品转化为商品时，就无法为你带来更大更多的商业利润和利益。差不多可以说，今天社会上从事生产和流通的人群，不是直接地投身品牌建设，就是间接地参与品牌建设。今天不从事生产和流通的人群，则在享受各种品牌建设者的服务。社会上完全和品牌建设没有关联的人，几乎没有。

品牌，已经走入我们的生活，并将与我们每个人建立越来越深的关系。

关注我们过去较少留意的品牌吧！

多少军营留下梦

自 1970 年入伍至今,我住过和进过的军营,已很难数得清了。

我住过的最小的军营,在渤海深处的一个小岛上。二十世纪七十年代末的一个秋天,我随一个工作组从烟台上了部队的交通船,在海上航行了差不多一天,到日落时才登上了那个小岛,走进了仅有一个驻防连队的军营。营区位于小岛码头不远的山坡上,很小,只有几排平房。驻守的战士们除了在岸防炮阵地上值班,就是在这个小营区里活动。营区虽小,也有水泥的乒乓球台,有安了一个球架的篮球场,有十几畦菜地,有种在屋檐下靠雨水长大的几种花。站在营区里,可以看到无边无际的大海,可以听到海浪无休止撞击山崖的声响。就是在这个营区里,我第一次喝到了由小岛水井里打上来的那种不咸不淡、显得苦涩的海岛水。当晚我用这水洗了头后,头发纠结成了一团,怎么也无法弄开。连队的指导员见状笑着告诉我:等头发干了才能慢慢理顺。两天的驻留让我见识了小岛军营里的生活,体会到了海防战士们戍守海疆的艰辛。

我住过的最大军营在南方某地。那个军营里住着多个团级单位,营区里道路宽阔,树密成林,花草繁茂,办公区、训练区、军港、车场、宿舍区、接待区划分清楚。在宿舍区里,宿舍楼、俱乐部、餐厅、超市、储蓄所、幼儿园、洗衣房应有尽有。上下班时间,营区里车流不断、人来人往,很像一个小城市。特别是清晨起床号响起的时候,各单位的官兵们冲出宿舍,迅速集合成队,龙腾虎跃般奔向各自的操场,口令声和呼号声此起彼伏,山呼海啸一般,极是壮观威武。

我走进过的氧气最稀薄的军营在青藏线上的唐古拉山口。那里的海拔高度有 5 000 来米,氧气只有内地的一半。稀薄的氧气常使官兵们头疼和睡不安稳、食欲下降。缺氧还会迫使人的心脏变大以支持躯体的活动。在那座军营里,水烧到 50 来度就开了,蒸馒头的面很难发开,蒸出的馒头又硬又黏,吃着毫无香甜之感。我在那儿吃饭如同嚼蜡,完全是为了给躯体运动增加能量,没有任何享受可言。可那里的官兵照样在乐观地进行工作和训练。

我住过的最寒冷的军营在漠河境内。我去的那两天那儿飘着大雪,气温在零下 30 多摄氏度,穿着军大衣走到户外,转眼间就觉得如披薄纸。我随身携带的照相机,在那样的气温下竟拒绝工作,正式罢工了。登上战士们戍守的哨所,我这个中原人已冻得索索发抖。那座军营给我留下的最深的印象,是晚间的室内暖气,好像是为了弥补我白天在室外受的风寒,晚上室内的暖气烧到了 30 摄氏度,我可以穿着背心短裤在室内漫步。

我住过的最有特色的军营在一座名山脚下。那座军营与一座著名的寺院比邻。当我们军人在院墙的这边练刺杀、投弹,研究步兵进攻战术和炮兵炮火准备方案怎样杀敌时,那边的僧人在大雄宝殿里念着经文,祈求着一个和平世界的到来。操练声与诵经声交汇在一起，显示了人间的多彩与奇妙。

我住过的野外隐蔽军营在山东省境内。二十世纪七十年代初，我在一个野战炮兵团工作，一次拉练途中，突然接到"野外疏散，隐蔽，准备打仗"的命令，我们一个炮兵团立即分散开赴一个河滩里，迅速开挖沙石，隐蔽车和炮。转眼之间，车辆与火炮便已隐蔽完毕。我们就住到隐匿在沙土和伪装网下的炮车上。我们不吃热食，不喝热水，不点灯火，低声说话，噤声工作，大小便都经坑道到远处解决并深埋。无论是白天还是晚上，你从河滩附近经过，你看到的只是沙土和树木、野草，你根本不知道这里藏着上千的军人、100多辆汽车和几十门火炮。到了深夜上哨时，我悄步走出隐蔽处，在月光下望着寂无声息的野外军营，一种惊奇涌进心里。

我住过的战时军营在中越边境。那是一个高级别的指挥部，一座座木板房和帐篷排列在一个山坳里，电键的敲击声和电话机的铃声不断从那些木板房和帐篷里传出，一种紧张的气氛在山坳里弥漫。间或地，敌人打出的冷炮会在前沿阵地炸响，让我不能不心生一丝恐惧。进入夜间后，实行灯火管制的战时营地里只有夜色在游动。所有的路口都有持枪的哨兵把守，不仅有明哨，还有暗哨，哨兵们全都是刺刀张开子弹上膛，一旦有人口令对不上，他们即时就要开枪并准备使用刺刀。那儿离前沿不远，必须严防敌人特工队的偷袭。那是我此生第一次住在战时营地里，真切感受到了战争的氛围，闻到了战争的血腥味道。

军营里的生活，当然也有喜怒哀乐。训练结束、演习成功、出征回营、有人获得爱情、战友结婚生子，都会让官兵们欢喜快乐；外国外军挑衅，有人来犯领海、领空和边境，会让官兵们怒上心头；训练出事故、出征失利、战友牺牲，会让官兵们伤心哀痛。军营里常有欢声笑语，也时有叹息抽泣。那也是一个社会，不过成员是由军人与他们的亲人组成的罢了。

几十年间一直生活在军营里，让我对军营产生了深切的依恋之情，外出久了，就会不由自主地想念她。每当我由营外回到军营，一种安全感会让我卸下身上和心里所有的紧张，连睡觉也会踏实起来。我听惯了军营里的声响，军号声、军哨声、口令声、军歌声、跑步声、验枪声，听到这些声响心里就舒畅。我看惯了军营里的颜色，陆军的绿、海军的白、空军的蓝、火箭军的黄、军旗的红，看到这些颜色心里就安妥。我闻惯了军营里的气味，操场、训练场上的汗味，靶场、演习场上的硝烟味，运兵车、坦克、大炮上的铁器味，八一节会餐时酒菜的香味，闻到这些气味，我就开心。我与军营，已经分不开，也不愿分开了。

行的变迁

发明、制造和使用交通工具，是人类为了延长自己双脚的行走距离，加快运动速度，扩大交际、交易范围而做的一种努力。交通工具的变化，从一个侧面反映了社会的发展和人类文明的进步。我活到 67 岁，亲眼看见了故乡交通工具的变化过程。

1956 年，4 岁的我开始记事。那时，我们那儿最快的交通工具，是牛车。坐牛车出行是我那时觉着最美的一种享受。牛车是用木头做的，木厢、木轮、木轴，做车轮车轴的木头多是枣树的树干——枣木坚硬耐磨。车轴与车轮相接处，需要抹上用棉籽榨出的棉油。可即使有棉油的润滑，牛拉动这样的车行走时，车仍会发出吱吱呀呀的响声。这种响声虽然凌乱、不合任何韵律，可在当年的我听来，却是一种美妙的音乐。因为只要听到这声音，就表明自己坐在车上，既省力气，又舒服，还比自己步行快，心里实在快活。那时，村里家境好的人家有事用车，常使用两头牛拉的木轮车；家境差的，就使用一头牛拉的车；倘有谁家结婚娶亲，会破例地使用 3 头牛或 4 头牛拉的木轮车，那样就非常威风和排场了。

大约在 1958 年前后，我们那儿开始出现橡胶轮的地板车，也叫平板车。这种车因为轮子是胶皮的，可以充气，摩擦系数小，拉起来非常轻快，既适合人拉，也适合驴拖和牛拖，所以很长时间，它成为我们南阳农村农民最喜欢的交通工具。人们向地里送粪、去镇上交粮、上医院看病、结婚娶亲，用的都是这种车。原先使用的木轮车，被逐渐冷落到了一边。

大概在 1961 年前后，我们那儿出现了拖拉机。先出现的是大橡胶轮子的拖拉机，用于拉肥料、种子和收获的粮食；后来又出现了链轨式的东方红牌拖拉机，主要用于犁地、耙地。那时候，我们这些孩子，都以能坐一次拖拉机为荣。如果有谁哪一天坐了一次拖拉机去镇上赶集，其他的伙伴会羡慕不已。我那时的最大愿望，是当一个拖拉机驾驶员，以便能天天坐上拖拉机。

后来，就听说在南阳通襄阳的大路上，跑起了一种烧油冒气的汽车，跑得比拖拉机都快。村里好多人不信会有这种车，但邻村的人说是亲眼所见。为了证实这种传闻，我们一帮小学生，在一个星期日，结伴跑到了南阳通襄阳的大路旁，要看个究竟。我们苦等了几个小时，终于看到有一个拖了个大箱子的家伙很快地跑了过来，又冒着烟跑走了。我们欢呼着鼓起掌来，天呀，真的是有汽车了。我们都想坐一回这样的车，可坐车得要钱，大人哪舍得让我们把钱花在这上边？所以很久很久，我们都没坐过这种汽车。不过从此，南襄大道上就不断有这样的汽车驶过了。

二十世纪六十年代末，焦枝铁路开始修建。蒸汽车头牵拉的火车终于也在南阳的原野上开始奔驰了。乡亲们北上洛阳、郑州，南下襄阳、武汉，也开始去坐绿皮车厢的火车了。火车厢里的座位一开始是用木条做的，是真正的硬座，后来，才慢慢变成软软的人造革座席。我当兵的前20年，每次由山东回故乡时，都是在洛阳换乘焦枝线上的火车南行的。那时火车上的乘客特别多，逢了暑期，车厢的过道里、座椅下、厕所里，甚至行李架上，都站着、躺着人。那么多年，我往返多次，真正能买到坐票的时候很少很少，差不多都是站票。偶有一次能买到硬卧票，高兴得真如过年一样。

1990年的时候，南阳的各政府单位和驻军部队，配备的小轿车开始多了。在那之前，地方上一个县、军队里一个团，也就配备几辆帆布篷的北京吉普。1990年之后，我有时由南阳回邓州老家，偶尔会搭搭政府机关里或驻军部队的便车。那时若搭上一辆桑塔纳轿车回家，会觉得很荣耀。车到村边时，好多孩子跑过来喊：来轿车了！听了这喊声自己竟很有些自豪。谁也没想到，仅仅20多年后，轿车就在我的家乡普及了。如今，村里镇上，稍有点钱的人家，都已经买了轿车。现在再有谁坐轿车回家，没有人会感到稀奇，连狗，也懒得再看你的车一眼。

1992年，南阳也终于有了可降落大型客机的飞机场。第一次看见波音客机吼叫着降落到南阳的地面上，人们奔走相告。可惜，飞机票很贵，普通人是坐不起的。我这个下级军官，也只能在南阳市区远远地看着客机在机场降落、起飞。当然，南阳地面上若谁有急事，比如有人得了急病需要去郑州、北京就医，就有了新的交通选择。

1996年，我第一次出国，第一次在国外看见了高速公路。当时心想，我们老家啥时候也能建一条高速公路就好了。没想到仅仅几年之后，高速公路就真的修到了南阳。如今，南阳境内的高速公路已经织成了网,由洛阳开车沿高速公路去南阳,两个多小时就到了。当年,我由洛阳坐火车回南阳,路上得走六七个小时哩。

2019年初春,故乡的领导邀我回家,和几个朋友一起共商邓州高铁东站广场上的文化设施建设。我第一次看到了正在建设中的邓州东站高铁站房,其雄伟的身姿已显露出来。路轨已基本铺好,车站的各种设施正在安装。施工的工人告诉我们,国庆节可以正式通车,届时,由北京到邓州,只需4个多小时。我听了真是高兴异常,过去,由北京坐火车回邓州,得用十五六个小时,坐得人头昏脑涨。高铁通了之后,早饭在北京吃,午饭就可以在邓州老家吃了。这在过去,真是难以想象。

几十年间,故乡的交通工具一变再变。每一次变化,都缩短了人在路上的时间,这也等于延长了人的生命,使人在相同的生命长度内,可以去做更多的事情。我有一个忘年交同乡朋友,他二十世纪五十年代考上北京的一所大学,去学校报到时,背着妈妈为他蒸的一袋子杂面馍,先步行到镇上;后找就便的牛车坐上赶到县里;再等机会坐就便的驴车去南阳;又找人坐拉货的马车赶到许昌;再等拉货的汽车求人家允许搭车到郑州;又进郑州货场,偷偷爬上时行时停的铁路上拉货的火车到石家庄;最后才坐上了只有几节车厢的铁路客车,用了21天方赶到北京报了到。他说,今天的人与我那时相比,去北京一趟可以整整节约20天的时间,这20天可以干多少事情呀!

我当时很想告诉他,如今,一些科研人员已开始研究建设时速几千公里的高铁,如果研究成功,那时由南阳、邓州去北京,不过几十分钟而已,我们的生活质量和生命长度,将来还会有更大的提升。

五会大别山

　　我在河南南阳盆地长大,在诸山之中,最熟悉的算是伏牛山了。因为住得近、来往多,故与伏牛山,可称得上是好朋友。之后当兵,在山东泰安一带长住,与泰山也就逐渐相熟。再后来考上军校,到陕西西安生活了两年,便又认识了秦岭和华山。直到1980年,在济南军区工作的我,因为写了一部电影剧本,被当时的安徽电影制片厂领导看中,邀我到安徽金寨谈剧本的修改,才有机会第一次与大别山见面,方得一睹大别山的芳颜。

　　初见大别山,给我印象最深的,是她孕育的杜鹃花。那正是一个杜鹃花开的季节,满山的杜鹃花真是把山都映红了,我当时觉得老百姓把这种花称为映山红,真是再贴切不过。遍山的杜鹃花所造成的那种美之气息和氛围,深深地震撼了我这个过去根本不识此花的盆地人的心,让我彻底陶醉了。那次的大别山之行虽然时间很短,所谈的电影剧本最终也未投拍,但我从未后悔有此一行。

　　再见大别山就到了二十世纪九十年代末了,我当时所在的总后勤部在大别山的一座军用仓库里举办笔会,我是参加者之一。这次我得以走近大别山的深处,看见了深达几百米的山涧和断崖,目睹了太多的嶙峋怪石和幽深山洞,见识了她的另一面——险峻。也正是因了她的这一面,当年红军的一支重要部队才会从这里诞生,后来的刘邓大军才会由黄河以北千里跃进此山之中,今天的很多军事重地才能隐于此山之内。

第三次见到大别山是在去信阳师范学院讲课之后。那一次,我在师院朋友的陪同下,去位于大别山中的许世友将军的陵墓拜谒。许将军是我最尊敬的军人之一,他生前我无缘与他相识相见,只能在他死后到他的墓前鞠个躬以表达我的敬意。也是在那一次,我才知道由大别山里走出了许多共和国的将军,久经战阵、被授予上将军衔的就有五位,中将、少将有200多位。除了这些有名有姓的将军,还有无数大别山的男人、女人,为共和国的建立献出了热血和生命,仅安徽六安一地,就有30万人为民族解放和共和国诞生捐躯。大别山的许多山谷和山坡上,都留有先行者的尸骨。

第四次见到大别山是在大别山主峰白马尖所在的霍山县。那一次给我留下最深印象的是大别山的水。大别山人对水的珍惜和对水体保护的重视程度令我惊异。他们植树、栽竹、种草,保护植被,使降水得以保持和过滤,无论是水库里的水还是河里的水,都是清凌凌的。这在全国水污染严重的今天,是非常难得的。正是因为有了好水,霍山县才造出了闻名全国的迎驾贡酒,才有了销量很大的瓶装饮料——剐水。

今年夏天,因为应邀参加迎驾大别山生态文化文学笔会,故得到了又一次与大别山相见的机会。这是第五次会面,我已算得上大别山的老朋友了,老友相见,当然会有一份亲切自在感。这一次,在笔会组织者的带领下，我看了大别山腹地六安的不少地方。此行给我印象最深的，是大别山的物产。我也是此次才知道，大别山大别于他山的一个重要之处，在于她出产的许多东西，其质量是他山的出产难以相比的。比如她出产的绿茶，那在全国是极负盛名的。除了大家都熟知的信阳毛尖之外，仅在安徽六安，就有绵延几百里的茶谷，其中的六安瓜片、霍山黄芽、舒城小兰花、金寨翠眉、华山银毫等几个品牌的茶叶，都是入口香气高长、滋味鲜爽醇厚、品质上乘的绿茶。历史上，俄国曾专程派遣驮队来这里采购过茶叶。又如中药材，这儿的漫水河百合、葛粉、天麻、贝母、金头蜈蚣、断血流等都非常有名，尤其是石斛，这种主治伤中、除痹、下气、补五脏虚劳羸瘦、强阴益精的药材，别的山区可能也出，但只有大别山中的霍山石斛称米斛，是石斛中的极品。它的多糖含量和总生物碱含量是别处的石斛难以媲美的，不论是入药、炖汤、熬粥，还是榨汁直喝，对于延缓衰老、抗肿瘤、养颜驻容，效果都非常好。再如白鹅，大别山的白鹅以体态高昂、羽毛洁白、产绒性好、肉质鲜美闻名。特别是六安产的皖西白鹅，肉用性能特别好，早期生长发育很快，初生鹅重90克左右，在粗放饲养条件下，30日龄体重就可升的1.5公斤，肉用仔鹅75日就可上市。皖西白鹅的繁殖力强，公鹅4月龄性成熟，母鹅6月龄可开产。重要的是它的产绒性能极好，绒朵又大又白，3至4月龄的仔鹅每只可产羽绒270多克，8至9月龄仔鹅每只可产羽绒350多克。目前皖西白鹅产绒出口占全国出口量的10%，位居全国首位，在世界羽绒贸易总量中占到3.3%。

　　与大别山的五次见面，每次都有收获。这是一座储满宝物又特别慷慨的山脉,你只要走近她,她就像一位慈祥的奶奶,定会朝你手里塞满礼物,决不会让你空手而回。

我期待着有一天能与她再次相见。

大红门笔会

二十世纪八十年代中期的一天，即将结束在云南前线采访的我，在一个部队驻地，忽然接到了《解放军文艺》杂志主编陶泰忠先生的长途电话，让我回来后，尽快赶到北京，参加《解放军文艺》杂志社在北京大红门一个部队招待所召开的笔会。我听后很高兴，便在回去后，星夜兼程地赶到了北京，到位于大红门的那个部队招待所里报了到。

那次笔会由《解放军文艺》编辑部的刘林先生主持，我知道他是一个来自京外的作家和眼光独到的编辑，心中暗暗高兴。同班的还有兰州军区创作室的李镜先生，他和我性格相近，也是我写作上的老师，我们正好可以在一起切磋讨论。

笔会先上来是听名家讲课。写《棋王》的阿城先生和其他几位名作家给我们到会的年轻作家讲了课。他们讲的详细内容如今已经忘记，记得的只有他们自信的面孔，和不知谁说的一句话：写小说得有自信，要认定世上就只有自己写得最好。我当时觉得这句话说得很对，写小说这种个体性劳动，没有自信你怎么可能干得下去？

讲完课之后，是每个人汇报自己想写的东西。我记得我汇报的是：我想写写上前线的女护士。我讲了讲自己在战地医院的所见所闻。刘林编辑一听就说：好，你就写这个！接下来，我就用了一天一夜的功夫，把小说《汉家女》这篇稿子写了出来。那时候年轻，喜欢熬夜写作。

写出来稿子之后，自己又对其生了怀疑：写这种题材行吗？这样写行吗？会不会触犯禁忌？会不会遭到批判？我心怀忐忑地把稿子交到了刘林编辑手上，担心他会将其枪毙。未料到没过多久，也就是两三个小时吧，刘林让人喊我去他的住室，我一进门他便高兴地叫道：大新，你这篇东西写得好！我一直悬着的心放回了原位，握住他的手表示谢意。他只提了几处字句上的修改意见，我改了之后，他便说：我马上给泰忠主编看看，你等我消息！

笔会结束前，泰忠主编告知我：稿子留用。我好高兴，满心欢喜地回到了济南军区。

不久，《解放军文艺》在头条发表了我的短篇小说《汉家女》。也有刊物做了转载。那年头，其他类别的报纸杂志还较少，全国人的目光都注视着文学刊物，文学刊物在全国的思想解放中扮演着重要角色。人们很快就注意到了这篇探索人性的小说，各种反馈的信件不断涌来。一开始我很高兴，还有点沾沾自喜；渐渐地，就有批判的声音响起，我心中的高兴开始变成了惊慌，我怕这种批判的声音漫延开来，我知道大批判的厉害，我最害怕因此被赶出部队回家种地。

还好，南京军区创作室写过《柳堡的故事》的老作家胡石言先生站了出来，他与我并不相识，他写了篇关于《汉家女》的短评，对作品做了肯定。事后听说，一直爱护年轻作家的徐怀中老师，也为我说了话,把那股批判的势头压了下去。可我至今还没有对徐怀中老师表达过谢意。借写这篇短文的机会,我要向我特别敬重的徐怀中老师表达我的感激之情。经历了这件事之后,我才明白,一棵小苗刚出土时,如果没人保护,要弄死它是很容易的,踢一块硬土过去就行了。

转眼之间,大红门笔会已经过去30多年了。已步入老年的我,回首往事,不禁想发一句感慨:作家要想写出思情意蕴不一样的作品,必须敢于超越既有的思考边界和前辈作家已经抵达的地域。

当年之牛

　　我小的时候，私人是没有牛的。村里的牛都属于生产队。最早认识牛是在生产队的牛屋里。一长排土墙草顶的房子里，摆着十几个牛槽，20来头牛全在牛槽里吃草。牛们用长舌头把草卷进嘴里嚼着吃时，会发出一种挺大的声音。我跟在向牛槽里添草的大人们身后，走到牛槽前看他们吃草，在心里感叹：他们可真傻呀，干吗只吃草不吃饭呢？

　　一开始我对牛很害怕。他们那么大的个头，出气那样粗，又长着很尖很硬的角，还有4条很粗的腿，尾巴也能甩起来，我担心他们会弄伤我，见了他们总是想躲开。做牛把式的一位叔叔笑着拉我走近牛的身子，让我去摸他那隆得很高的肚子，牛并没有发火，纹丝不动地依旧吃着草。这使我胆大起来，在叔叔的陪同下拉着他去水塘里饮水，他老老实实地随着我走，到了塘边，便把嘴深深地扎进水里，贪婪地喝起来。有一次，牛们去地里干活，我跟在后边看，一位叔叔还把我抱放在牛的脊背上，坐到牛的身上，我一下子可以看见很远很远的东西。牛对我的骑坐，好像没有生气，照旧慢慢地走路，缓缓地喘息。自此，我对牛就喜欢起来了。

那个时候，牛是重要的生产工具，每天都要下地帮助大人们干很重的活。先是犁地，一头牛或两头牛拉着一张犁，低着头向前走，把坚硬的田土翻起来。之后，他们再拖着安了很多铁齿的木耙，把翻起来的土耙成细碎平展的土地。然后，再拉了耧，把小麦、玉米、大豆、小米、高粱的种子播进田里。到了收获季节，他们又拉上木轮的大车去往田地，将收获的庄稼再拉回村子里。再过些日子，牛们会被拉到磨坊里，在脸上蒙了布，让他们拉起磨在磨坊里转，将小麦、玉米等磨成面粉供人们做饭吃。那个时候，牛们几乎参与了农活的每一个环节，真真是农人们的最重要帮手。也因为如此，农人们精心地照料着牛。冬天，牛屋里会早早生上火，怕的是牛感受到冷；夏天，牛把式们每天都会牵着牛到水塘里给他们洗澡；春秋两季，牛把式们会用刷子给牛们梳身止痒，将他们的毛梳得溜光溜光。农人对牛的感情很深，他们很少杀牛，如果牛得了无法医治的病或老得实在不能干活了，他们一般也不会对他动手，至多是把其卖走。

我大概从 7 岁起，开始学着在课余时间干活挣工分。我干的第一桩活就是给牛割青草。牛们是最爱吃青草的，他们吃青草可能与我们吃饺子一样，属于改善生活。我们生长队里当时规定，八斤青草可以记一个工分，我通常半天能割二十来斤青草，能挣两个半工分。在凭工分分口粮的年代，这是我为家里能做的最大贡献了。可当时因为力气小，要把这些青草背回村，并不是一件简单的事，每次我摇摇晃晃地把青草背到村里，都是大汗淋漓。不过，看见牛们欢快地吃着青草，心里还是很快活的。

二十世纪六十年代中期，十三四岁的我得到了一个去湖北的机会。在湖北的稻田里，我第一次见到了水牛。这种和我家乡黄牛不同的牛，引起了我极大的兴趣，我站在稻田埂上，看他们在田里忙碌。当时在心里想，单从身体卫生这个角度来看，黄牛还是比较讲究的；如果把水牛和黄牛都比作豫剧里的人物，那浑身泥水的水牛是黑脸包公，黄牛则是白面张生。

我家乡的黄牛，一生的大部分时间，都在老老实实地干活，很少会发脾气。但牛确实是有脾气的，牛脾气一旦发了，那可是很厉害。有一天，我就看见了牛发脾气的可怕场面。那天，队里的一位牛把式让牛耕地，不知是牛哪一点没做好，抑或是牛把式喝了酒，总之，他开始生气地用鞭子抽牛。牛先上来并没反抗，只是不断扭身躲着鞭子，但后来，可能是被打急了，只听他忽然哞地大叫了一声，然后扭头就朝牛把式用长角抵去。牛把式一惊，转身就跑，但牛拖着犁就朝他追去，两方的距离在飞快缩短。牛把式先是吓得把鞭子扔了，但牛还是紧追不舍，村里的人都吓得脸白了，知道若是牛把式被追上，那就要出大祸了。好多大人想帮忙去拦住牛，但牛都将他们甩开了。所幸那牛把式最后灵机一动，飞快地爬上了村边的一棵大树，牛追到树下，只能转着圈地愤怒地出着粗气……

农村改革开放后，伴随着分田到户，生产队里的牛也开始分到各家来养。牛少，不够每家分一头，就几家共养一头。为了干农活方便，家家都开始想办法买牛来养，我家这时也积钱买了一头牛。我第一次由部队探亲回家，见家里有了自养的牛，真是高兴，听着他的叫声，看着他在父亲的吆喝下去地里犁地，心里生出一股有了仗恃的欢喜。再后来,我们又买了一头牛犊,凑成了一犋牛,家里干农活更方便了。

使牛得到解放的契机,是手扶拖拉机的出现。就是这种小型农业机械在乡村的普及,让农人们有了方便的干农活的帮手,牛开始显得无用了。手扶拖拉机可以耕地,也可以耙地,还可以播种,更能带上拖车拉回收获物。供养一台拖拉机只需买点燃油,而养一头牛,则需要天天铡草、需要寻觅草料、需要白天黑夜地喂,还需要整理牛粪、给牛看病,太麻烦了。于是,牛开始被人冷落了,起初他们只是静卧村头休息,渐渐地,人们开始卖牛,直到全村都没有了一头牛。

在没有了牛之后,人们才又思念起了牛,才又想起牛的诸样好处。牛这种家养动物,实在是人的好朋友。活着,默默地帮着人干活;吃的是草,贡献给人的,是力气;最后死了,肉给人吃了不说,连皮还让人拿来做皮带皮衣。真的是死而后已。

我当了兵四海闯荡之后才明白,我们南阳的黄牛,只是黄牛的一种,他们通常是被驯作耕牛,属于役牛。当然,被当作肉牛也是很棒的,中东的很多国家就专门来南阳买南阳黄牛肉吃。中国的黄牛品种,除了南阳牛之外,还有晋南牛、延边牛、秦川牛和鲁西牛四种名贵牛种。

当兵后有次去内蒙古出差,我方第一回见到了奶牛。好家伙,几头皮肤黑白相间的奶牛,定定站立在那儿,听凭几个妇女在她们腹下挤着她们的奶头,只见一股一股的白色奶汁注进桶里,那一刻,我才知道牛奶是这样得来的。我看着那些祥和地站立在那儿的奶牛,突然涌起一股对她们的巨大心疼:你们竟是这样心甘情愿地为人来服务?!

再后来我才了解到,在乳用品种牛中,除了我们中国的草原红牛和新疆褐牛外,国外的荷斯坦牛、爱尔夏牛、娟姗牛、更赛牛都很出名。

1996年,我第一次沿青藏公路去西藏时,又认识了牦牛。牦牛的体形不大,但毛长过膝,那些毛是用来抵御寒冷的。他们耐寒耐苦,适应高原地区氧气稀薄的生态条件,是我国青藏高原的特有畜种。牦牛所产的奶、肉、皮、毛,是藏地牧民的重要生活资源。如果把牦牛也比作豫剧里的人物,他应该是张飞。

如今生活在城市里的我,爱吃肉。吃什么肉最好呢?不止一个营养师劝告我:要吃牛肉。说牛肉提供高质量的蛋白质,含有全部种类的氨基酸,其中所含的肌氨酸比任何食物都高;说牛肉的脂肪含量很低,但它却是低脂的亚油酸的来源,还是潜在的抗氧化剂;说牛肉含有矿物和维他命B群,包括烟酸、维生素B1和核黄素;说牛肉是人每天所需的铁质的最佳来源。可我每次去吃牛肉时,免不了会想起当初我们生产队和我家里所养的那些黄牛,总觉得有些对不起他们。

在牛年到来之际,我向天下所有还活着的牛表示敬意!也向所有饲养役牛、肉牛、奶牛的人送去问候!对那些尚没有被人类驯化的野牛送去祝福,祝愿野牛们在自然界里生活幸福!

笑对人生

——忆何南丁先生

人成长的重要契机，是遇到能给你带来帮助的人。

我第一次见到南丁先生，是在 1986 年。具体日子记不清了。

当时我还在济南军区创作室工作，因故乡南阳属于济南军区管辖，所以我那段日子便长住南阳写作。忽然有一天，南阳市文联的朋友到家里通知，要我随他们一起去郑州参加省文联召开的一个会议。这让我很高兴，省文联竟然也知道我这个在异乡工作的游子了。在郑州的会上，一位慈眉善目的中年男子走过来与我握手，别人向我介绍说他就是省文联的领导何南丁，是他邀请我来参加这个会的，我忙向他敬礼。他笑着祝贺我与田中禾、乔典运同获 1985—1986 年度的全国优秀短篇小说奖，还谈了他读我其他一些小说的感受，他对我作品的关注和对我的关心，让我心里感到热乎乎的。就是在这一次，我留意到他脸上的笑意，那是一种温暖开朗的微笑，是一种能瞬间消除人际交往距离的笑。

1986 年，34 岁的我还不知道我此生的第一个大灾难很快就要到来，我只是一心在想我的创作。次年的秋冬时节，灾难开始向我露出他狰狞的面容,到了1988年春夏之交时,我已经深陷灾难之中不能自拔,迫切需要向外界求援。我在济南军区的领导和朋友们都来帮忙,无奈灾难的根由不在军队,我最需要的是地方上领导的相助,于是,我到郑州去找有关朋友,同时也想起了只有一面之交的何南丁先生。

我是在一个黄昏赶到省文联家属院的。在家属院门口的传达室里,我给南丁先生打了一个电话,说我想见见他,汇报一下我遇到的困难。我和他并无深交,我担心他找个理由推托不见,不料他当即答应:你来家里吧。我心怀忐忑地走进了他家,他站在门口含笑迎接我,一看见他脸上的笑容,我心里的紧张消除了。他给我端来了一杯茶,让我边喝边慢慢说。我于是将事情的来龙去脉详细说了一遍,他听罢当即表态:你放心,这件事我会向省人大常委会有关领导汇报,会有人来过问这件事的!他的态度让我悬着的心放下了。我告辞出门时,他微笑着叮嘱我,什么事情都有过去的一天,该吃就吃,该喝就喝,别总放在心上把身体弄坏。我下楼之后才忽然记起,该给南丁先生带点礼物的,慌乱之中竟将这事忘了。

几年之后,终于雨过天晴。我家这场灾难的过去,南丁先生的仗义执言肯定起了作用。

来北京工作之后,我见南丁先生的机会少了。有一年,郑州《小小说选刊》的杨晓敏兄邀我到郑州参加一个颁奖会,在会上又见到了南丁先生。南丁先生在会间微笑着告诉我,少林寺有一个实景演出,叫禅宗少林音乐大典,值得一看。会上刚好也安排了大家去少林寺看这个演出,我知道南丁先生推荐的节目肯定不错,很想去看,可惜因为当时部队里有事，要我当晚返京，我没去成。多年之后，我陪德语翻译家和我的德文出版人去少林寺时，又想起了南丁先生的推荐，特意留下来在晚上看了演出。演出果然很棒，给我和我的德国朋友带来很大的艺术震撼。看完演出在坐车回郑州的路上，我忽然想起了南丁先生在向我推荐这场演出时脸上的笑意，猛地明白，他的推荐可能另有深意，是要我在一个寺院的兴衰沉浮和一种功夫的起落传承中去参悟人生？

2014 年，郑州师院开了一个我的作品讨论会，年迈的南丁先生坚持参加了会议并在会上讲了话，他在讲话中除了给我鼓励之外，还特别叮嘱我：你应该好好写写谷俊山这个人，把这个人写好会有意义。我当时急忙点头。其时，我的小说《曲终人在》即将完稿，内里有一章就是以谷俊山为原型写的，我在写那一章的过程中，原本是心怀不安、担心会惹来麻烦的，南丁先生的话进一步坚定了我的信心。来年书出版后，以谷俊山为原型所写的那一章果然引起了很多人的关注。

2016 年 6 月下旬的一个晚上，我忽然接到了来自河南郑州张颖女士的电话，说南丁先生被确诊为胰腺癌，希望我在北京 301 医院为他联系床位住院并做手术。我听后大吃一惊，前些日子在北京的一次会上见到他时他还谈笑风生，还能喝点白酒，怎么突然间就出了这事？我知道胰腺癌是癌症中最凶险的一种，发展很快且会伴着剧痛，于是便慌慌找到有关领导，为他协调到了病房。第二天傍晚老人坐高铁来时，我去接的他，一见到老人，一看见他脸上惯常带有的那种微笑，我悬着的心不由得放了下来。在去招待所的车上，我想安慰和宽慰他,刚说了几句,他便笑道:人老了嘛,最终都要得一种病,不是这病就是那病,我不怕,你也别太担心。我一听他这样想,心里也好受了许多。

次日上午,我约301医院治这种病最权威的一位科主任看南丁先生在郑州的检查结果。我带南丁先生和家人进去时,先生含笑把在郑州的检查资料亲自递到科主任的手上,科主任边看检查资料边说:如果下决心做手术,这可是比较大的手术,病人愿不愿承受?毕竟他是高龄老人了。南丁先生答:只要手术风险不是很大,可以承受。科主任接着又说:根据老人的病情和他的年龄状况,即使手术做得很好,可能也就延长两年时间的寿命。我当时听了有点不高兴,怪科主任不该把这么残酷的结果明说出来。不想南丁先生依旧含了笑答:行,能争取两年就不错了。科主任放下资料道:你不能替病人回答,我建议你最好回去同病人的至亲,最好是本人商量商量,病人现在在哪里?是不是已经卧床?能由郑州来吗?我闻言急忙指着南丁先生说:他就是患者本人。那位科主任很吃惊地抬眼看定含笑的南丁先生,满眼意外道:我以为你早已被吓倒在了病床上,好,你的精神状态好!

最后决定动手术,由那位科主任亲自主刀。

但我心里很是忐忑。因为科主任还告诉我和南丁先生的家人,胰腺靠近人的后背,被一些器官遮蔽,仪器检查很难发现肿瘤的真实样貌,图像上看着较小的肿瘤,打开腹腔后可能会发现其实是很大的肿瘤,那时,需要切除的部位就很大。我在心里祷告,但愿先生的肿瘤不大。

动手术的那一天，我和南丁先生的家人一同守在手术室门外的家属等候区。等候原本就不是一件好受的事，何况是这种不知会带来何种结果的等候。我的心一直揪着，我虽然相信这个主任的医术，但我害怕出现意外，而意外在手术中是随时都可能现身的。我在想，一旦出现意外，医院是我联系的，主刀医生是我找的，我怎么对得起给我过很多帮助的南丁先生？怎么向南丁先生的家人解释？谢天谢地，虽然打开腹腔后发现他的肿瘤的确挺大，但手术很顺利，南丁先生被平安推出了手术室。

医生随后又告知说，以南丁先生的高龄，他的术后恢复可能会比较慢，对他的术后照顾要千万小心。我也为此担着心，想不到的是，先生清醒过来后，心情出奇的好，身体也恢复得特别快，按时拆的线，按时进的食，与年轻病人术后的恢复速度差不多一样。医生也为他的恢复速度感到惊喜。他术后我第一次去看他时，他的脸上就浮现了我过去常看见的笑容，他微声对我说：我们胜利了！我急忙点头，开怀地笑了。第二次去看他时，他一定要从病床上坐起来，笑着说：我想唱歌。他的这一举动有点出乎我的意料，我不知以他的身体状况此时是该点头还是该摇头，在我犹豫的当儿，他已经开口唱了，可惜我当时只顾感动和意外，没能去留意他的唱词，模糊记得他好像是唱了一支歌和一段京剧，韵律很好听。我怕累住他，忙劝他下次再唱。他笑着说：我已经恢复了，再唱几曲也没问题。他那天的状态让我太开心了，临离开病房时，我是笑着向他挥手告别的。

又过了几天，他和家人商定出院，想回郑州住进省医院的干部病房里休养。我安排好送站的车,到医院扶他坐进车里,告诉他,过段日子再去郑州看他。他握住我的手叮嘱:你也是 60 多岁的人了,要少写一点,保重身体。关好车门后,我们挥手笑着作别。我当时想,以他现在的精神状况和身体恢复状态,肯定会活很多年,医生当初"活两年"的断言肯定是胡扯。

我和先生都低估了病魔的厉害。

我根本没想到,仅仅几个月之后,我就会听到噩耗。

在确认了先生去世的消息属实之后,我久久地站在原地,胸中涌起一股巨大的后悔:是不是原本就不该做手术?但另一个消息又让我的心稍稍得了点安慰:这种病的晚期必然伴有难以忍受的疼痛,有的病人因要忍受疼痛能把水泥墙壁都抓出破洞,两手会抓得鲜血淋漓,而南丁先生一直到天完全黑下来时也没有感受到一点疼痛。

他走得平静而安详。

敬爱的南丁先生,我没能将你的生命延得更长一些,真对不起!

你用你的行动告诉了我:对人生的长度,能争取多少就争取多少,争取不到时也要笑对他,活得无愧才好。

我会谨记在心的!

文友之间

　　这大半生,缘于生活在文学圈里,就结交了不少文友。胡平兄便是这些文友中的一个。

　　大约是在二十世纪九十年代初,我认识了胡平。当然,一开始是我认识他,他不认识我。他那时是挺有名气的青年评论家,我只是一个普通的写作者,记得是在一次青年创作会上,别人指着他的背影告诉我:那是胡平。我算是认识了他。后来,他对我的第一部长篇小说《走出盆地》做了评说,我们开始有了书信联系。再后来我调来北京工作,参加中国作协组织的活动,慢慢就与他熟了。由于我俩同是1952年生人,同龄人说话很容易说到一起,就渐渐成了朋友。

　　胡平兄是一个脾气温和的人。我与他交往这么多年,没见他朝人发过火,也没见他朝谁露过冷厉的脸色。他说话慢条斯理,做事不慌不忙,待人良善平和,这是我愿与他交往的原因之一。我其实是一个急性子的人,遇事好着急,喜怒容易形之于色,遇到他这个温和脾性的人,很容易让我意识到自己的毛病,让我也注意去控制自己的情绪。这大概叫性格互补吧,性格互补的人做朋友能做得长久。

　　因为是朋友,故就关注他的评论文字,见到他的文章总要读一读。2000 年前后,他在评论界很活跃,发表的文章挺多,有时是对单篇作品作评,有时是对一个作家的整个创作发表看法,有时是对一段时间内某一创作领域的状况和态势做评说。凡我见到的,都会看看。他的评论文章一如他的做人,不依势压人,不故作高深,不玩弄辞藻,不张牙舞爪,不故弄玄虚。读他的文章,你能在平实的文字中感受到他藏而不露的智慧,你能在他所做的判断中见识到他独特的眼光。大约是他偶尔也搞创作的缘故,我觉得他特别能体会写作者的用心,能准确把握一部作品的脉动,从而能对他人的作品做出比较恰切的评判。

　　坦诚是我交友的一条原则,胡平兄和我都愿坦诚相待对方。他与我在一起聊天,我们从来都是说心里话,不说场面上的话,直来直去,直接说出对人、对文、对事的看法。一个人对另一个人说的是不是真心话,另一个人是能立刻感受得到的。与他交往,我很放松很轻松,我可以直接说出我的喜怒哀乐,也可以倾听到他的真实心声。如果有一段时间没有在一起聊天,我们会创造机会在一起聊聊,两个彼此懂得的人聊天,会解除一些孤独感。孤独感是会经常光顾写作者的。

　　我在写作中经常会有不自信的情况出现,特别是在用几年时间把一部长篇小说写完之后。由于经过了反复修改折腾,到完稿时对其几乎没有了任何新鲜感,故对自己的作品会失去判断力,不知道读者究竟愿不愿、能不能读下去。逢了这时,我特别希望胡平兄能先看看我的作品,听他谈谈他读了的感受。知道他不会说假意的话,故他的意见就成了一种在我看来很重要的判断。当初,我的《曲终人在》写出后,他看后给了我很多鼓励,才使我对其有了信心。这么多年来,我得到了他很多支持,在内心里对他充满了感激。

胡平兄酒量很小,白酒也就能喝三两杯,啤酒一瓶就行了。我在野战军工作时把胃搞坏了,不敢喝酒,我俩在一起就主要是吃和说。这样我们在相聚时就没有让酒的压力,他自斟自饮,随意;我大口吃菜,随心。我们的聚会很轻松自在。

我和胡平兄的业余爱好并不同。我在业余时间最爱看电影,他在业余时间最爱下围棋。他一开始是在双休日与文友下围棋,后来是一个人在网上与人下棋。他告诉我,有时他能下棋下到后半夜,而且一旦输了,还会因思考败因而睡不好觉。我对此有些惊奇:围棋还能让人迷成这样? 对于我的爱看电影、为看电影熬夜,他也是不很理解,但这并不妨碍我们做朋友。有时,我静静地听他讲下围棋的故事;有时,他静静地听我讲电影里的故事。

转眼之间,我们就老了。如今都是快70岁的人了。进入老境之后,我们会相互提醒保重身体。他嘱我多吃点保护骨关节的保健品,还不时给我带一些外国出的这类产品;我也会把我知道的保健知识告诉他。我们交流着锻炼身体的方法,他每天都在健身器材上按摩身体的各个部位;我则是与篮球运动彻底告别,只缓慢散步,每天散4次,一次半个小时。我们平静地过着老年生活,一边不紧不慢地与文字打着交道,一边观察着造物主对我们人生后一段的安排,等待着人生终点的到来。

余生的路上,我们还会是互相问候和关照的朋友。

怀念同宾

忘了是哪一年与同宾先生相识的,只记得有一次和几个文友一起去了他的家。那是一个收拾得清清爽爽、充满书香味的家,家里到处都摆有书、刊物和报纸。在那一次拜访时,我才第一次知道,同宾先生早慧,17岁上中学时就开始发表作品;还知道他特别爱看《文汇报》,很喜欢看《文汇报》副刊上发表的文章。

因为我不常住南阳,故与同宾先生的交往并不多,与他见面,多是在文友们召集的聚会上。同宾与我一样,无甚酒量,每次在酒桌上只喝几杯酒而已。他总是安静地坐在那儿,听朋友们高谈阔论,偶尔发言,也很简短,但他关于某部文学作品、关于某位作家、关于某种文学思潮的看法,虽短,却很有见地,这一点让我印象深刻。

我和同宾先生一起参加过两次在南阳境内举办的笔会。在笔会上,同宾先生会与到会的新老朋友讲到散文创作,仍然不是长篇大论,但很有含金量,是他创作的真实体会,我会从他的讲话里获得启发。比如,他讲过:我碰到的都是小事件、小场面、小情景、小小的喜怒哀乐,但这些小,会反映出大。我觉得这话讲得特别好。这两次笔会中的一次,我忘了带安定片。我对失眠有一种恐惧:如果随身带了安定片，我不吃它也能入睡，如果没带，那我就可能真的会因心慌而失眠一夜。当我发现我没带安定片时已是晚上十点多了，我的心里开始慌张，就去找笔会的主办者帮我想办法，不想同宾先生听见了我们的对话，说，我有安定，并立刻拿了几片给我。我得了这几片药，心里立马安定下来，回到房间没吃也很快睡着了。也是因此，我知道他和我一样，有轻度的失眠症。

那一年，他的《皇天后土——99个农民谈人生》出版。这本书在散文的题材、形式上都有创新，我在北京读了很为他高兴。漓江出版社的朋友希望我能为这部书写篇评论，我痛快答应。评论写出发表后，同宾先生与我通了很长时间的电话，觉得我们的心是相通的。我感到这部书表达了同宾先生对农民、对土地、对乡村的深情，充满了真正的乡思与乡愁，是他创作上的一个高峰。

有一年，同宾先生来北京开会，本来约好了请他来家里聚聚的，后因他有其他安排，时间错不开，未能如愿。不过每年的春节前，作为大哥的他，总要提前给我打电话拜年，这让我很是感动。有时我想提前给他打电话，但常常还是让他占了先。每次听到他浓浓的乡音，我的心里就感觉很温暖。特别是在我家里遭遇灾难时，他通过电话送来的问候，给了我很大的安慰。

我曾劝说同宾先生少写一些以保重身体，但他的勤劳使他不可能停下笔来，他还在坚持写作，也许就是这种持续的写作伤害了他的身体，让他的病情出现了意外，让我在这个夏天突然听到了他远走的消息。

心很疼！

　　好在同宾先生留下了很多书,想念他了,可以读读他的书。他的文字仍在活着,我们在那些文字里看得见他的身影。

　　愿同宾先生在天国享域里享福!

海南一周行

"自在"戏台

2021.5.8　　星期六　晴　海口

　　晨起,明显感受到了海南对来客的欢迎热度,换上了短袖衫和夏裤还觉得热。空气分外澄澈,吸一口觉得鼻腔、胸腔都舒服。

　　今天看了海口郊区的荣堂村和市内复修之后的百年骑楼街,颇开眼界。其中骑楼街上的月溪香林·自在咖啡店让我极感兴趣。

　　此店店面不大,门前也无特别装饰,表面看去,并不吸人眼睛,稍不留意,就会走过它的门面去看其他的热闹。可一走进去,却真的是别有一番天地。十几米深的店内摆设雅致,是一个很好的喝咖啡聊天的雅聚之处,但这不是我感兴趣的原因,我感兴趣的是它的后院。走进后门,来到后院,我真的是很吃了一惊:天下还有如此自然和人文景观异常相谐的地方?

　　最先入眼的,是一座精致的木质戏楼。戏台上铺着黑色木板,帷幕后的后台类似一座木房子,顶部呈三角形,其上朝向观众的三角墙是精美的镂空木格花墙,上边挂着两个金色的大字"自在"。戏台的设计颇带有中原风格,用料极其考究。最令人钦佩的是主人将戏台命名为"自在",对世事对人生没有一点感悟的人,怕是很难想起用这个名字。

我这一生,最喜欢的事情,就是看戏看电影。我的少年时代,因为看电影的机会很少,有很多个夜晚,就流连在故乡河南老家乡间的戏台下,看豫剧、曲剧和越调剧团的演员们表演人间的悲欢离合。看戏,是我那时最大的人生享受。故今天一看见戏台,我立马精神起来。

接下来我看到的,是戏台周围的几棵树。最大的一棵是榕树,其巨大的树冠如伞,将整个后院完全笼罩住了,不仅浓烈的阳光很难照进后院,保证阳光晒不到看戏的人身上,就连下了小雨,怕是雨滴也难以淋湿看客们。再就是一棵老藤,微弯的上身,像极了一个美女在曲身欢迎走进后院看戏的客人。再就是一棵结了很多果子的波罗蜜树,像是一个贤惠的少妇,在手捧了果子请看戏的客人们品尝。还有几棵挺拔的椰树,颇像是守在戏台下负责维持看戏秩序的年轻小伙。

院内的植物和戏台达到了一种完美的和谐。

戏台下,除了露天的观众席位之外,后边还有包厢。这也是很有创意的一种设计,中国的传统剧场,是少有包厢的。旧时,高贵的看戏人,坐在剧场的前排就行。我想,这种设计,大概是借鉴了其他国家的剧场规制。

陪同的朋友告诉我,这个剧场是当年的海口富商张天元1931年建成的,就位于他家的后院。剧场在1973年毁于台风,2014年复建,现在是市琼剧团的定点演出点。我猜,当年张天元所以要把自己建的戏台起名曰"自在",估计可能有多重考虑:其一,在自家的戏台看戏,舒服自在,不受任何拘束;其二,戏台与后院的自然景观完美融合,不刻意破坏原有的生态,显得十分自在;其三,由于戏台和观众席所占面积也就几十米见方,台下人极容易融入台上的戏中,生活中的人其实自在戏里;其四,我张天元在,这个戏台和剧场当然会在,可即使我不在了,这个戏台和剧场仍然还在。

站在戏台下,我望着空旷的戏台,想象着琼剧中包公从后台走出的模样,再回忆豫剧中包公身着戏装的样子,心里估摸,虽然他们的唱腔有很大不同,但服饰和装扮,应该差距不大吧?

在告别张天元建的自在戏台时,我心里已暗下决定:日后有钱了,我也要在我的河南老家,建一个这样的戏台,让故乡的人们也享受享受这种人文和自然相谐的美好生活。

苏东坡的不幸与海南之幸

2021.5.9　　星期日　晴　海口

上午参观了海南博物馆,对海南的历史和风土人情有了比较全面的了解;下午看了五公祠,认识了不同历史时期被贬到海南的五位朝廷官员,内中就有我喜欢的文坛前辈苏东坡。

据传,公元1098年冬天,有一个喜欢诗词的年轻人,自摇一叶小舟,横渡琼州海峡,上岸后在海南的荒草密林中七寻八找,终于找到了儋州苏轼的贬居处,向苏轼送上了他的问候和一点礼物。

公元 2018 年冬天,有一个喜欢文学的老人,先坐上飞机由北京飞往海南三亚,再坐上环岛高铁抵达澄迈,又坐上朋友的越野车驰往儋州苏轼的故居,向苏轼送上了一份敬意。

这个老人就是我。

时年 66 岁旅居海南的我,第一次去拜访文学前辈苏轼先生,去寻觅他在海南的足迹。

3 年之后的今天,我来到海口的五公祠,第二次拜见了东坡先生。

也是在五公祠里苏东坡的塑像前,我才第一次听说,他当年被贬海南,在小儿子苏过的陪同下坐船渡过琼州海峡上岸之后,曾在海口住了一些时日,就借居在今天的五公祠内的金粟庵,之后方朝儋州那边走。他在金粟庵停留的这段时间里,除了恢复精力、准备下一段路程上的用品之外,细心的他还在住处附近发现了两眼泉,其中一眼名叫"浮粟"的泉至今还保存完好,几百年间一直为住在附近的人们提供着用水方便。今天下午,我就站在浮粟泉旁,看着清澈的泉水一点点地向一个石砌的水道里流去。

苏轼被贬来海南,在他自己,应该说是生活中的大不幸。其时,他已步入老境,身体在长期留放的生涯中也已受到了损坏,他这时最需要的,是在一个生活条件和医疗条件相对好的地方,在儿孙绕膝的轻松环境里,读读书、写写诗文以安度晚年。但当时险恶的政治生态取消了这种可能,他只能按照朝廷的旨意,朝海南的流放地走。他到了海南儋州之后,生活变得异常艰难,抵达初期甚至连住和吃都成了问题。好在他很乐观，在当地居民的帮助下，逐渐适应了下来。

当我们今天打开苏轼的诗集时，读到《自题金山画像》中的句子"心似已灰之木，身如不系之舟。问汝平生功业，黄州惠州儋州"；读到《纵笔三首·其一》中的句子"寂寂东坡一病翁，白发萧散满霜风。小儿误喜朱颜在，一笑那知是酒红"；读到《入寺》中的句子"曳杖入寺门，辑杖挹世尊。我是玉堂仙，谪来海南村。多生宿业尽，一气中夜存"……会不由得想，假若苏东坡在朝廷中十分得志，在仕途上一帆风顺，整日在汴京城里与达官贵人们交往，车马喧嚣，灯红酒绿，他怎么可能写出这样的诗句？若没有这些诗句，苏东坡的诗词成就是不是就会打一点折扣？宋代的诗词发展史是不是就多了一点遗憾？正是因为苏东坡这次暮年的贬谪，让他与偏僻之地的百姓有了接触，对百姓的疾苦有了更深刻的了解，对人生的悲凉与不可捉摸有了更深切的体验，才使他写出了那么多传之千年的名作。从这个意义上说，这次贬谪流放，对即将结束创作生涯的苏东坡，也算是一件幸事。我这样说，可能有的读者朋友会觉得有点残酷。

对海南这块地方，苏东坡暮年的这次贬谪，其实也可以说是一件幸事。正是由于他的到来和提倡，儋州开始有人知道读书了，后来开始有举人和进士出现，再后来开始有人开坛讲学。正是由于他的到来和提倡，主要以打猎为生、不愿耕种的儋州人，开始学习耕作技术，懂得农耕了。正是由于他的到来和提倡，儋州人不再满足于靠术士治病，不再用杀牛祭神来解决健康问题，渐渐学会去采摘一些草药来治疗常见的疾病。

这在宋代的海南,都是巨大的进步。

如果没有苏东坡这次暮年的贬谪,海南与中原先进文化的接触,可能还要再推迟一段时间;海南农耕文化的发展,可能还会再延缓一个时期。

这就是苏东坡这个人与宋代诗词发展的奇怪关系。

这就是苏东坡这个人与海南这个地域的奇特关系。

他个人的不幸和人生的伤痛,恰恰对宋代的诗词发展和宋代海南地域的进步起了推动作用。

这就是一个文人的牺牲!

我站在五公祠里,眼望着苏轼的塑像在心里叹道:历史既然选中了你,你就服从吧!

关羽在海南

2021.5.10   星期一   晴   海口

上午与几位作家朋友一起到海南大学与大学生们就纪行文学对话。下午去市内琼中区参观琼台福地。

琼台福地是宋代以来海南人对海口原府衙前鼓楼一带的称谓,寓示这是海南人的福气所倚之地。今天下午,我们由"琼台福地坊"进入小巷,之后入关帝庙,见福地轩、看琼台阁、观"福地"碑。这其中最令我感兴趣的是,为何把关帝庙建在琼台福地上?关羽在海南的琼台福地上被供奉起来,与祈福有什么关系?在我的老家南阳,因为诸葛亮当年躬耕于此，刘备带着关羽、张飞三顾茅庐，三国的故事到处流传，故有关帝庙出现，不难理解。可在隔着海峡的海口，在海南的琼台福地里，竟也有供奉关羽的庙宇，不能不让我有点惊异。

讲解人员指着放在庙内前院一座关羽的铜像，解说道：在当年的抗日战争中，赴缅甸的远征军的一个连队里，有一名李姓战士的母亲，在儿子上前线时，把一幅关羽的画像装进了儿子的衣袋，并嘱他保存好。结果，在一次对日军的战斗中，全连100多名官兵全部牺牲，唯有他活了下来，从而使连队的番号得以保存。他因此相信，是关羽在暗中保护了他。此后，他对关羽一直保持着敬意。他的儿子在海口经商赚了钱之后，专门找人塑了一尊关羽的铜像，送来此处供人们敬奉。

这只是人们敬奉关羽的一个特例，不应该是海口人把关帝庙建在福地的主要因由。在我的追问下，一直守护着福地的一位老先生指着庙内墙上镌着的四个大字"忠、义、仁、勇"说道：因为关羽身上有着忠义仁勇的品质，故人们相信，他能给人们带来福气。

我豁然开朗。这话说得有道理！

人们都想有福，可福从何来？福其实就从人的行为中来，就藏在人的行为里。

一个人若是忠于朋友、忠于亲人、忠于国家、忠于民族，当朋友有难时，毅然伸手相帮；当亲人遇祸时，全力相救；当国家和民族需要时，挺身而出，他日后当然就可能得福。朋友会来感恩，家人会更加团结，国家和民族会铭记着他，他焉能没福？

一个人若是有正义的气概，一身刚正之气，为情谊而甘愿替人承担风险,宁可自己利益受损,也不让朋友吃亏,那受惠的人日后大概率会来回报于他,他的福气也就来了。

一个人若是有仁爱之心,看见他人受苦,便心生怜悯,不求回报地伸手相帮,就如现在的许多义工,甘心情愿地去帮助他人,久而久之,他也就会被仁爱包围。当他需要帮助的时候,无数的人也会向他伸手相助,他的福气岂不是也就来了?

一个人若是勇敢、有胆量,身上有充满力量的志气,遇事不后退畏缩,在国家、民族、亲人、朋友、他人受到侵犯的时候,勇于上前保护,那人们自然会记住他、敬重他,他怎会没有福气?

海南人所以把关帝庙修在福地之上,正是为了昭告后人:你此生若想有福,就该像关羽那样修炼自己,让自己拥有忠义仁勇的品质!

这才是祈福之道!

最大的私宅与最美的椰雕

2021.5.11　　　星期二　晴　文昌

今天的收获很丰硕。

陪同的朋友说上午要去看一家私宅,我心上觉得,以我几十年的游历所见,啥样的私宅没有看过?八成是要浪费时间了。但客随主便,就去看看吧。

车行至文昌松树村,下得车来还是打不起精神,及至随陪同人员到了符家老宅大门前打眼一看,我才大吃一惊:在偏僻的海南文昌一个并不出名的村落里,竟还有如此规模如此规制如此漂亮的私宅?

先说规模。符家老宅第四代传人告诉我们,这座老宅光占地就有八亩多,共有三进正屋。三进正屋楼上楼下总计18个房间,另有9间横屋、6个天井、1间祭屋、9个厕所、1个大阳台。正屋与正屋、正屋与大门、正屋与后院围墙之间,均有两层的圆拱。正屋的走廊相连,二楼的房间相连,完全像是一座城堡。

再说规制。这座老宅的主要特点是有异国情调。虽然在平面布局、屋顶处理、侧边门楼上沿用了海南传统民居样式,但在正屋的连接部位和房子外廊的设计上,都采用了南洋特色的拱券,并在相连的柱子上运用直线和曲线装饰,加上窗户的样式和瓷材的使用,整栋宅子看上去南洋味道十足。

接下来说美感。老宅虽然是在1915年开建,1917年建成的,距今已经104年,且由于年久失修,有的屋顶露天,有的楼板塌陷,有的墙皮脱落,但主体建筑间的和谐,拱券式连廊造成的视觉奇观,依稀可见的多样彩绘,都让人感觉到了一种艺术之美。就像一个美人,虽然她年纪大了,但她当年的美都还藏在她的眉眼里没有完全消失。我在想,假若用现代修缮技术将其完全复原,那一定像用电影技术把迟暮美人还原到她的18岁,其惊人的美貌会把所有见到她的人震住。

这座宅子的主人叫符用秩,生于1879年。成年之后因家境贫困,他跑到马来西亚谋生。他后来在柔佛州的古来镇种植橡胶。其两位哥哥那时也在马来西亚种橡胶,三兄弟因种植橡胶发财后,商定共同出资在故乡重建祖屋。1915年,符用秩在两位哥哥的嘱托下,带着巨款和建设图纸回国,用了3年时间,终于把这座具有南洋风采的豪华大宅修筑了起来,一时间在四乡传为美谈,引来无数乡人参观。

100多年过去了,大宅的破败之相非常明显,再不修缮,很可能完全倾废。所幸此宅已被国务院列为文物保护单位,不会再被他人破坏。相信在不久的将来,在各级文保单位的关心下,在有识之士的帮助下,她会再一次恢复她美丽的青春面目,给建筑界和游人带来新的惊喜!

下午参观文昌市东郊镇的海南椰雕文化展览馆。

椰子林是每个来海南的人都会看到的风景,尤其是在文昌东郊镇,大片的椰林更是美丽壮观。但很少有人去想椰子树对海南人的意义,这其中也包括我。直到在展馆里听到解说员说了一句"我们海南人是向海而生,靠椰而活",我才一下子明白,椰子树原来对海南人如此重要,它是海南乡村人们的基本生活资料之一。

椰子树原来全身是宝。椰子树干可以做屋檩屋椽,树皮可以做屋子的墙,椰叶可搭在屋顶遮雨。椰果里的汁可喝;椰肉可吃,可做椰子油,可炒菜吃;椰果的外层可做绳,壳可做活性炭,椰子做的活性炭又可用以生产日化用品,包括美容化妆品等。椰子的全身都可为人所用,几乎没有可扔掉的部分。椰子在一定意义上可以说与内陆的牛一样,对人类鞠躬尽瘁,服务到底。

东郊当地的朋友还告诉我们，椰子树和人是天生的朋友，他们特别愿意长在有人的地方。有人的地方，椰树苗不仅种下去容易活，而且结果多。椰果看似是个圆球，其实是有眼睛的。它在熟后坠落时从来不会砸住人们，孩子们在椰树下玩，绝少听说有哪个孩子被椰果坠落砸伤。村里若是有人被落下的椰子砸伤了，那一定是他的人品有问题，做人有不好的地方，椰果砸他是对他的一次警告和惩罚。

海南人在与椰树椰果的相处中，还渐渐发现了椰果在其汁、肉被食用之后，果壳还可以雕作各种艺术品。由此诞生了很多椰雕艺术家，其中文昌的符史琼先生就是最有代表性的一位。椰雕文化展览馆里展出的都是这位椰雕大师的作品。他的作品有大件有小件，小的有椰碗、椰勺、椰杯、椰壶、椰牛、椰鸡，大的有一人来高的花瓶、1 米多长的椰船、2 米高 3 米宽的屏风。无论是大件作品还是小件作品，其构想之精美，其用料之仔细，其雕功之深厚，都是我在任何其他地方所没有见过的，确可称为艺术精品。我想，若在北京举办一次符先生的椰雕展销会，这些作品怕是会一抢而空吧？

对于椰树和椰果的利用，其实我们的先祖很早就有发现。三国时吴国丹阳太守万震就在《南州异物志》里指出：椰树，大三四围，长十丈，通身无枝。至百余年。有叶状如蕨菜，长丈四五尺，皆直竦指天。其实在叶间，大如升，外皮苞之如莲状。皮中核坚。过于核，里肉正白如鸡子，着皮，而腹内空；含汁，大者含升余。实形团团然，或如瓜蒌。横破之，可作爵形，并应器用，故人珍贵之。唐代开始出现经手工艺人雕琢而成的椰具。《粤东笔记》记载，李德裕谪居崖州时,把椰壳制成瓢、勺、碗、杯作为吃喝用具。到宋代时,椰雕饰品已开始在士大夫阶层流行。宋朝项安世在《以椰子香炉花瓶为大人寿》一诗中写道:儿供椰果劝椰杯,花露香风俱酒气。殷勤更作椰子诗,甲子中间一年岁。明代的刘崧在《广州杂咏》里写道:椰杯深贮荔枝浆,桂酒新调苏合香。明清两代,椰雕技艺越加成熟,用椰壳雕制的工艺品已开始贡给皇室使用。到清乾隆年间,海南的有些村庄,家家户户都有椰雕作坊。

如今,椰子的汁和肉经现代技术的处理,制成了更多的食用和药用及其他日常用品;椰子的皮和壳在传统的椰雕技术和现代雕刻工具的结合下,雕制成了更多更有创意的艺术品。

走出展馆,望着近处的椰树和远处的椰林,我在心里想,今后,人和椰子的关系会更加亲密,人对椰子的利用会进入一个新的时期,椰子对人的反哺也会更加感人。

一个古村落与一座新学校

2021. 5. 12   星期三   晴

乡村,是人类走出山林脱离洞穴之后,发明的第一种聚居地。它在人类的聚居史上,占据着很重要的地位。直到今天,尽管有城市这种聚居方式的巨大诱惑,但它仍未被人类抛弃。不论是在中国还是在外国,仍有相当多的人住在乡村。因此,乡村的建筑样式和整体安排,是考察人类创造能力的一个重要方面。

今天上午参观的文昌会文镇十八行村,其村落的整体设计和房屋的建筑样式,新鲜别致,是我在任何别的地方都没有见过的一种,确实具有创新性和唯一性,值得一看!

十八行村在建村之初选址时,其先人极有眼光,选的是一块前边有河、地势前低后高的土地,这样房子建起来后,由村前看去,房屋由低到高,层层叠叠,错落有致,很有美感。

十八行村的最大特点,是在建村之初,就对整个村子的未来扩展做了整体设计。在明朝正统年间由福建莆田迁来的林姓先人非常明确地规定,村中的房屋成行排列,一排一排前后对齐。每一行之间设有间隔。再起新屋时,另起一行,仍然是一排一排前后对齐,直到今天形成了呈扇形的 18 行房屋,每行房屋中都住着六七户人家。

这个村子的林姓先人做的另一件事,是要求同一行房屋的中间堂屋,也就是客厅,设前后两个门,都要对齐,且平日两门皆开。这样,不仅寓示前后同心,而且风会前后贯通,造成空气自然流动,每户家里都换气方便,保证了屋内的空气新鲜。

这个村子的先人还规定,在行与行的住宅间,同辈的房屋必须高度相等,以示邻里相互平等。

我不能不佩服这个林姓先人的聪明和远见。一个 600 年前的乡村人有如此眼光,的确少见!

由此我想起了今天的农村建设,在全国很大一部分乡村里,建筑是没有整体规划的,或者有规划,但没有认真执行,这就造成了房屋建得杂乱无章。对于房子的样式和规制,也没有经过精心的设计,结果就出现很多没有任何美感的房屋,胡乱地立在村里,看上去混乱而没有章法。如今国家实行乡村振兴战略,搞新农村建设,我觉得乡村里的这种建筑乱象应该得到纠正,每个乡村的村委会起码应该做到三点:

其一,对自己村子的未来建设,搞一个整体规划,以后再扩建时,按这个整体规划来建。

其二,对村中房屋的样式,请专家结合本地的建房传统和新材质搞一些有美感的设计,可以设计出造价分高、中、低三种的不同样式,供新建者来选择。

其三,对村中旱厕的改造和污水的排放和处理有一个整体方案,把村中的卫生搞好。

这就是十八行村这个古村落给我们的启示。

文昌县是一个文风很盛的地方,对教育的重视程度很高,这从市内孔庙一直保护得很好就可以看出。参观文昌孔庙最让我感兴趣的是,孔庙的一个跨院里附设了一所孔子学堂。这在其他地方的孔庙里是很难见到的景致。

这所孔子学堂的课程设置很有意思,既有中华习俗、中华孝道、中华姓氏这类知识的传播,也有对乡村振兴、文化自信、和谐家庭这些当下重要社会问题的探讨,还有文昌文化、怎样做母亲、做人与做事等对当地人们所关心的事情的解说。这些课程的实用性非常强,很容易吸引人们来参加。

到孔子学堂听课的学员,既有市级机关和镇政府的机关干部,也有文昌中学和外国语学院的学生，还有消防人员，更有幼儿教师、家庭妇女和普通游客。这些人都是带着丰富自己的精神库存、对生活中的疑惑进行释解的目的主动来听课的。

自觉到孔子学堂担任教师的人，有孔子学会的会长，有中学的高级教师，有大学里的教授，还有著名作家。大家自愿到校任教，不求报酬，不计回报，只愿求学的人都能学有所得，不负这个孔子学堂的名声。

如今，这个学堂已经连续几年招生，培养的学生遍布全文昌市，对推动全市的文明和文化建设起了很大的作用。

我所走过的很多地方的孔庙，仅成了学生们高考前求孔子保佑考出好成绩的地方，早已失去了活力，只成了一个供人看的场所；而在文昌，孔庙却焕发出了新的活力，成了一所培养社会有用人才的新学堂。

这是文昌的孔庙与众不同的地方，也是文昌人古为今用的创新之举。

登高望远的乡贤与思之久远的书家
2021.5.13 晴　星期三

塔，最初是人类为了克服自己的身高局限，企图望远而创造的一种建筑物，一开始 2 层、3 层的都有，亚洲尤其是中国最常见。后来，因其厚重庄严，开始为佛教所用，成为佛家收藏佛骨、佛像、佛经和僧人遗体的场所。再后来,也就是十四世纪以后,塔的用途逐渐世俗化,一些航海者为了航行顺利,开始建塔以安置航标,这是塔为世俗生活所用的最明显标志。今天,电视塔、观景塔随处可见。

今天上午我们去看的海南文昌斗柄塔,位于文昌市铺前镇的七星岭主峰上,若登高看上去,犹如七星岭生了一个柄,故得名斗柄塔。此塔始建成于明朝天启五年,也就是公元 1625 年,距今已近400 年了。到清朝光绪十三年,也就是公元 1887 年,进行过一次重修。现存的塔平面为八角形,共 7 层,高度超过 20 米。就其高度来说,斗柄塔与内陆所建的很多塔都无法比——我家乡邓州宋代所建的一座福胜寺塔,也高达 13 层——但在海南地面上,这个塔已经是很高的塔了。斗柄塔的建法为层层收缩递减,每层都有拱门。我和同行的朋友们进入塔内的螺旋式阶梯,沿狭窄的阶道,一直登上了塔顶。陪同的朋友说,阶梯总共有 104 级。到了塔顶发现,资料上说的塔顶葫芦已废,现仅存覆盆,覆盆上原来抹就的灰浆,已被海风严重腐蚀。站在塔顶望去,琼州海峡清晰可见。据说明代礼部尚书王弘诲致仕回乡后,所以要邀众捐钱并奏请朝廷拨款建设此塔,就是为了使其成为一个航标,并想镇住海里作恶的妖怪,避免海峡上来往的商船民船遇险。我想,即使是今天,在海峡里行船的人,只要远远看见了这座塔,就概略地知道了自己船的位置,从而知道了行驶的方向。站在塔顶向其他几个方向望去,山林、沙洲、村落,都看得清清楚楚。

时转斗移,斗柄塔作为航标的功用逐渐丧失,它慢慢转变为宗教活动场所。如今,塔内供奉着佛祖的画像,道众们也来塔前朝拜,佛道两界的信奉者都把其视为一个圣地。这也算它有了新的用处。

我站在塔前，想象着当年塔刚修好时的情况。致仕回乡的前礼部尚书王弘海，应该是很高兴地登上了塔顶，他眼望着远山近海，大概会喃喃说道：终于建成了！

我对王弘海的身世没有研究，但我对他充满了敬意。他一个致仕还乡的前官员，原本可以不问世事，靠自己的积蓄和人脉关系在老家安度晚年，可他却把航海者的安全挂在心上，费尽心力地筹建这座斗柄塔，可见，他是把百姓的苦难放在心上的。今天，我们也有很多官员退休，我真希望这些退休官员中的一些身体健康者，能像当年的王弘海那样，回老家成为乡贤，能够登高望远，继续为百姓做些力所能及的好事情。

下午看了位于铺前镇文北中学校院内的溪北书院。

对于书院我很熟悉，我的老家邓州市，就有范仲淹先生当年办的花洲书院。这种始于唐代，盛于宋代，延续到明清两朝的学术机构和学校，在内陆地区较多。在我的印象中，凡大陆一些古代文脉兴旺的地方，大多都会有书院，像有名的江西庐山白鹿洞书院、河南登封的嵩阳书院、湖南长沙的岳麓书院、河南商丘的应天书院、江西上饶的鹅湖书院、湖南石鼓山的石鼓书院等。但在海南一个并不出名的镇子上也会有书院，倒是有点让我意外。及至来到书院大门前，看到门匾上由清末著名书法家杨守敬题的"溪北书院"四个大字，看到它巨大的院落，才在心里对此书院的创办者生了真正的敬佩之意。

这座建于清光绪十九年,也就是公元 1893 年的书院,是一所四合院型的建筑,由大门、讲堂、经正楼、经堂和斋舍五部分组成。讲堂尤其宏大,我估计可容百余人坐下听课。我站在宽大的讲堂内,望着刚刚修缮好的粗大的木柱和室内的空间,估算着当年可摆书桌的数量。50 个书桌是完全可以摆下的。我仿佛看见学生们鱼贯而入,两人一桌地坐下,然后,书院的创办者、书法家潘存先生走上讲坛,用浓重的文昌话开讲:

"诸位同学,我们今天讲授,士不可以不弘毅,任重而道远……"

大约受范仲淹先生办的花洲书院的影响,我很早就有在晚年办一所现代书院——或叫"中原大讲堂"——的宏愿,只不知自己赚的钱能不能实现这个愿望。我仔细地观察着溪北书院的规制、格局和用料,心想,在有生之年,若健康状况和经济条件允许,我也会向溪北书院的创办者、著名的书法家潘存先生学习,为乡村的长远建设着想,在自己的老家办一个供年轻人学习、研究学术的地方。

但愿我的目的能实现!

向潘存先辈致敬!

桑田变沧海:转眼之间

2021. 5. 14　　星期五　晴　文昌

小时候学成语"沧海桑田",觉得读着很顺口,也知道它的含意是世事变化很大,但从没想到"桑田"与"沧海"还真的能在瞬间互相变换。今天在文昌市铺前湾海水退潮之后的滩涂上，方知道这样的事情还真的发生过。

今早我们一行六点钟起床，一人吃个面包、喝包牛奶，就穿上拖鞋坐车朝铺前湾赶去，目的是趁退潮去滩涂上看海底村庄的遗址和遗物。抵达铺前湾时，早有当地的一个向导在等着我们。我们匆匆换上深筒水鞋，就随着向导朝海滩上走。越过一大片红树林后，我们来到了一大片平整的海滩上。

我们很快看到了两个相距几十米的长方形箱形物件，上边布满了海蛎子一类的海中生物的壳。向导告诉我们，这是石板盖子的棺材。

把棺材葬在海水里，这证明了当地人的传说：海底确有村庄。

这里的海滩上无沙子，地面很硬，很像是耕地在海水浸泡下变硬了的样子。

向导指着远处的海水说：要想看到更多的海底村庄的东西，只能去那边的水下。

当地的老百姓很早就传说，这一带的海里有村庄，个别的渔民还在海水里捞出过瓷器。据说，每过 18 年，退大潮时，就能看见海底村庄的房子。直到修建海文大桥，建桥墩抽取海水时，才真的发现了水下村庄的存在。

曾经研究过地震，并写过一部表现地震的科幻小说《平安地球》的我，当然知道这是一场地震的结果。

我查了一下地震资料，知道是明朝万历三十三年农历五月二十八日亥时，在琼北东寨港与铺前港交界处，在我们现在站立的地方周围百余平方公里内,突然发生了一次强烈的地震。这是整个华南地区震感最强、破坏力最大的一次地震,据《琼州府志》和《文昌县志》上的记载,"公署民房崩倒殆尽,郡城中压死者几千","田地陷没者不可胜记"。原来的陆地因地震下陷变成了海,72 个村庄很快沉入海水之下。地震对人类的伤害因其发生的时间不同而不同,这次地震是晚上亥时发生,人们已经入睡或正要入睡,此时人多在室内,强震发生时极容易被砸伤、砸昏、砸死。我们只要闭上眼睛想象一下 400 多年前那个晚上发生的情景,就会浑身战栗:老人和孩子们已经躺到了床上,有的妈妈可能还坐在床边给睡不着的孩子哼着摇篮曲,有的男人正在将家里的几只羊拉进圈里,有的姑娘可能刚刚在村后的椰林里被恋人拉住手⋯⋯就在这当儿,灾难突然露出了它长长的獠牙,大地猛烈地摇晃起来,房屋、院墙、树木开始疯狂地塌下倒掉,脚下的土地开始裂开巨大的缝隙,被砸被陷的人们哭喊惨叫,在惨叫声响起没有多久,海水又猛然涌来,一下子噎死了人们的呼喊声。也许只需要一个时辰,人们的所有挣扎就已被迫结束,原本平安美好、充满生命活力的村庄,一下子被海水淹没,再没了人世上的声音,只有海浪一晃一晃,变得一片死寂。

这就是灾难发生后的大概场景。

这就是地震这头怪兽的狰狞模样!

自从人类在地球上诞生之后,每隔一段时间,地震这个怪物就要从一个神秘的洞穴里溜出来一趟,尽情地饱喝一顿人类的血,享受一次玩弄人类于股掌之上的快感,之后再隐进洞穴里歇息。

它在中国土地上最疯狂的一次示威是公元 1976 年。那一次它在河北唐山，一下子吞食了我们 24 万多人，而且临走时还狞笑着狂叫，我还会再来的！公元 2008 年，仅仅 32 年后，它就又来了，这一次，它在汶川一口吞食了我们 8 万余个生命。

这个不分善恶好坏、不分男女老幼，只知道嗜血的杂种！

我们与它不共戴天！

所有研究地球物理的科学家，乃至我这个军人，都想活捉了地震这个怪物，使它再不能祸害我们人类。但可惜，一方面是因为它太狡猾，一方面是因为我们太笨拙，至今，我们还拿它没有办法。我们只能在它祸害了人类之后去宣布它的疯狂达到了几级。

今天早晨，当我站在铺前湾的海滩上，我仿佛在晨风里还听见了它讥笑我们的声音：哈哈，就你们人类，还想征服我？再给你们十辈子时间，或者再给你们 400 年，你们也只能做梦去吧？呵呵，下次我找个地方再与你们人类见一见……

我恨得牙根都发痒了！

可我也只能在心里叹道：好，好，好，那就算你厉害！不过，我提醒你先看看我的科幻小说《平安地球》，在那本书里边，我可是已经把你征服了！也许要不了多久，无数读完我小说的少年变成了科学家，他们，可能就是他们这一代，会动手捉住你，会要了你的性命！

咱们走着看！

村中十八塘

　　五六十年前,我的家乡多水,地下水位很高,用铁锹朝下挖一锹深,就可见水。也因此,我们村里的水塘很多,真可谓一塘连一塘,塘塘有莲花。那时的塘水清澈,无污染,人可以用塘水洗脸刷牙,孩子们可以跳进去洗澡,牛、羊可以直接饮用塘水。但后来,随着干旱的频繁发生和工业用水的增加,地下水位开始降低,塘里的水逐渐干涸,塘底留下的一点水,也因为村人的生活垃圾污染而变黑变臭。有些水塘进而被人们填平,或是盖屋或是种菜,水塘相连的乡村美景彻底消失。我每次回乡,见到水塘不再的情景,不免暗自神伤,常在心里叹道:看来乡村之美,是永远消失了。我根本没有想到,事情竟然还会有转机——在乡村振兴的背景下,我故乡的市、镇两级政府,有了恢复乡间美境的雄心。他们先是在我们村中的旧塘址上掘开淤泥陈土,恢复了 18 个水塘的模样;继而引来水,注进水塘;进而建起化粪池,准备将粪便集中起来,对村人的生活污水进行处理;还想要在塘里种莲、在塘岸种花、种草、种树,使水塘相连、塘飘荷香的美景再现。回乡见到这种情景,听到这种远景描述,真是意外且惊喜。惊喜之余,决定给恢复了的这 18 个水塘都起个名字,再写下对她们的记忆。于是有了下边的文字——

香魂塘

我写作中篇小说《香魂塘畔的香油坊》时，就是以此塘作为香魂塘的模板展开想象和描述的。50多年前，这个水塘要比现在大得多。塘边有几棵柳树，塘里有莲藕和菱角，还有鱼。当时塘里的水很深，母亲不让我到这个塘里洗澡。邻居瞎了一只眼的爷爷说塘里有女鬼。我因此从未下过此水塘，始终对她保持着一种敬畏。小的时候，我总觉得这个塘里的水有一种奇怪的香味。当然，电影《香魂女》不是在这儿拍摄的，是在河北白洋淀拍成的。

晨曦塘

我上初中之后，只要在家，早上都是在这个水塘里洗脸刷牙、迎来晨曦的。那时，塘里的水很清，没有任何污染，我经常在洗脸时见到小鱼晃到手边，偶尔会有一条小蛇在水里游过。塘里也有莲藕，荷花开时，有浓浓的香味钻进鼻子。允许有自留地时，塘边有我家一块自留菜地，菜地边架有一个吊杆，很多黄昏，我会和大人们一起，用吊杆吊水浇菜地里的菜苗。印象中，长得最好的，是黄瓜和苋菜。我的长篇小说《预警》里的那个大校回家看见母亲，就是在塘边我记忆中的这块菜地里。

井秀塘

这个水塘的中间位置,过去有一眼水井。水井与岸边有一条土埂相连,村西边的人家,多是到这眼井里挑水做饭的。水井过些年就要淘一次泥土,我曾经参加过一次淘井。在淘井时,我听邻居瞎爷说,他有天早上看见从井里走出来一位很漂亮的姑娘。我当时听了很吃惊。我不知瞎爷这是故意吓我还是真有其事。此后我再经过塘边时,就总是向井边看,在心里抱着看见一位美女的希望,但直到我当兵离家,也没有看到。再后来我从事创作时,这个从井里走出来的姑娘,就成为一种意象,活在我的脑子里,成为我展开艺术想象的一粒酵素。

饮牛塘

这个水塘的南岸,当年是生产队的牛屋。我印象中有二十几头牛在牛屋里生活。牛,当时是重要的生产工具,受到村人周到的款待。牛屋冬天可以生火取暖,也因此成为我们这些孩子冬天最喜欢的聚会之处。鸭嘴叔常在这里给我们这些孩子讲故事,从《水浒传》里的一百单八将讲到《西游记》的孙悟空、猪八戒和沙僧,我是在牛

屋里受到最早的文学启蒙的。夏秋之间,我常见负责养牛的叔叔们
牵了牛到这个水塘里让牛喝水。牛喝水常常是把嘴扎进水中,咕咚
咕咚喝很长一气,让我很担心它们会闭过气去。

鱼跃塘

五六十年前,这个塘是村中最大的水塘,而且周围少树,水面开
阔。也因此,村里把其作为集体的养鱼塘,每年都会朝塘里放鱼苗。
到了春节前夕,村里会组织大人们用大眼网拉网逮鱼。逮鱼时节,
是我们这些孩子最高兴的时候,看见大批的鱼在拉网里跳动挣扎,
我们会高兴得又笑又跳且大喊大叫。鱼逮上岸,队长和会计会分给
每家每户几条。然后就是站在锅灶前急等着母亲煎鱼。那年头油
少,一般人家炸不起鱼,只能煎。煎的鱼也非常香,香得我不断地咽
口水,鱼煎熟就迫不及待地往嘴里填,那鱼吃下去太能解馋了。

遗珠塘

这个小水塘是当年鱼跃塘的一部分,可能因为垫土盖房,使她
与母体分开了。她的形状像产珠的河蚌,也许她的水底今天就有河
蚌,我们就叫她遗珠塘吧。

练泳塘

这个塘过去是与井秀塘分开的。她的岸边树很少,水里没有多少水生植物,水面也大,故成为我们这些孩子在夏天的午后练泳技的地方。村里并无大人来教我们游泳,我们全是凭自己的天性摸索着学,只要别把自己淹住就行。我胡乱地在水里踢腾了一段时间,竟然也能使自己从塘的南岸平安游到北岸,途中不喝一口水。若干年后,当我和一群大城市里的朋友一起,下到正规的游泳池里游泳时,他们对我的游泳姿势大吃一惊,叫道:好家伙,你这是在哪儿学的泳技?我们怎么没见过这姿势?狗爬式?驴蹦式?猫窜式?我先有点不好意思,但随后很自豪地笑了:我学游泳是老天爷教的……

鸡头米塘

这个塘50多年前也很大,塘里边长满了鸡头米,也就是芡。芡的叶子浮在水面上,果苞也漂在水上,全株密布小刺,很扎手。也因此,我们这些孩子很少下到这个塘里来。我们只是找些竹竿、棍子,站在岸上,想办法把鸡头米勾弄到手里,然后剥出芡粒,贪馋地填进嘴里。说实话,那东西并不好吃。

柳荫塘

这个塘的岸边,当年种满了柳树。尤其是北岸,柳荫遍地,是夏天人
们乘凉的好地方。这个水塘所以给我留下了印象,是因为少年时代,我
第一次在这儿见识了逮捕人的场面。那是一个夏季的午后,全生产队的
人被召集到水塘北岸的柳荫下开会,我也随着大人来到了现场。记得队
长先宣布请公社的公安特派员讲话。我以为又是讲种地锄草的事,就和
小伙伴们打闹着,没有准备去认真听特派员的讲话。没想到那特派员高
声叫道: 我宣布,现在对某某某实施逮捕! 他的话音刚落,就见两个人扑
到了一个村人面前,将他胳臂反剪,用绳子捆了起来。这把在场的所有
人,包括我们这些孩子,都吓呆了,还有个孩子给吓哭了。后来才听说是
那人偷了东西。这是我第一次见到强力部门的行动,它让我非常震惊。

米香塘

这个水塘的岸边,当年住着由外乡迁来的一家人,按辈分,我该
叫女主人姑奶,叫男主人姑爷。这家的男主人是我们村最早懂得做
生意的人,他会在节庆日里,把大米洗净炒熟,用糖浆把米粒粘成圆
球状,再把一个个圆米球连成一团一团的,拿到唱戏的乡村戏场里
和集镇街上卖。我们因此称他为"卖花戏团的姑爷"。他们家做花
戏团的米是在这个水塘里淘的,花戏团又特别香,这就让我这个吃

不起花戏团的人，觉得这个水塘的水，也有米香味道。

小憩塘

当年，这个水塘位于一垧地的三分之一处，离村子近。岸边长有柳树和杨树。我们在地里干活累了之后，队长会让大家在塘边的树下坐下小憩。小憩时，我和伙伴们会比赛着把碎瓦片抛进水里打水漂，看谁能让瓦片在水里漂得更远。中年男人们常会讲些外地或邻村发生的趣事、怪事，让我们感到好笑和惊奇。有些嫂子会同年轻小伙开玩笑，几位嫂子一起捉住一个小伙子，把他的双手反绑了，再把他的裤子拉下来，将他的头塞进裤裆里，让他头朝下，光光的屁股露在外边，名曰"老头看瓜"。

钻油塘

曾有一段时间，上边说我们这儿有石油。有一天，突然开来一个钻探队，就在这个塘边搭上井架钻起来了。高高的钻井架，轰轰的马达声，让我们这些没见过世面的孩子非常高兴，都跑来看热闹。有的钻探工人说，如果钻出了石油，我们这儿就成了油田，村里以后会变成城市。我听了好高兴。遗憾的是，最后没能钻出油，不久，钻探队也撤走了，徒在塘边留下一堆地层深处的土。

美妇塘

这个水塘的岸边，当年住着一位我很尊敬的叔叔。这位叔叔靠勤苦读书当上了一所学校的校长，为我们这些孩子树立了学习的榜样。叔叔娶了一位漂亮的媳妇，这位婶婶的漂亮程度，堪称全村第一。村里所有人都认为她长得好看。常在镇上读书的我，有些不信她是全村第一美妇，于是就在一个不上学的星期日中午，专门由村西跑来她家看她。她那天中午正在自家门前的树荫下坐着做针线活，我假装有事走过，嗬，婶子果然美得像画上的人！婶婶亲热地问我是哪家的孩子，我脸红了，没敢答话就跑远了。

醒酒塘

这个塘边当年住着绪子叔。绪子叔当过大队的干部，为人豪放、讲情义。他热情支持我去当兵，没有他的支持，我当兵可能会遇到很多麻烦。他喜欢饮酒，酒量惊人，几乎没有醉酒的时候。他起初是喝家酿的黄酒；后来喝散装的红薯干酒，几毛钱一斤那种；再后来生活条件改善了，才喝瓶装酒。据说晚年他以酒当饭，在最后的日子里仅靠喝酒维持生命。村人告诉我，他告别这个世界时住室里没有异味，满屋都是酒香。他当年喝酒之后，常坐在这个塘边等待酒劲过去,也常在塘里洗脸,以让自己能尽快恢复工作。

场边塘

当年,生产队的打麦场就在这个塘边。夏天,人们在打麦场里干活时,常会拿条毛巾来到塘里浸湿,然后拧干披在肩上以抵御炎热。到了晚上,来场里乘凉睡觉的男人们,也常会跳进这个塘里洗个澡,然后躺在凉席上睡觉。

芦苇塘

这个水塘里当年长满芦苇,而且有蛇,故我们这些孩子那时少有人敢下到这个塘里洗澡摸鱼。大人们敢下,一个善摸鱼的叔叔常在这个塘里摸出鱼来,有鲫鱼,有鲇鱼,也有鲤鱼。这让我非常羡慕,心想长大了一定要当一个摸鱼的能手,多多摸到鱼以便好好解馋。

闸门塘

我小的时候,东大沟的位置就在此塘外边,离村子很近。塘与沟有一个小闸门相连,平时,若塘里的水多了,就通过闸门放到沟里,若遇东大沟涨水,闸门就要关上。倘是涨大水,东大沟的大堤就有开口子的危险,逢了这时,村干部就会连声敲锣,呼叫全村的男人都到大堤上守护,随时准备堵口子。听到紧急的锣声,我很害怕,就想,若在大树顶上拴个箩筐,自己钻进去就好了。有一年夏天,我到涨了大水的东大沟上看,只见宽大的沟里全是浑黄的水,水打着旋涡冲撞着大堤,大堤随时有开口子的可能,一旦开了口子,村子就完了。大人们都赤膊在没命地抬土加高着河堤,那场面给我留下了恐怖的记忆。闸门塘是村中所储之水下泄东大沟的必经之处。

麦糠塘

这个塘当年因为离队里的打麦场不远,打麦扬场的麦糠就常常飘落到水塘里,故水塘里的麦糠很多。可能麦糠也可以成为鱼鳖的食物,故这个小池塘里的鱼多而肥,偶尔还有鳖,也就是圆鱼,爬上塘岸晒盖。有一年夏天,就有小伙伴在这个塘岸上发现了一个晒盖的圆鱼,他把它捉了带到麦场上,我们好多小伙伴围着圆鱼,看它四处爬动、企图逃命,很是惊奇和欢喜。

在左岸：见一些人

伊凡·蒲宁的启示

——在俄罗斯驻华使馆纪念蒲宁 150 年诞辰会上的演讲

1953 年,伊凡·蒲宁先生离开这个世界的时候,我才一岁。

我那时根本不知道,这辈子我和生在俄罗斯的他还会发生精神上的联系。

很可能是在济南的书店,我第一次遇见了他的书。我记得读的第一篇作品是《马德里饭店》,这篇把妓女作为主人公的作品一下子吸引了我。这篇作品所以吸引我,首先是因为我当时正处在对男女性爱极感兴趣的年纪,特别愿意看这类作品;其次是因为妓女生活当时还是谈论的禁区,社会刚从禁锢的"文革"时代醒过来,我还不知道妓女究竟是一些什么人;再次是因为他写的这个 17 岁的雏妓特别可爱可怜,一下子唤起了我的痛惜之心。

从这之后,我就开始喜欢读他的书了。但凡见到他的书,必拿过来细读。

我在对他的阅读中发现,蒲宁先生特别愿意去表现男女间的情爱纠葛,而且表现得非常细腻和大胆。比如小说《暗径》,讲了一个男人背叛女人的故事:年轻的庄园主人爱上了漂亮的女佣,女佣把自己的肉体和热情都给了主人，但当主人从军离开庄园之后，很快便把她忘掉了。多年之后，成为将军的他在一个旅店里邂逅了已成为女店主的女佣，这才知道女佣一直没有结婚，在心里一直保持着对他的爱意。他大吃一惊，方开始去想象假若女佣成为自己的妻子，生活将会是什么样子。又如小说《穆莎》，讲了一个音乐学院的女生大胆满足自己性欲的故事：她看见一位年轻画家长得英俊帅气，就大胆地找到他的住处，主动要求画家请客并与其同居，且随他去了乡下他的老家。在画家的老家，当女子看到画家的一位邻居颇有才气，便很快又跑进了那位邻居家里与其同床共枕。再如小说《高加索》，讲了一个女人背叛男人的故事：一个军官的妻子找到了一位情人，两人计划好坐火车去高加索海滨幽居一段日子，背叛丈夫的妻子玩了很多欺骗丈夫的手段，终于得以和情人在海滨开心地生活，却不想她丈夫随后追来，在寻找不到她之后，开枪自杀了。他在讲这一个个情爱故事的过程中，把他的内心世界也袒露在了读者面前。尽管他不对他笔下的人物做道德评价，不去公开进行褒贬，但我们还是能体会到他的内心偏向，能感觉到他是主张两性真诚相爱的，能感受到他是相信爱情存在的。他60多岁时写下的小说，仍在呼唤男女真爱，这不容易。我们都知道，随着人年龄的增长和阅历的增加，对随时可能隐起踪迹的爱情容易生起疑心，很多人在中年以后对爱情是否存在开始质疑。而蒲宁活到60多岁仍然相信爱情，说明他对这个世界还保持着一份童真，表明他对造物主赐给人的最大享受——爱情，是参悟透了的。我因此对他充满了敬意。

读他的书，让我逐渐明白了三个问题：

其一，作家的很大一部分写作资源，就藏在自己的经历里。蒲宁的很多作品，是依托自己的经历写出来的，即使在侨居巴黎之后，他也仍然通过回忆，继续依托自己的经历进行写作。他写的很多人物，其身份是他熟悉的叔叔、舅舅、表姐、女佣、同学和邻居；他写的生活场景，是贵族们的日常生活场景，在家庭见客，在乡村庄园里游逛，坐马车、火车出行到城市等等。正是因为他写的是自己熟悉的人、事和场景，所以让人读来有一种特别的真切感和亲切感，具有感人的艺术力量。我年轻时写作，忙着四处去寻找写作素材，甚至抱怨自己没有生活在烽火连天的战争年代，所以导致无东西可写，我恰恰忘记了自己的经历，忘记了回头去看自己亲眼见过的人和场景，忘记了自己的经历里就隐藏着丰富的写作资源。蒲宁用他的作品，给了我一个很好的提醒。

其二，作家的作品是否具有恒久的艺术魅力，与他关注的问题有关系。蒲宁的作品，关注的要么是男女之间的交往，包括感情的背叛、性欲的满足、纯美的爱情、肉体的出卖等等；要么是大自然给他的感受，包括田野之美、花草枯荣、夜空变化、四季更替等等；要么是对人类的文化创造行为的描述和感叹。他始终把目光放在对人性秘密的探索上，放在对人与自然界共存关系的探查上，放在对人的文化创造行为意义的探询上。他目光所及的问题，从横的角度看，是世界上每个民族、每个国度的人们都要面对的问题；从纵的角度看，是每个历史时代、每种社会制度下生活的人们都要关心的问题。这就使他的作品至今读起来仍觉得很有意思，使得我这个生活在二十世纪后半叶和二十一世纪前半叶的中国人，读起他的作品时没有任何隔膜之感,依然能感受到他的作品所发散出的艺术魅力。他的创作历程告诉我们,时代变化和社会问题当然需要作家去表现,但这不是所有作家都擅长表现的内容,作家关注的问题还可以更加广泛。

其三,作家在创作上要保持一份定力,不要跟在成功作家身后跟风写作。蒲宁从事创作的时期,现代主义文学已开始在俄罗斯文坛风靡,列夫·托尔斯泰和契诃夫的批判现实主义作品在俄罗斯文坛有着巨大的影响力,高尔基的社会主义现实主义创作获得了极大的成功。这个时候,如果蒲宁没有一份定力,跟着这些成功作家跑,别人写什么自己也跟着写什么,那他就会迷失自己,很可能成为一个可以归类的、没有特色的、作品速死的作家。但他没有这样做,他坚持独立自由的创作,坚持按自己的个性气质来写作,忠实于自己的内心渴求,不希望被归类,也因此,成就了一个评论家们无法随便将其归类和命名的作家,使他成了一个别人必须重视的独特的文学存在。

蒲宁给我的启示,让我在创作上少走了很多弯路。

在纪念伊凡·蒲宁先生150周年诞辰的时候,借俄罗斯文化中心这个讲台,我要向前辈作家伊凡·蒲宁先生表达我的敬意!

创作之源

——在中国-拉美国家文学论坛上的发言

我一开始写作的时候，并没有去想文学创作的源泉在哪里，只是凭着对文学的热爱，闷着头去写，急着把自己想要写的东西写出来。我写作之前没有接受过系统的大学专业教育，文学准备非常不足，不是个在明确理论指导下的写作者，算是一个在写作激情鼓动下的莽撞从业者，所以我走过了很多弯路。多年之后回头去看，如果把自己的写作生涯看成一条小河的话，汇入这条小河的细流有大概三条：

第一条细流，是个人切身的生活经历。我是在从军之后开始写作的，所以在我创作的初期，就是写自己的经历，写当新兵的感受，写接受野战训练的感受，写当测地兵的感受，写地面炮兵的训练生活，写军校的学习生活，写南部边疆的战场生活。这些亲身经历的生活画面历历在目，激励着我去用文学的笔触把它记录下来，呈现在读者面前。如今回看这段写作历程让我明白，一个人的切身经历，是他写作素材的一个重要来源，也可以说，作家个人的生活经历，是他的重要写作资源。

　　第二条细流,是对故乡人与事的记忆。在我用个人生活经历作为写作对象,持续了一段时间之后,我发现随着我写作量的增大,资源在渐渐枯竭。我心里有些着急。恰好,这时我读到了沈从文先生的作品,他写故乡湘西的那批作品,一下子启发了我,原来一个作家还可以这样写。我由此开始回望故乡,故乡里那些熟悉的人和事一下子涌到了眼前,原来故乡里有这么多的东西值得我去写。我很兴奋,于是一批我所熟悉的人物成了我小说的主人公,养牛的哑巴姑娘、做香油的二嫂、玩猴戏的人家、从事丝织业的老板等等。今天回望这批作品,我很感谢沈从文先生,是他告诉我,一个作家的故乡,是其写作资源的一个重要存放仓库,一个作家少年、青年时代对故乡的印象和记忆,是他创作的源泉之一。

　　第三条细流,是时代生活的剧烈变化在自己内心引起的联想和思考。我这一生,赶上的大事很多,尤其是在我26岁那年赶上了改革开放。改革开放这个划时代的大事件,使社会生活在各个方面都发生了翻天覆地的变化,这种新变化给我的内心带来了强烈的震撼和冲击,让我在震惊之余开始去思考改革开放这个划时代事件的意义,然后便展开联想和想象,用笔来描述改革开放给乡村社会、城市生活和现代军营带来的种种变化。我有一批作品就是这个背景下写出来的。今天回想起来,如果不是赶上了改革开放这个时代,我的很多表现社会生活的作品是写不出来的。作家不能选择时代,时代的确可以成就作家。单就个人的创作收获来说,我对我遇到的改革开放时代,充满了感激之情。

　　这三条汇入我个人创作小河的细流让我明白,我的创作资源,就藏在个人经历、故乡记忆和时代生活里，我只需凭借所掌握的写作技巧和个人的想象力去这三个地方寻找，创作素材便会源源不断地涌现在脑子里，根本不需要担心无东西可写。

这就是我对创作之源的理解。

网络文学对传统文学的影响

——在 2018 两岸网络文学作家创作论坛上的演讲

在今天的互联网时代,网络文学的发展速度之快,超出我一个传统作家的想象。有关资料显示,如今在网上进行文学写作的人已达 1 300 多万,网络文学用户已近 4 亿,最小的网络文学写手只有 14 岁。很多高中生、大学生和研究生都在读网络文学作品。网络文学作品被改编为影视剧、网剧、动漫、游戏的越来越多,对文化产业已贡献了 120 亿的产值。还有一些网络文学作品被外国读者自发地译成了外语,有了国际影响。很多网络文学写手成为纸质出版社的关注对象,他们的不少作品转变成了正式出版物,据说,被正式出版的网络小说已有上千部。这真是一派繁荣兴旺之景了。

网络文学的这种快速发展,自然会对传统文学造成一定的影响。最大的影响是让传统文学作家意识到了网络是文学作品传播的新平台,它的影响力巨大,对它的漠视会影响到自己作品在读者中的传播广度。所以很多传统文学作家开始重视对网络传播平台的利用,愿意把自己的作品交给网络公司制作成电子版在网上供读者点击阅读,或是交给他们制作成音频、视频节目在网络上播放。应该说,传统文学作品被大量地上传到网上供读者阅读,是网络文学的巨大影响力催生出来的。

网络文学的题材指向特别丰富:用穿越之法再现过往的历史,用玄幻手段展示对未来的希望,用造物主一样的视角俯视当下的生活,用妖一样的本领进入鬼魅的活动空间,用仙一样的能力展现神灵世界,这些会或多或少地提醒传统文学作家,还有太多的题材领域传统文学没有抵达,而那些地方是可能写出好作品的。这种提醒对于传统文学的发展应该很有意义。

网络文学作家在创作过程中特别重视读者的阅读反馈,因为点击量成为衡量作品火与不火的重要指标,成为作者收入的依据,所以他们会根据读者的反馈意见,随时修改自己的创作构想。传统文学作家在创作中不是这样,他们是把自己想写的东西写出来,出版之前其写作内容始终处于保密状态。不过,网络文学作家重视读者反馈的做法,会或多或少提示一些传统文学作家,要注意扩大自己的读者群。一个传统文学作家,其作品通常都有自己相对固定的读者群,这个群体当然是越大越好,如果自己的读者群越来越小,说明作品的受众越来越少,影响力越来越低,对一个传统文学作家来说这自然不好。如今传统文学作家愿意到网上去看看读者对自己作品的反应,愿意应网站之邀去网上做关于自己新书的宣传活动,应该也是网络文学作家示范的结果。

目前,网络文学面临的重要问题是如何不断提高内在的文学品质,以便能长久地流传下去;传统文学面临的问题是如何赢得更多的读者,扩大自己的影响力。二者确有相互学习借鉴的必要。愿我们的网络文学和传统文学在这个变动剧烈的网络时代,都能获得更大的发展,从而为中华民族的文学宝库增添更多的瑰宝。

国际新变局下中国文人应有的胸怀

——在三亚·财经国际论坛·文化艺术论坛上的发言

改革开放 40 余年来，中国文人的胸怀变得空前阔大，对世界上的一切文明成果都充满了解的兴趣，对世界各国尤其是西方国家的文学、史学和哲学著作，都有着阅读的渴望。中国每年翻译出版的西方人文类著作数量很大，大部分译著的印数都在一万册左右，有的甚至高达 10 万册，拥有的读者很多。个别的西方作家的作品，印数甚至达到百万册。

正是在这种背景下，中国文人对西方文化的了解越来越多，对西方文化内涵的认识越来越深，对中西文化的差异看得越来越清，开始有意识地去吸取西方文化中对我们有益的成分，并去开展自己的新创造。尤其是很多中国作家，认真学习借鉴西方作家在文学作品中的表现方法和技巧，去生动讲述自己国人的故事。

这些年东西方文化的相互影响，在文学领域的主要表现，我个人觉得，是中国和西方的很多作家，在其作品中都开始传达三个方面的思考：其一，是关于人性认知的。很多中国和西方作家都觉得，我们对人性的认识并没有全部完成。中国文化中关于"人之初，性本善"的说法，西方文化中关于"人有原罪"的说法，只是提供了一个认识人性的视角，人性在不同情景和不同压力下，还存在着我们无法把握的变异，对人性各个侧面的表现依然是作家的一个重要任务。其二，是关于当下生存环境认知的。很多中国和西方作家都觉得，我们对人类破坏自己生存环境的严重性表现不足。中国文化中人与天地相应的说法，西方文化中关于"全部文明的进程是以精神法则战胜自然法则——人战胜自然为标志的"（《英国文明史》）的说法，成为我们认识人与自然界关系的一种武器。人类的活动既给自然界增添了美丽的风景，也给自然界造成了一定程度的破坏，这种破坏恶化了我们的生存环境，可能正在造成反噬人类的恶果。自然界遭受破坏的情景和自然界的报复，应该成为作家去描述和表现的内容。其三，是关于未来人类命运认知的。很多中国和西方作家都觉得，我们人类的未来命运值得忧虑。中国文化中关于"人无远虑，必有近忧"的说法，西方文化中关于地狱存在的说法，都在提醒我们去思考人类的未来命运。地球所依存的外部环境的不断变化，地球上人类的非理智行为，尤其是小当量核武器被使用的可能性，都会对人类未来的生存构成威胁。人类最终能否在地球上平安生活，应该成为作家忧思的一项内容。

中国文学在这种开放的环境下，开始与西方文学一起去思考人类共同面临的问题，从而取得了举世瞩目的成绩。

但是，这种开放包容的静好局面正在被新的世界变局打破。

眼下，全球化正在一些地方被诟病，自由贸易的原则正在被质疑，单边保护主义思潮正在抬头。伴随着这些经济政治层面的变化,意识形态的壁垒很可能被重新竖起,对中国文化的排斥极有可能出现。表现在文学领域,很可能是对中国文学发展成就的漠视。

面对这种情况,中国的文人,尤其是作家,应该怎么办?

我个人觉得,面对这种变局,首先应该冷静。要坚信随着互联网的发展和信息传输的日益现代化,地球差不多已经变成了一个鸡犬相闻的村落,地球村内发生的事情,任何壁垒其实都是无法隔绝的,即使一时竖起了壁垒,早晚也会被推倒。在这种背景下,我们不要被个别政治人物想要重新竖起壁垒的言论激怒,我们要冷静从容地面对各种说法,保持一种平和的心态,保持原来那种兼收并蓄的广阔胸怀,继续向西方学习和汲取对我们有益的文化养分。

其次,要像国家在上海举办进口博览会那样,经常举办大型的全球性的文化论坛和文学论坛,邀请全球的文化精英和文学精英来和我们一起进行思想碰撞,从而收获因碰撞而激起的思想火花,为我们的文化创新和文学创作,注入新的思想活力。

再次,要进一步梳理和盘点我们的文化库存,看看有哪些宝贝是我们要珍存并必须传之后代的,看看有哪些内容是适合对世界其他地区的人们推荐的,然后想办法推介出去。我想,除了办好北京国际图书博览会之外,我们还可以主动走出去,在一些发达国家的首都,定期举办中国某一文化品类和中国文学某一批作家作品的大型推介活动,以吸引外国朋友的注意,激起他们关注中国文化和中国文学的兴趣。

总之,我们要有大国国民的气度,继续敞开国门与各国来往,坚信中国文化不会被任何外来文化所打垮。历史已经反复证明,任何外来文化只要进了中国这块土地,必然会被中国文化所同化,从而为中国人所用。我们中国文人面对目前的世界新变局,要做的就是:不随人起舞,稳坐钓鱼台,潜心搞创新!

作家与人类进步

——在济南"大家文学现场"的演讲

　　人类自诞生至今,走过了一条漫长而曲折的进步之路。

　　我们读过人类发展史的朋友都知道,大约在 250 万年前的东非,出现了非常类似现代人类的动物,他们来自南方古猿。约 200 万年前,这些史前人类与一般动物比起来还没有什么特别,他们对环境的影响小到可以无视。大约 6 万年前,我们今天人类的祖奶奶正式诞生。按照以色列人类史学家尤瓦尔·赫拉利的说法,当时有一个属于史前人种的母猿生下了两个女儿,一个成了所有黑猩猩的祖先,另一个则成了我们人类的祖奶奶。

　　大约在 3 万年前,人类学会了想象和虚构,这为作家这类人在之后的出现打下了基础。约在 12 000 年前,人类开始由靠狩猎采集生活,向靠农业种植的生活方式转变。自此,从事种植业的农民,成为推动人类进步的重要力量。大约在 5 000 年前,苏美尔人发明了楔形文字;可能在 3 300 年前,我们华夏大地上出现了甲骨文。大约 2 700 年前,中国的诗歌总集《诗经》出现;约 2 400 年前,中国的散文集《尚书》出现;约 2 000 前,中国的神话小说集《山海经》出现,这表明作家开始在华夏大地上扮演角色。但这时的作家对人类社会的影响还微乎其微。

到了600多年前，出现于意大利，尔后在整个欧洲兴起的文艺复兴运动，使作家在人类社会的重要作用开始显现，但丁的《神曲》、彼特拉克的十四行诗、薄伽丘的《十日谈》，成为人类思想解放的号角。

近300年前，蒸汽机的出现引起了工业革命。之后，科学技术的研究者、发明者和工人成为人类进步的主要推动力量，使人类终于在二十一世纪迈上了文明生活的新台阶，物质生活水平达到了一个新高度。在这同时，世界各国尤其是经济发达的国家，都有一批作家出现，这些作家开始用他们创造的小说、散文和诗歌来影响人们的心灵和精神世界，最终使人类的精神生活水平也抵达了一个新高度。

我们在对人类发展进步历史的简要回顾中可以明白，推动人类进步的主要力量，除了农民、自然科学家、社会管理者、教育工作者和工人之外，社会科学家，以及作家，也是一股重要的力量。

那么，往细里说，包含小说家、散文家、诗人、舞台剧和影视剧编剧、文艺理论和评论家在内的作家群体，究竟能为人类的进步做什么？

我个人认为，作家是用形象思维和逻辑思维去创作文学产品的思想者，他们能为人类进步所做的大概是七件事。

第一件事是：用自己生动形象的作品不断提醒人们，人类生命的延续最为重要，没有现有生命的存在和一个个新生命的诞生，就没有人类的未来。也因此，要珍惜每一个个体生命，尤其要保护好儿童和孕妇,任何对儿童和孕妇的伤害都是对整个人类的犯罪。纳博科夫的小说《洛丽塔》和美国电影《聚焦》,所以能引起轰动,在于这两部作品都提醒我们,对儿童造成伤害的犯罪者中,包括我们人类中的一些恋童者。斯皮尔伯格的电影《辛德勒名单》,所以引起强烈反响,是因为它提醒我们,有一些人会以劣等种族为借口来进行种族灭绝,破坏人类的生命延续。人类目前在保护生命方面的进步是巨大的。各个国家的法律都禁止买卖和虐待儿童,大多把恋童列为违法,懂得对犯罪的孕妇监外执刑,严禁种族屠杀,保护战争中的俘虏。

作家能为人类进步所做的第二件事是:不断用自己生动形象的作品警示人们,我们来自动物界,我们身上依然有许多动物性的遗存,这种遗存造成了人性中的缺陷和黑暗部分,杀戮、乱伦、强奸、抢劫等现象,就是这种人性缺陷和黑暗部分的显示。因此,人类必须不断完善自己。英国约翰·福尔斯的小说《收藏家》,写了一个男人把美女作为收藏对象,让人读后窥见了人性黑暗处的风景。韩国电影《釜山行》,把人在危难处不再顾及同类的嘴脸揭露得淋漓尽致。

作家能为人类进步所做的第三件事是:不断用自己生动形象的作品劝说人们,人生很短,我们的欲望很强,想要的东西非常多,但爱和被爱,才应该成为我们生活的最重要目标。物质的追求没有穷尽,有一位女性官员拥有的名牌包竟有 200 多个;金钱的追求没有尽头,有一位银行董事长贪污的现金竟以亿数;权力的追求也没有止境,有的官员为了争夺官位竟去杀害自己的竞争者。杜拉斯的《情人》、英国电影《例外》、马尔克斯名著《霍乱时期的爱情》,把人的本能之爱讲得感天动地；有一篇散文《特蕾莎修女》，则把非本能之爱讲得让人泪流不止。

作家能为人类进步所做的第四件事是：不断用自己生动形象的作品告诫人们，人必须组成社会才能活下去，社会制度和规矩的设计与人生活的幸福感紧密相连。也因此，我们必须依据人性和人权的正当要求来不断完善社会制度与规矩的设计，使之真正能为人类带来更多的幸福。英国作家乔治·奥威尔于1949年出版的小说《1984》，刻画了一个令人感到窒息和恐怖的极权主义社会；小说《曲终人在》述说了当代权力异化的可怕。很多揭露社会黑暗的作品，都出于这种用心。略萨的《潘达雷昂上尉与劳军女郎》，对拉美国家军队的腐败进行了极度挖苦。

作家能为人类进步所做的第五件事是：不断用自己的作品警告人们，战争是一头最残酷最凶恶的野兽，它随时都想冲出人类关押它的牢笼，以人血和人肉作为自己的食品。我们必须对它保持高度的警惕，谨防它冲出笼子扑进社会。英国安东尼·比弗的纪实文学作品《诺曼底登陆》和《攻克柏林》，真实呈现了第二次世界大战中两场战役的艰难、残酷和血腥；电影《炼狱》把俄罗斯与车臣之战的残酷写得令人战栗。

作家能为人类进步所做的第六件事是：不断用自己的作品提示人们，我们来自自然界，尽管大自然让我们吃了很多苦头，有令我们伤心、痛苦甚至愤怒的地方，比如她引发洪水、地震、飓风，让我们遭过很多苦难，但不能忘记她是我们的养育者，她脾气不好，但她是母亲，我们要懂得对其感恩和进行保护，而不能因为她脾气暴躁就伤害她，更不能以她为敌。美国电影《永不妥协》，写人对污染事件所进行的法律诉讼；中国导演陆川的电影《可可西里》，反盗猎藏羚羊，其实就是在呼吁保护地球的平衡；美国电影《后天》，描写地球在一天之内突然急剧降温，进入了冰期，把人类破坏地球环境带来的灾难写得惊心动魄。

作家能为人类进步所做的第七件事是：用自己生动形象的作品尽可能地给人们带来心灵的抚慰，从而让人生出迎接明天的精神力量。我们知道，每个人每天都可能经受或是来自然界，或是来自社会，或是来自他人，或是来自自己身体的痛苦、不公和烦恼，还要体验孤独、恐惧、不安等多种情绪。世上没有一个人是每天都舒服、快乐和幸福的。全世界每天都有自杀者和精神抑郁者，这表明要让人的心灵平静安宁下来是多么的重要。也因此，作家应该有所作为，让自己的作品给人们带来温暖和轻松，让他们少做噩梦。《看得见风景的房间》，让我们做了一个外出旅游随时可能遇见另一半的梦；美国作家鲍勃·布劳顿的小小说《最暖心的事》，让我们感到打出租车也会遇见好人；印度小说《贫民窟的百万富翁》，展示了穷人的圣洁灵魂，让我们活在底层的人也得到了极大安慰。

作家对人类进步所做的这些是肉眼看不到的，因为他们的作品影响的只是人的心灵，是人的内心世界，是内宇宙，不是具象的、可视的、有形的东西。也因此，很多人觉得作家可有可无。其实在今天，人类已无法失去文学的陪伴。人在童年时期，要读儿童文学作品，听故事是儿童的天性使然。进入青少年时期，爱看电影、电视剧,开始接受影视文学的影响。到了中老年,喜欢看书了,小说、散文、诗歌,常会爱上一种;喜欢看舞台剧的,还会接受戏剧文学的影响。没有作家和文学作品,我们的生活会少了很多色彩和韵味。

作家对人类进步所做的这些也是无法进行计量的。文学作品对人的心灵的影响是渐进的、徐缓的、浸润型的、润物细无声的——它不具有重量,因此无法来称重。这也是很多人责难作家的一个原因:你的书究竟发生了多少影响?

也因此,作家这个职业不会像政治家那样声名显赫,让人趋之若鹜;不会像经济学家那样,因很快可以给人带来财富而受众人欢迎;不会像历史学家那样,因握有让人走进历史的权力而让人生惧;不会像军事家那样,因运筹帷幄、指挥千军万马而威风八面;不会像演艺和体育明星那样令万众注目且收入丰厚。作家就是一批能够独立思考、活得比较清醒、对文字特别痴迷的人。

小说家存在的价值

——在郑州大学文学院的演讲

我是一个写小说的,我经常在内心里问自己:这世界上为何会有小说家?

我想弄清像我这类小说家存在于世的价值。

经过不断地追问和思考,我觉得我找到了一些答案。

我找到的第一个答案是,这世界上所以需要小说家,是因为小说家能满足人们听故事的天性。

喜欢听故事,是人生下来就有的天性。正在哭闹的两三岁的孩子,你只要说给他讲故事,他立刻就会停了哭闹,瞪大了眼睛听你讲。在中国,无数的幼儿就是在爸爸妈妈爷爷奶奶的怀抱里听着故事成长的。人们长大成人之后,爱听爱看故事的天性还在,此时,阅读小说,是他们获得故事的重要途径。讲故事并不是小说的唯一任务,但故事是小说重要的元素。小说里的故事发生的空间时间多变,情节跌宕起伏,讲法新鲜奇异,能给人们带来巨大的心理愉悦。小说家存在于世的第一个价值,就是为人们提供故事的享受。

我找到的第二个答案是,这世界上所以需要小说家,是因为小说家能向人们介绍很多新的、不熟悉的人物，并描述这些陌生人的人生经历，满足人们窥视他人生活的欲望。

窥视他人的生活，了解他人的人生经历，是人们潜藏内心的一种隐秘欲望。我们每个人通常都成长于一个家族，生活在某一个地域或国家，活动在某一个专业领域，对成长于其他家族的人，对在其他地域或国家生活的人，对在其他领域活动的人，有一种想了解和窥视他们生活的欲望，要满足这种欲望的最方便的办法，是读小说。小说里的人物来自陌生的家族、陌生的地域、陌生的国家和陌生的领域，小说家对这些人物怎么思考、怎么待人、怎么处事、怎么吃饭、怎么穿衣、怎么谈情、怎么玩乐，甚至怎么做爱，都有详细的描述，对这些人物在人生顺境、人生巅峰、人生逆境、人生低谷的所作所为都有表现。

我找到的第三个答案是，这世界上所以需要小说家，是因为小说家能把人性的多个侧面尤其是隐秘部分形象地展示出来，满足人们探查人性秘密的愿望。

人的本性究竟有哪些内容？不同的社会制度和文化背景对人的本性是否会有新的塑造？外在环境的突变会对人的本性有哪些改变？人与他人发生联系后其本性会有哪些呈现？恐惧能使人性产生哪些变异？战争中人性会有怎样的表现？小说家对这些问题在不断地进行思索探查。人性是一个幽深的洞穴，今天的人还远没有抵达人性洞穴的底部，人类对于人性的认识还没有全部完成。人类渴望了解自身的本能属性。了解人性当然可以通过人类学家和心理学家，但唯有小说家对人性的展示最为直观、形象、生动，过目难忘。

我找到的第四个答案是，这世界上需要小说家，是因为小说家能把社会的不公、政治的腐败尖锐而形象地表现出来，从而唤起人们改造社会的愿望和决心。

人是必须生活在社会中的，小说家是社会中最敏感的一群人，他们对社会制度设计上的缺陷，对社会的公平正义状况，对社会管理者的清廉、腐败程度，对一定时期社会的上层、中层和底层人的生存状态都有了解，他们能敏锐地感知到他们的内心诉求和心理脉动，并通过自己的作品加以表现。这种表现不是纯理性的，而是通过人物鲜活的经历表现出来，极能触动人心，这对于推动社会改造和改革，进而建立起一个更适合人们居住的社会有着重要意义。小说家这个群体，是社会变革的一个重要推动力量。

我找到的第五个答案是，这世界上所以需要小说家，是因为小说家对生命的宝贵和脆弱有最清醒的认识，也因此，他们把保护生命视为自己的一个重要任务，尤其对大量伤害人类生命的战争，有着很高的警惕性。他们会用自己的作品把战争的残酷尤其是战争对生命的伤害淋漓尽致地表现出来，从而警醒人类尽早想办法制止战争，把战争的萌芽早日掐断。战争这个怪物是以人类的血肉来作为自己的食物的，它每隔些年就想冲出人类为它特制的笼子，疯狂一次。小说家深知这个规律，他们是这个笼门自愿的守护者，他们想确保关押战争的铁笼大门不被撞开。

我找到的第六个答案是，这世界上所以需要小说家，是因为小说家深知人类是自然界进化的产物，人类与自然界紧密相连，地球自然环境的每一次变化，都会给人类的生存带来直接甚至是可怕的影响。作家们会用自己的作品，把地震、海啸、洪水、飓风、酷热山火、冰冻极寒、火山喷发、干旱、致命病毒扩散及瘟疫流行等等自然灾害和灾难的可怕情景给以形象的展示，从而把自然环境与人类生存的密切联系呈现出来，把保护地球和自然环境的紧迫性表现出来，唤起人们保护地球和自然环境的自觉性。

我找到的第七个答案是，这世界上所以需要小说家，是因为小说家都是自己母语的熟练掌握者，他们是文字操作的能工巧匠，精于自己母语文字的搭配组合，并勇于进行创新型的使用，从而使自己母语文字的美丽，包括外形美、韵律美和意蕴美，充分展示出来。文字的发明，当然包括世界各民族文字的发明，是人类最伟大的创造。文字是人类步入文明社会的最重要阶梯，小说家对它的创造性使用会对其他人起到示范作用，从而使各民族的文字都保持旺盛的生命力，以便把整个人类带往更高的文明阶段。

我找到的第八个答案是，这世界上所以需要小说家，是因为小说家能把人的心灵引领到一个充满爱的境界中。我们知道，因为人类来自动物界，因为人生活在复杂的社会上，因为人活着要经过艰苦的竞争，所以人的心灵难免会迷失在一些并不美好的地方。小说家的全部劳动，就是影响人们的心灵，把人们的心灵引领到一个有着鲜花、有着鸟鸣的充满爱的境界里，在那儿，人与人真诚相待，彼此充满善意，都把爱和被爱作为追求的目标和生活的动力。由此，人们活得更幸福。

我找到的这些答案，鼓舞着我在小说创作的道路上向前迈步，鼓励着我活下去。自然，其他的小说家不会完全认同这些内容，我祝愿并期望他们会找到更新鲜的关于小说家存在价值的答案，以增强小说家活在这个世界上的自信。

　　每个人活得都不容易，小说家们也同样活得不容易，他们需要找到活下去的精神支撑！

我在小说创作前的内心准备

——在北京大学文学讲习所的演讲

我主要从事小说创作。

每一部小说创作前,都有一个内心准备期。

在这个准备期里,我想的第一个问题是:写什么题材?

题材的选择,是作家创造能力和活力的一种表现。

每个作家在创作开始前面对的其实都是两个问题:写什么和怎么写。选定写作题材,其实就是确定写什么,确定在什么样的具象生活里展开你的想象和创造。

小说可写的题材五花八门、成千上万。如果你习惯回头看,可写历史题材,各个朝代宫廷的、官场的、市井百姓的生活,非常丰富;如果你习观向脚下看,可写现实题材,当下乡村的、城市的、军旅的和异国打工留学的生活,都可以下笔;如果你习惯向远处看,可以写未来题材,对人类未来生活的预测、对外空生活的描绘、对人类移民其他星球的可能,都可以凭你的想象力写出来。

一个作家一辈子的写作时间有限,能写成的小说不多。什么题材都想写,不可能。也因此,必须对题材进行选择。

　　题材选得准不准，往往会影响到一部作品的成色。好的题材，能带给读者一种新鲜的精神刺激和惊喜。我在题材选择上，通常注意三个问题：

　　其一，选自己最熟悉的。你哪个方面的生活积累最厚实最丰富，你哪个领域的生活最熟悉，能保证写起来游刃有余，则最容易写成功。

　　其二，要选自己最有兴趣去描述的。有的生活你很熟悉，但你没兴趣去描述，那就最好放弃。比如近亲婚姻这个题材，我很熟悉，亲眼看到很多喜剧和悲剧，但一想到两个有血缘关系的人很亲密，我就难受，那我自然就放弃写它了。

　　其三，要选别人没发现的。如果一种题材，你熟悉，也有兴趣去描述，但别人已写过，若没有特别的新发现，那你最好也放弃。比如大家族生活，你熟悉，也有兴趣去描述，但这类题材写的人太多，已很难写出新意，还不如放弃，再去找新的。

　　比如，我在长篇小说《曲终人在》出版之后，开始准备写作新作品时，按照这三个原则考虑，我觉得自己已进入老年，对老年人的生活最熟悉；而且自己也想思考人在生命快至终点前需要面对的问题，很有兴趣去写这个题材；更重要的是，这个题材当时很少人去关注、去表现，是一个新鲜的题材领域，到那里边去挖掘，说不定能挖掘出对当下社会进步和人类长远发展都有好处的东西。因此，我就下决心下一部作品要来写老年人的生活了。

　　这个问题定下来后，我紧跟着想的第二个问题是：写什么样的人物。

塑造人物形象是小说家的一个重要任务。可以把人物写成立体的也可以把人物写成扁平的，但完全没有人物的小说不可能被读者记住，也很难流传下去。

以现实主义创作手法来写作的小说家，更应该争取把人物写得生动丰满。

我就是一个以现实主义创作手法来写作的人。

我反复在脑子里想象着我新小说中的人物面影，设计着他的身份，最终，我决定这部小说的主要人物是一个和我自己的年龄相差不多的男子。

一个作家去写同年龄段人的生活，容易写得生动。因为同一个年龄段的人，遇到的人生问题很相似，他怎么想你可以揣摸得到，你可以将心比心地去写、去展示。这样，萧成杉这个73岁的退休法官的形象，就慢慢在我的脑子中成形。

在写他的护工时，我用另一个法则来决定，那就是使用自己最偏爱的人物形象。

每一个作家内心都有自己偏爱的人物形象，这种偏爱的人物形象经常或隐或显地呈现在写作者的脑子里，他或她甚至会影响到写作者去选择对象和朋友。当我们去写作时，把自己偏爱的人物形象作为写作对象，你会倾注全部的感情，这样就容易写成功。也是因此，护校毕业的大专生钟笑漾开始在我的脑子里定型，并来到了老人萧成杉的家中。

这一老一少就要在我的笔下演绎他们的人生。

要写的生活领域确定了,要写的人物也已成形,接下来,就是展开故事了。

故事是小说的要素之一,是小说区别于其他文体的最重要的东西。故事是小说家思想的负载物。没有故事的小说,可以看作散文。

小说家一个很重要的任务,就是编织故事。

人间的故事很多,但小说家要讲出一个从来没人讲过的、新鲜的、震撼人心的故事其实很难。世界上讲故事的作家太多了,很多故事都已经被前辈和同辈作家讲过了。把别人讲过的故事改头换面再讲一遍,不是创新;讲一个无人愿听的平庸故事,不是创造。怎么办? 只有绞尽脑汁去设计,俯下身子到生活里去发现。

我开始去回想我熟悉的一些老人的晚年生活,我发现有相当一部分老人的晚年陪伴者,不是他们的妻子和丈夫,因为一方已经先走了;也不是他们的儿女,因为儿女不是太忙就是在国外。陪伴他们的常是前半生与他们并无瓜葛的人,保姆或护工。我于是编织出了萧成杉与钟笑漾相依为命的故事。

我还认为,一段故事要编织得精彩,给读者一种真实可信的感觉,离不开作家自己的生理和心理体验。

比如写饥饿,很多作家写不过张贤亮,为什么? 因为他有过对于极度饥饿的生理体验。他围绕自己对极度饥饿的生理体验来编织他与一个女人相爱的故事,就特别真实感人。当然,并不是要求作家什么都去体验,写同性恋就一定也去当同性恋者,你可以把你异性恋的生理体验进行移植。

我在《天黑得很慢》里，写过萧成杉一段不承认自己老的故事，因为我就有过不认老的心理体验，我最初听到别人说我老时我曾经非常愤怒。50岁那一年，有家杂志社的编辑邀请我去参加他们的笔会，说：你可以带上你的老伴，你老伴的车票和食宿费用我们全出。我知道对方是好意，但他称我的妻子是我的老伴，意思明显是说我老了。我当时非常恼火，尽管我也很想去参加他们的笔会，可我当即就拒绝了他。正是这种心理体验，让我把这段故事写得比较生动和震惊读者的心。同样，心理体验也可以移植，比如我们每个人都曾短暂体验过仇恨、愤怒、怜悯、自卑这些心理，我们写作时都可以进行移植。

这部小说在确定了写什么生活、写什么人物、写什么故事之后，接下来就是确定怎么写，也就是选择叙述方式。

叙述方式选择得是否得当新颖，反映着一个作家的创造能力。这是一个最容易显示作家本领的地方。

叙述方式包括五个方面的内容：一是叙述角度，就是站在哪个叙述视角去叙述。在描述老人生活的《天黑得很慢》这部小说里，我最后选的是站在家庭护工的视角来叙述故事。

二是叙述节奏，也就是采用什么样的速度去叙述，可以是舒缓的，像漫步，享受一种悠闲舒适；可以是常速的，就像我们平时上班走路，不快不慢，不疾不徐；也可以是急骤的，像我们听到亲人出了意外一样，飞速跑着，一步两米。《天黑得很慢》采用的是一种舒缓节奏。

三是结构样式，也就是全篇的框架结构，可以是传统的四合院结构,进了前院进中院,进了中院进后院;可以是国家大剧院那样的结构,一进门可以同时看到戏剧场、音乐厅和歌舞剧院三座建筑,愿进哪个都可以;还可以是北京的鸟巢体育场,好多大门,都可以进,由每一个大门进去都可以看到不同的景观。小说的结构样式和现代建筑的设计一样,可以千变万化。《天黑得很慢》选的是用公园里七个黄昏来结构全篇。

四是氛围制造,也就是让叙述内容笼罩在一种什么氛围里,可以是闲适的氛围,可以是紧张的氛围,还可以是恐怖的氛围。《天黑得很慢》的故事叙述沉浸在一种平静中带点伤感的氛围里。

五是语言样态,也就是使用什么样的语气与文字来讲述故事,可以是不加修饰的大白话,可以是与书面语相近的优雅语言,可以幽默地用词用调,还可以使用粗鄙的乡间、市井俚语。《天黑得很慢》选择的是一种城市里的口头语。

我选择叙述方式的标准,是陌生化,就是别的作家没有这样干过。这样,读者阅读的时候,会感觉很陌生,很新鲜、很新颖、很新奇,没有似曾相识之感。

当上述的四个问题都差不多想好之后,我开始去想我这部小说可能给读者带去什么新的思想发现。

一部小说的品位高低,它能不能给读者留下深刻的印象并流传下去,归根结底在于作品的思想意蕴是不是深刻,在于能否给人带来思想上的启迪。

我自己认为,文学家至今的思考,无非是循着七个方向朝前推进：其一，是关于生命本身的。比如思考人类生命的起源与繁衍习惯和制度，思考个体生命的出生、发育与成长过程，思考肉体的衰败与生命的消亡及灵魂的归宿等等。

其二，是关于人性的。比如思考人的本性究竟有哪些内容，外部压力与人性的变异，兽性在人身上的残余，呼唤善良在人性进化中的意义，等等。

其三，是关于人生过程的。比如思考人生各个阶段的烦恼与痛苦，思考人一生可能面临的重挫与应对，思考奋斗在人生中的作用，思考婚姻对于解决人生难题的意义等等。

其四，是关于人类社会制度的。比如思考社会管理制度的诞生过程，思考哪些社会制度适宜人类生存，思考未来的社会管理样式等等。

其五，是关于人与自然界关系的。比如思考人改造自然的可能性及其限度，思考自然界对人类的报复和可能的伤害，思考自然界的由来等等。

其六，是关于人与科学技术进步关系的。比如思考人从科学技术进步中的获益限度问题，思考科学技术进步与人类生存环境变化的关系，思考科学技术进步对人类可能的反噬等等。

其七，是关于人类未来命运的。比如思考地球养育的人口极限问题，思考地球的寿命与人类的未来生存，思考人类向外空的移民问题等等。

无数的前辈作家在这七个方向上都已走出了很远的距离，我们在每一个方向上要再向前迈进一步都不容易。这就要求我们充分张扬自己的思索能力,对要表现的生活进行反复思考,争取有新的思想发现,从而为人类的精神宝库再添一份宝贵的库存。

具体到我这部《天黑得很慢》,能提供哪些新的思想发现?

它思考的是生命本身。

它主要思考人的生命最后一段的图景和意义。

它应该提醒老人们:尽管你老了,但你对老年可能是一无所知的孩子!

它应该告诉老人们:这个阶段,陪伴你的人会越来越少,你必须做好面对孤独的准备!

它应该警告老人们:这个阶段,关注你的人会越来越少,不管你原来的人生多么辉煌,你最终都可能被人们淡忘,你的心理落差会越来越大!

它应该警示老人们:在这个阶段,你的器官会相继失去作用,先是牙会掉落,继而耳朵变聋,再是血管堵塞,然后是认知出现障碍、心脏开始罢工……

它应该提示老人们:你将会回到床上生活。母亲最初把我们生在床上,我们长大后可以跋山涉水,可以周游列国,但到了这时,我们的活动范围逐渐被衰老强制着缩小,最终需要重新回到床上,回到出生时的那种状态,像孩子一样去接受别人的照顾。

它应该轻声宽慰老人们:光线会慢慢变暗,天会慢慢变黑,不会再有灯光打开,不要害怕,你就要彻底歇息了……

人类没有要执意抛弃谁,他们只是为了新生和活力,需要这样代谢而已……

美妙的阅读

——在广州市图书馆的演讲

自从人类发明了文字和记录文字的载体,人类便有了阅读行为。

人们最初阅读刻在岩石上的文字,后来开始阅读刻在龟甲上的文字,再后来开始阅读写在竹简上的文字,接着开始阅读印在纸上的文字,今天,很多年轻人开始阅读输入在电子终端上的文字。人类的阅读兴趣一直没有消失。

阅读究竟有什么好处,会让人类乐此不疲?

我觉得它的最大好处是会满足人们的精神饥渴。人不仅拥有肉体,还拥有精神世界。人的肉体需要养分水分时,会让人产生饥渴感,人会寻找食物和水来吃来喝。人的精神世界需要养分和水分时,人也会产生饥渴感,阅读,便是解决这种精神饥渴的最重要途径。

具体来说,阅读对人的精神世界的影响,主要表现在三个方面:

它首先是一种精神享受活动。将一本好书拿到手里,享受写书者的创造成果,吃进别人种出的精神食粮,会使自己有一种进食美餐的快乐感。我每每读到一本精彩的小说,就会立刻换到一个安静的地方,宁可推迟吃饭和睡觉,也要争取读完,那份享受感实在美好。

它同时又是一种精神操练活动。我常在阅读中不断地质疑书中的内容,与作者进行无声的对话,这种思考和质疑的过程,其实也是一种精神操练过程。我自己觉着,操练的结果会让我在精神上逐渐成熟和强大起来。每当我读到一些思辨性特别强的书籍时,常会在某一页上停下来,与作者进行无声的争论,与自己以往的认识辩论,直到获得一点新的认知。

它还是一种精神健美活动。我在和我的读者们的交流中发现,阅读会增加我们自己的知识库存,而知识的丰富充盈会使人在精神上变得更加美好,能让女士变得气质优雅,会使男士变得大度从容。

阅读会因所读内容的不同,收获不同的东西。

读哲学书籍,我觉着会让我们尽可能正确地认识我们所在的这个世界,活着时少些糊涂和茫然。糊糊涂涂、茫茫然然地活一辈子,当然可以;可相对清醒地过完人生,概略地知道自己是从哪里来、活着为什么、最后会到哪里去,岂不是更好些?

读史学书籍,我觉着会让我们吸取前人的经验教训,避免重走前人走过的错路,不盲从。我们脚下的路,很多是由前人脚下延伸过来的,看看前人的走法,看看他们的步态,看看他们走错路之后所付出的代价,会让我们变得更聪明些。

读文学书籍,我觉着会让我们看到更多的人生风景,体会到更多的人生况味,等于多活几生。我们每个人只能活一世,见到的人和经历的事都有限,而文学书籍则把更多的人生景致向我们打开,送给我们一双俯视众生的眼睛,读这类书岂不等于让我们多活了几世?

读其他社会科学书籍,我觉着会让我们站在前人肩上向上攀登,走很多捷径。在政治学、经济学、军事学、法学等等社会科学门类里,前人已经进行了很多研究和实践,这些研究和实践的成果,都以书的形式存在着,读它们,对于我们后人就是走捷径。人生很短,要走的路又很长,节约一程是一程。

读自然科学书籍,我觉着会让我们感受到大自然的神奇,不断地发现自然界的奥秘,从而创造出更多于人类生活有益的东西。大自然孕育了我们人类,我们人类又特别想全面地去认识大自然,为此,一代又一代的自然科学家不懈地进行着努力,他们所获得的成果都记录在书里,读这类书,对于我们更进一步认识自然界当然会有帮助。

世界上的书太多了,单是中外的文学书籍,就数不胜数,若是见到就读,你几辈子也读不完,你会成为书的奴隶。面对这种情况怎么办?首先就是要做好选择。选择的依据很多,我的建议是,读自己经过几页试读就特别感兴趣的书,读经多位专家推荐的书,读大家口口相传的书,读获过专业领域和国家及世界著名奖项的书。

其次,读书也有技术。对专业领域做前沿研究的书,要仔细读;对工具书,使用时再读;对资料类的书,可以一目十行地读。自己精神状态特别好的时候,去读逻辑思维类的书;有点累的时候,去读形象思维类的书。旅行路上,读点让人轻松的书。睡前,读一些不令人兴奋的书。

我们每个人都生活在某一地域或某一领域,但阅读能让我们的视域变宽,能让我们看到更多的人、事、物。

我们每个人平日关注的事情都很有限,但阅读能让我们思考的疆域变广,去想更多有关人生、社会和自然界的事情。

我们每个人都有自己的喜怒哀乐,但阅读能让我们从个人的喜怒哀乐中超脱出来,心胸变得更加阔大。

阅读,是我这一生最喜欢做的事情之一,也是我希望朋友们坚持做的事情。在此,我祝大家都能读有所得,从而使自己的精神生活更加丰富、精神世界五彩缤纷,从而生活得更加幸福美好!

最重要的生存资源

——在自然资源部土地文化论坛上的演讲

　　传统的中国土地文化,是中国传统文化的重要组成部分。传统的土地文化,大概有三部分内容:其一,是强调土地对人生存的重要性,认为黄土会变金。一代又一代人不断地告诫后代:地里藏着宝,没有土地活不了。历代中国人挣了钱后要做的第一件事,就是买土地。地契,是历代中国人眼里最重要的契约,与卖人的人契同等重要,会保存在一个家庭里最隐秘的地方。历史上部落间发生的争斗、家族间发生的打斗、村落间发生的械斗、民族间发生的战争,基本上都是因为土地而起。土地持有量,成为衡量人富裕程度和社会地位的最重要标准。其二,是强调土地有灵性,把土地当人甚至当神看待,认为你对他好,他也会对你好。很多历史时期,中国的很多地方都建土地庙,供奉土地爷,农人会在不同的季节送上不同的供品,以讨他人家高兴;人们对土地都保有着一份敬畏之心,认为任何对土地的破坏、糟蹋、污染等不敬之举,都可能遭到土地的可怕报复。其三,是强调要使用好、经营好土地,要实行休耕制度,要深翻精耕细耙,要施足农家肥料,要浇水保墒,要按节令播种,要除草打虫等等,以让土地产出最多最好的粮食、蔬菜、水果这些人们要吃的东西。老百姓把耕种技术不厌其烦地编成农谚、歌谣和书籍,以便代代相传。

中国的这种传统土地文化,是在重农轻商的社会环境下形成的,在很长时期左右着人们的行动。但当社会突然兴起重商轻农的风气之后,这种传统土地文化受到了极大的冲击。这种冲击的表现很多,其中最重要的是四点:第一,是对土地的热爱不再。人们对土地的感情日益淡漠,谁还坚持在土地上劳动,谁就会被人看不起。离开土地、抛弃土地,已成为乡村年轻人的普遍选择。第二,是把土地当成变换金钱的商品。不少地方政府想办法卖地,把卖地当作换取现金的途径;不少人参与到土地倒卖之中,只关心赚不赚钱,根本不关心人均耕地是不是在减少。第三,肆意蹂躏土地,大肆对其戕害污染。生活脏水、工业废水随意流进土地里;生活垃圾、工业垃圾随意倾倒在土地里,致使一些土地重金属超标。第四,进行掠夺性耕作,不讲永续性利用,对土地只用不养。除草剂是化学的,肥料是化学的,等于在用化学药品催土地生产,只看眼前不顾长远。

中国传统土地文化受到这种冲击,如果任其发展下去,必会造成恶果。最明显的恶果是会影响到我们的粮食产量和质量。在我们这样一个拥有 14 亿人口的大国,若粮食生产不能自足,需依赖进口,一旦遇到战争、瘟疫和大灾,那就会出现非常危险的局面。

今天,我们要把文化建设搞好,其中一个重要的任务,就是要注意继承中国传统的土地文化。这种文化传统是我们从内部保障土地安全的最有力武器。要学会用网络视频、电影电视剧、戏剧小品等现代宣传手段,去宣传传统土地文化的基本内容,从而去加深人们对土地的感情,让防非法占用、防污染、防荒废成为人们维护土地的自觉行动,真正为我们的国民守护住最重要的生存资源。

愿闻书香入梦
——在邓州湍北高中周氏图书馆开馆仪式上的演讲

一、书籍

书籍是人类保存自己对内、外宇宙认识的最重要的一项发明。

如果要让我给人类的发明创造按重要程度排一个顺序的话,我想排第一的是火,排第二的是树叶、兽皮衣服,排第三的是地穴、草棚,排第四的是手势语言和语音语言,排第五的是文字,排第六的是书籍,排第七的就是图书馆。

肯定有人不认同我这样排序。不过这不要紧,每个人都可以有自己的排法。

我觉得,人类在解决了吃、穿、住三个基本问题之后,开始去关心信息交流、知识保存和传承这些精神上的需求,是很高明的一种选择。

试想,如果没有书籍,我们所有学校的老师,全靠自己的一张嘴和在黑板上的书写,来传承他记忆中的知识,那会是一种多么难以想象的事情?

书籍的出现以文字的发明为基础。

公元前 3500 年，在美索不达米亚乌鲁克（今天的伊拉克），先是出现了文字的雏形——记事的图画，随后出现了世界上最古老的象形文字——楔形文字。

公元前 1300 年左右，在中国商代后期的殷都（今天的安阳殷墟）出现了最早的汉字——甲骨文。甲骨文的发现要归功于山东烟台福山县的王懿荣。他任光绪年间的翰林院编修和国子监祭酒，他在京城鹤年堂药铺抓药时，发现一种叫龙骨的药材上有图形文字，遂研究断为商代甲骨文。1900 年，在八国联军攻入北京东便门后，55 岁的他因不愿当亡国奴而投井殉国。

世界上最早最原始的图书出在埃及。

约在公元前 3000 年，埃及人开始用生长在尼罗河三角洲的一种类似芦苇的莎草科植物为材料，取其茎髓切成薄片，压干后连在一起制成光滑的纸莎草纸，再用菜叶加烟渣调成墨汁，以芦苇茎作笔在纸上书写象形文字。书写后将其卷起来，扎上细绳，这就是纸草书卷，是最原始的一种图书。

中国最初的书籍是甲骨刻辞、青铜铭文和石鼓文。公元前八世纪开始出现木简、竹简这种正式书籍。

东汉蔡伦总结西汉以来的造纸技术，发明了蔡伦纸。咱们的老乡医圣张仲景，是在他行医的后期才开始用蔡伦纸开处方的。到东晋时，朝廷下令用纸写书，这才出现了手写的纸质书。

北宋庆历年间，布衣毕昇首先使用泥活字印刷书籍，由此出现了快速印刷的线装纸质书。后来,木活字、铜活字和铅活字的出现,使我们在二十世纪看到了大批精美的纸质书。

进入二十一世纪后,随着数字技术的发展,电子书已正式进入我们的生活。

我想向埃及、中国和世界上所有为发明书籍贡献出力量的先人,表示最高的敬意。没有他们,二十世纪中叶出生的我,可能就不会以写书为业。

珍视书籍,已成全人类的共识。

世界上的绝大多数家庭,都有或多或少的藏书。家庭藏书最多的是德国,德国的几乎每一个家庭,都有书架。据悉德国每个家庭平均藏书约 300 册。世界上很多生活水平较高的家庭,有专设的书房。

在我的老家河南邓州构林,过去过年每家都要写一张红纸条贴在墙上,上边写着四个字——"敬惜字纸"。这是在提醒家人,要珍惜自己所见到的写有字的纸片。这代表着当时人们对文字和书写者的敬重。我真心希望这个传统能承传下去。

毁书,已是全人类都谴责的反智行为。

在人类历史上,也确曾发生过不止一次烧书毁书的反文明行为。

最为著名的是秦始皇焚书坑儒。始皇三十四年,李斯建议焚书:天下敢有藏《诗》、《书》百家语者,悉诣守尉杂烧之。秦始皇下令将 460 余名方士和儒生活埋在咸阳。焚烧书的数量因太多已无法统计。

接下来是乾隆禁毁。他在下令修纂《四库全书》的同时，展开对图书的大清查，据悉销毁禁书近3 000种。

抗日战争中，日军飞机轰炸上海商务印书馆，东方图书馆中弹起火，后日本浪人再次闯入纵火焚书，致使图书馆内珍本古籍及46万册中外图书化为纸灰。

毁掉一个民族的最好法子是焚烧掉这个民族保存下来的所有书籍。一旦没有了自己的书，这个民族就会逐渐丧失关于自己历史的记忆，丧失掉关于未来的希冀，就会失去活力。

作为一个写书人，我希望这样的事件在今后再也不要发生了。

书籍，是我们思想的寄托处，是我们灵魂的栖息地。我们没有理由不爱她！

二、图书馆

图书馆是图书最好的栖身之处。

人类知道了珍惜书籍之后，就开始想办法来保护书籍。这便出现了专门保存书籍的图书馆。

早在公元前3000年左右，就开始有人知道收藏文字记载——原始的书籍。考古发现，这时在巴比伦的神庙中已收藏刻有各类记载的胶泥板。这是收藏文字记载的开始。之后，希腊的神庙和附属于希腊的哲学学院开始收藏书籍。接下来，美索不达米亚平原开始出现了亚述巴尼拔图书馆，这是已发掘的古文明遗址中保存最完整、规模最宏大、书籍最齐全的图书馆。建立这座图书馆的亚述帝国国王亚述巴尼拔,不管历史学家怎么评价他,反正我认定他是一个伟人。他在一个热爱和看重物质财富的世界上,忽然想起要为文字记载物——胶泥板——最初的图书,建立一个便于查阅的仓库,这得要有怎样的眼光才能想得出来? 有多少国王整天都在研究如何吃、穿、住、行、玩,独有他在那么早的时代,就开始关注文字记载的传承,关注人类非物质财富的保管,这一点真的了不得!

中国早在周代,就有图书馆的雏形"盟府"出现。历朝历代,图书馆不断发展。我们熟悉的京师图书馆在 1912 年正式开放;1928年,更名北平图书馆;1949 年,改名北京图书馆;1998 年,改名为国家图书馆。国家图书馆现藏书 3 000 余万册。

图书馆数量的多少,成为衡量一国或一地人群文化素养的一个标志。

商场、酒店、客栈、茶馆、咖啡厅很快就能以赚钱多少显示出它们的身价和意义,图书馆不行。图书馆非但不能给拥有它的人赚钱,还要它的主人不断地投钱进行维护和维修,是一个标准的"赔钱货"。但聪明的民族却偏要这些"赔钱货",因为它是一个民族提升自身文化水准和素质的重要场所。在 8 000 万人口的德国,竟拥有1.4 万多个图书馆,总藏书 1.29 亿册。平均 5 700 多人就拥有一座图书馆。在以色列,每 6 万人拥有一座图书馆。

而在世界上的很多国家,几十万人甚至 100 万人拥有一座图书馆是寻常现象。就是因为这个差距,我们才会发现德意志民族和犹太民族里出现哲学家、科学家、金融家、音乐家、作家、诗人的比率非常高。

据有关统计说，我们国家是平均每49.5万人拥有一座图书馆。

现在在西方发达国家和一些欠发达但重视文化发展的国家里，最美丽的建筑，第一是教堂，第二是皇家的宫殿，第三就是图书馆。比如阿德蒙特图书馆，它是世界上最美的图书馆之一。它坐落在奥地利的阿德蒙特小镇，建成于1776年。它属于阿德蒙特修道院的一部分，整个建筑的构想体现了那时欧洲启蒙运动的精神，"因为关乎思想，所以光应该充满整个房间"。整个图书馆藏书20余万卷，最珍贵的是1 400多幅中世纪的手稿和530本古书。

传统图书馆里引入数字图书馆会更方便服务读者。

数字图书馆的出现，是图书馆接待读者方式的改变，并没有改变图书馆的功用和价值。实体图书馆是数字图书馆建立和发展的基础，我们不能因为数字图书馆的出现而否定实体图书馆的存在。二者相互依存、共存，是最好的图书馆生存状态。

只有实体图书馆，对读者的确有不便的一面，因为每个图书馆里都藏书有限；可只有数字图书馆，读者永远摸不到实实在在的书，看不到书的实体形态，闻不到书的香味，也是一种遗憾。何况，电子书与纸质书相比，有三个目前还未克服的弱点，其一是它容易损毁人的视力，其二是不方便回翻查找，其三是必须记住对阅读器进行充电。此外，电子书的价格目前并不比纸质书便宜多少。即使在最早出现数字阅读的美国，数字图书馆也没能取代纸质图书馆。在欧洲更是这样。我在德国旅行，看到很多德国人的包里都装着一本或两本纸质书，不论是在火车还是在飞机上，只要一坐下来，他们就会抽出书来阅读。

图书馆的责任之一是尽可能多地收藏已出版的书籍。

在图书馆工作的人，也就是负责书的收藏者，应该根据自己的财力把已出版的图书尽可能多地都收藏进来。你可以多收藏你喜欢的书，但不要根据自己的好恶来做是否收藏的判断。一些书的价值常常要到后世才能做出正确的认定。对有些书的价值的判断，需要留给历史。比如布鲁诺，他因为宣传日心说、批判经院哲学和神学，被烧死在罗马鲜花广场，一些图书馆在当时也不再收藏他的书，后来证明，真理在他的手里。

重要的是先收藏。

馆藏的目的就是连接古今中外的知识载体，映射知识的历史长河，让人类文明源远流长。

图书馆的另一个责任是收藏各种精英人物的手稿。

因为手稿相对于印本而言，也是一种文本形式。不同的人、不同的书写工具和载体所产生的笔迹各具风采，它们是人类文明创造过程的记录形式之一。图书馆作为人类文明智慧成果的一个保存中心，应该将其作为重要的收藏对象。

剑桥大学图书馆除了收藏英国物理学家麦克斯韦的著作之外，还收藏了他关于电磁场理论研究的不少手稿。据说，那些手稿中就有他那个著名的电磁场方程。

耶路撒冷希伯来大学图书馆专门开了一个阿尔伯特·爱因斯坦档案馆,除了收藏爱因斯坦的著作之外,还收藏了他著名的《我的世界观》一文的原始手稿,同时还收藏了这篇文章的两份打印稿。很多名人去这座图书馆的目的,就是为了看看这份原始手稿。

上海图书馆特设了中国文化名人手稿馆,收藏了不少中国科学家、作家、学者、音乐家和画家的手稿,其中就有茅盾致友人的信函,有张乐平《三毛流浪记》最初的设计稿。

三、阅读

阅读,是世界上回报率最高的投资行为。

图书馆里保存的书是供人们来阅读的。

只要你阅读,就会有回报。只赚不赔。

在当今世界的任何一个领域,所有的成功者,都是通过阅读而获得成功的。

我觉得,书读多了,在不知不觉之间,会给人带来四种改变:

其一,能让你变得更聪明,让你应付当下生活的能力更强。书是前人和同代精英对社会和自然界认识的结果的载体,是人类智慧的一种结晶,你通过阅读把这种结晶掌握得多了,等于你能站在前人和当代精英的肩上看世界,当然就变得更聪明了。你应付当下生活的能力自然就更强了,养家糊口还会有问题? 书读多了,当教师,课能教得更好;当公务员,公务能完成得更好;当农民,地能种得更好;当学生,学习成绩会更好;经商,商事能做得更顺利。德国的农民不乏读过很多书的人。

其二,能鼓舞你创新的勇气,让你拥有进行创造的能力。你读的社会科学和自然科学书籍越多,懂得的知识和道理就越多,对真理的认识就越深刻,形象思维和逻辑思维的能力就更强,这时就会拥有创新和创造的冲动,就想去做一番前人没有做过的事情。你就有可能成为一个专门家。你要搞科研,就可能成为一个科学家;你要办实业,就可能成为一个实业家;你要搞政治,就可能成为一个政治家。

其三,能让你的胸怀变得更广阔,让你活得更有智慧。你读历史,会看到多少功名利禄都归于尘土;你读文学,会看到多少人生都在起起伏伏;你读生物学,会知道人就是自然界里的一个匆匆过客,与许多生物一样生命短促。这样,你就不会再为一些小事计较生气,遇到挫折不顺时就不会抑郁自杀,你就会懂得宽容包容退让,活得很有智慧。

其四,能让你的气质变优雅,人变得更可爱。读书多了,最终会影响到人的气质,会使男士不知不觉间变得谦恭温文平和,会让女士变得优雅含蓄温柔。这样的人自然会受到人们的欢迎和喜欢。

人类是踏着书籍的阶梯,不断攀爬向上进步到今天的。从蒙昧蛮荒到跨入文明的门槛,书籍是维系着文明传承的源动力。

阅读是底层社会人员向社会上层流动的最好通道。

旧时人们劝人读书时会说：书中自有黄金屋，书中自有颜如玉。这是想用黄金和美女诱引人们去读书。这话当然很俗。不过，读书可以改变人的命运，这倒是真的。不止一个朝代，很多生活在社会底层的人，通过读书和之后的科举考试，慢慢走进了社会的上层，成为社会的精英和栋梁，为推动社会的发展贡献了力量，个人的生活境况也得到了极大的改善。比如我们邓州的李贤。他本是普通人家的孩子，因为勤苦读书，在乡试中考了第一名，明宣德八年成为进士，后官至少保、吏部尚书、大学士，成为一代治世良臣。比如在座的很多朋友，是通过高考上了大学，然后参加工作成为社会精英。

如果你不想在这个竞争激烈的世界上沉沦，你就要打起精神，让自己开始阅读。

阅读最省钱最便利的法子是到图书馆里去读。

读书，当然可以自己去买来书在家里读。但一个人要把自己想读的书都买来，并不容易。这需要花相当多的钱，也需要存储的空间。我自己当年就曾经因为没钱，眼看着有好书却读不到，不得不去抄书；后来有了钱买了书，又因无处存放塞到床底，每次去床下找书都搞得满头大汗，多次搬家还造成了图书丢失。所以阅读最好是去就近的图书馆，又省钱又方便。

走进图书馆，是为自己的心灵补充营养。

走进图书馆，是去游览人类的精神花园。

愿意和习惯走进图书馆，其实是人类最高雅的一种出游举动。

现当代的很多人就是学会了利用和使用图书馆，才使自己更快地走向了事业的成功,比如新东方的三个合伙人之一王强。

中央电视台《世界著名大学》制片人谢娟曾带摄制组到哈佛大学采访,她告诉记者朋友说:我们到哈佛大学时,是凌晨二时,可让我们惊讶的是,整个校院里当时灯光明亮,餐厅里、图书馆里、教室里,还有很多学生在看书,那种强烈的学习气氛一下子就感染了我们。

网上的照片显示,凌晨四点的哈佛大学图书馆里,仍然灯火通明,座无虚席。哈佛大学共有综合图书馆、专业图书馆和学院图书馆 100 余个。

并不是所有喜欢阅读的人都有好的人生境况。

有的人只读书不思考,只向自己的脑子里输入书上的东西,不对输入的东西进行思索加工,从不想也不会向外输出经过自己脑子加工的东西。结果,他对外部世界不产生丝毫的影响力,外部世界便也无兴致去影响他的人生境况。

他们喜欢阅读却不会读书。

有的人边读书边思悟,获得了关于自然界和人类社会发展的一些真知,而且敢于坚持己见,敢于说不,但他所处的外部环境不好,惹怒了可以决定其命运的人,从而使自己的人生境况变糟了。

碰上这种倒霉的事也真是没有办法。

最典型的是苏轼。苏轼是读书很多的人,在诗、词、散文、书、画等方面取得了很高成就,是北宋中期的文坛领袖。他当过通判、知州和礼部郎中,因与人政见不同,多次被贬,先贬湖北黄州,又贬广东惠州，再贬海南儋州。但正是这仕途坎坷，才使他写下了大量动人的诗词文章，才使我们读到了他伤心到极致的诗句：心似已灰之木，身如不系之舟。问汝平生功业，黄州惠州儋州。

这类读书人虽然受尽了人生折磨，但他们会留下美好的作品和英名，会获得后世人的尊敬。

类似苏轼的坎坷人生，不应成为阅读无用和阅读有害的证据！

历史上也有不读书却获得成功的个例，但其成功通常都很短暂。

历史上和现实里也有一些人，不喜欢读书，甚至不读书，也能成就一番事业。有些人从不进图书馆也成为社会精英。我承认的确存在这种现象！有人不喜欢读书，照样聚敛起了巨额财富，比如民国时期上海青帮的头目张啸林，靠黄赌毒发了家。有人不愿坚持读书，不进图书馆，却掌握一支军队，成了有名的将领，比如袁世凯。

世上有些事情仅凭本能也能领悟，也能办成，但这些成功者在他的事业之路上想走得更远，没有通过阅读获得知识的补充，或没有读书人的协助，怕是不行！

不是有不少原已赚了大钱的人，后来或是破产，或是进了监狱，或是被砍了头？张啸林不就是这种下场？不是有不少曾经带兵的将军，或是被害，或是做了俘虏，或是当了光杆司令？当过83天皇帝的袁世凯不就是在国人的反对声中郁郁而终？

阅读最好遵从一个顺序。

很多人想读书,但看到图书馆里有那么多书,又不知道从哪里下手。

书分类别。大的可分为两类:人文科学类图书和自然科学类图书。每一类都是一个大海。人文科学类图书又可分哲学、历史、政治、经济、军事等26种,自然科学类图书又可分天文、地理、数学、物理、化学等26种。每一种都是一个大湖,像丹江口水库那样大。

世上书太多了,没有一家图书馆能收尽世上所出版之书。人生有限,没有人能把图书馆里的书全读完。加上写书人和出版者的水平不一,书在品位上也有高低之分。缘于此,读书必须先有选择!

就品位上说,当然是选择高雅出版者和优秀撰写者生产出的高品位书籍来读。

然后,先要开始通识阅读。

我个人觉得,不管一个人决定在哪个领域里奋斗终生,在其阅读的书目里,都应该加上一点哲学、史学和文学的书籍。读哲学、读史学、读文学,属于通识阅读。也就是说,不论做什么事业的人都要阅读这三类书籍。读这三类书的目的,是为了获得人生智慧。

哲学,是一种使人聪明、启发智慧的学问,教给我们的是看待世界的方法,不论你在哪个领域做事,懂一点都有好处。比如矛盾转化、乐极生悲。

史学,是让我们看清前人留下的足印的学问,提供给我们的是鉴戒,不论你立志干什么,懂一点都会对你有帮助。比如赵佶启战灭国。

文学,会生动展示人生全过程的艰难和美好,会形象揭示人与社会和自然界的真实关系，通过阅读了解一些这样的内容，于我们自己清醒地活着肯定没有坏处。文学提供给我们的是示范性的人物形象，比如《三国演义》中的刘备。

之后，是兴趣阅读。就是自己特别喜欢什么，就去读什么。不带任何功利心，只是为了心灵更加充实，让生活变得更有趣味，更有滋味。比如，你特别喜欢与数字打交道，那就去读数学书；你喜欢经商，就去读商贸方面的书；你喜欢政治，你就去读理政方面的书；你喜欢音乐，就去读关于音乐方面的书。

再后，是专业阅读。也就是在通识阅读的基础上，结合自己的兴趣，去选择一门自己准备终生要干的事情，尔后围绕自己的事业展开阅读。这种阅读是为了获得专业本领，在世上站稳脚跟；获取自己和家人的生活资源并进入创新和创造，实现个人的人生价值。每个人最大的阅读量是在这个方面的。它是带有明确功利追求的阅读。它又包括专业基础知识的阅读、专业相关知识的阅读和专业前沿知识的阅读几个部分。

对于读书，每个人都会有自己的主见，上述文字，乃一家之言，完全可以不予理会！

有人说，你要想对家庭、单位、社会和人类发展做出贡献，那你就必须喜欢读书。我觉得这话说得对，只有读书才能把我们送入更高的文明境地，让我们短暂的人生活出精彩。

愿走进本馆的朋友都能读有所得，不会失望出门！

在心中建起的大厦

——答埃及科技大学语言学院穆罕默德先生问

关于写作《21 大厦》这部书的初衷

这部书的写作开始于 1999 年，二十世纪即将过去，二十一世纪就要到来。写作持续了两年多。我是 1995 年由外省调入北京工作的。在外省工作，生活接触面有限，到了首都，首都的生活让我得以观察社会各阶层的生活境况和精神状态，我产生了想把中国人的精神大厦内部景观呈现出来的冲动。于是我选择了一座大厦作为表现对象，写的是生活在大厦里的各色人等的现实生活，表现的是一个民族的精神大厦的内部景观。我想把二十一世纪初年的中国人的精神状况表现出来，为民族精神的发育史留下一份文学的资料。

关于书的结构形态

写一座都市里的大厦，与写一个乡村的生活是有很大不同的。采取一种什么结构去表现，让我颇费思索。后来，我就决定分楼层来写，用不同的楼层来代表不同的社会阶层。大厦地下室里的工作者，代表的是社会底层人；大厦顶部的高级住宅业主，则代表上层社会人士。二十一世纪初,中国社会正处于剧烈的变动时期,各阶层人都有自己的生活形态和精神追求,我力求传神地将其表现出来。

关于叙述者和叙述视角

写这样一部小说,当然可以用传统的叙述方法,也就是用上帝式的全知全能的叙述样式来叙述,大厦里的每个人的行为他都看得清清楚楚。但我觉得那样不新鲜,没有创新。经反复思考,采用了现在这种方式,也就是用一个乡村出生的小保安的眼睛来观察这座大厦里的各色人等的生活。凡他看到的,就写;凡他看不到的,就略去不写。这样,让大都市里的生活映射到一个乡村小伙的眼睛里,使其产生对比,给其造成刺激,这样写会有些新意。

关于人物

这部小说里写的人物很多。在一座大厦里生活的人本就很多,加上我想表现一座精神大厦里的内部景观,写的人物太少了也没有说服力。我想通过对这一群人物生活境况、情态的描述,去实现我的雄心。小说中的人物都是虚构的,但都是生活中可能存在的人物。我接触和观察了各种各样的人物,然后把这些人物形象糅在了一起,创造出了小说中的人物形象。

小说中我着力表现了一个人物“他”,也就是保安员。他是一个由乡村来到北京打工的小人物,借他的视角来观察和表现21大厦里其他人的生活。他脑子里的传统观念与大城市里飞速变化的人们的生活观念发生了冲突,最后使得他感受到了不解和绝望。我通过他来表现新旧观念冲突之激烈和变革对人心理冲击之强烈,要说作品中的重要人物,是他。

关于与我其他作品的联系

在写这部书之前,我用 10 年时间写过一部 3 卷本的长篇小说《第二十幕》,在那部书里,我通过对故乡南阳一个丝织家族在二十世纪命运沉浮的描述,把二十世纪中华民族跌宕起伏的命运表现了出来。我用这部这作品,对二十世纪的中国历史做了我自己的总结。之后,我开始去关注新的世纪,关注新世纪人们的生活状态和精神变化,于是有了这部作品的出现。

关于黑雉鸟的意象

想飞离自己站立的地方,想到别处去,想到陌生的他乡生活,认为幸福在别处,不在脚下,这是所有人心底的愿望和认识,也是世界人口迁移的心理动因。世上无数的人在为到别的地方去而忙碌。我把自己的这种发现具象化,让其变成了一只黑雉鸟,让他站在 21 大厦的墙壁上,凝视着人们。我想让人们由这只鸟去意识到,很多费尽心力的寻找其实并无意义,你千辛万苦找到的,可能不仅不是幸福,而且会是别的令你痛苦的东西。

老龄社会

——答《北京青年报》刘雅麒问

《天黑得很慢》是一部聚焦老龄社会的长篇小说,你创作这部小说的初衷是?

我自己进入老年之后,开始体验到老年人的心境,并有时间去仔细观察其他老年人的生活,很自然地便关注起老年问题,开始去琢磨怎么走好人生最后一段路程的事情。

我在我过去的作品中,对人生在幼年、童年、少年、青年和壮年阶段的生活,都有过反映和表现,我想我也应该来以自己的老年生活体验和观察到的老人生活作素材,去写写人生的老年阶段,把人们走在人生最后一段路程上的风景呈现出来。如果写好了,对已经变老的人,会是一个警示;对即将变老的人,是一个预警;对终将变老的人,是一个提醒。

小说的题目《天黑得很慢》有何寓意?

如果把人的一生比作一天的话,那么人进入老年阶段就像太阳西垂、即将落山的那个时辰。从太阳将落未落到天完全黑下来,还有一段时间,特别是盛夏时节,这段时间还挺长。小说所以起这么一个题目,大概蕴含着三层意思:其一,提示老人们,天并不是马上就黑,你还有一段留在人世的时间,你还可以享受生命的美好,还可以去做一些你愿做的事情,还能为这个世界贡献一些东西;其二,提示老人们,天并不会一下子黑下来,生命不是一下子就终结了,你得做好接受身体器官衰变和各种疾病折磨的精神准备,你不能像在少年、青年、壮年时期那样,再期望获得很多快乐和幸福,得准备吃苦了;其三,是提示老人们,即使天黑得很慢,但天终究是快要黑了,对此你不要也不该抱怨,你得做好天黑之后进入另一个世界的准备,那一个黑暗的未知的世界,是我们必须要去的地方,那是我们人生的归宿,是生命这种现象的本质要求,是不允许更改的规矩,是造物主早就下定的命令。

什么时候你开始意识到自己已步入老境?面对变老你有怎样的态度?你害怕变老吗?

人的心理年龄普遍年轻于自然年龄,这就是人们通常不认为自己已经老了的原因。我也是这样,过了 60 岁,我并不认为自己老了;直到单位宣布我退休,告诉我以后不用再上班了,我才意识到我真的已步入老境——社会已明确公布你老了,不再需要你参与工作,强辩已经没用了。

我当然害怕变老。变老首先会让人在外貌上变丑,头发白了、稀了,皱纹多了、深了,牙齿松了、掉了,眼睛花了、看不清了,身子变低、佝偻了;其次,是行动能力差了,不敢快步跑了,不能爬高了,不愿打篮球了,不想登山了;再者,是学新本领难了,记忆力变差了,忘性变大了,一样新东西学过就又忘了,一种新电器的操作学几遍都记不住。这种情景想想都害怕,当然不想变老了。

写作《天黑得很慢》这本书的过程,也是我在消除这种惧老心理的过程。书中的老法官在我的笔下被动地应对着老年的到来,我在心中学着主动地迎接老年的降临。我一边写作一边规劝自己:衰老是每个人都必须要过的一关,你不可能也根本不会是例外者,你只能勇敢地朝它走过去;在天黑之前,你还能写一点东西,你应该抓紧时间把你最想写的东西写出来;如果疾病来了,就平静地面对,把该承受的都承受下来,之后,便安静地坐看夜幕降临,去往另一个世界。这,就是我对变老的态度。

你对中国现在面临的人口老龄化有怎样的看法?

我在研读我国有关人口统计资料时发现,2015 年中国的总人口是 13.74 亿,60 岁以上的老人是 2.2 亿,占总人口的比例为 16.1%;其中 65 岁以上的人为 1.43 亿,占总人数的 10.5%。2016 年,60 岁以上的人口又增加了 1 000 多万,2017 年的数字还没出来,估计至少增加几百万。目前国际上通行的说法是,当一个国家或地区 60 岁以上的人口占到人口总数的 10%,或 65 岁以上老年人占到总人口的7%时,即认为这个国家或地区进入了老龄化社会。由我国的这些统计数字可以看出,我们的确已经进入了老龄化社会。

老龄人口增多,是我们国家经济、科学发展和社会稳定、进步的一种表现,因为没有生活条件的提高和医疗保障的变好,人是不可能长寿的。在世界上的一些贫困地区和战乱频仍的国家,活到高龄的人很少。

但老龄化的到来也会带来很多新的社会问题,第一个问题是有劳动能力的人口在社会总人口中所占比例变小,每个劳动力的社会负担会加重;第二个问题是随着老龄人口的增多,育龄人口变少,婴儿出生率变低,年轻的面孔越来越少,社会活力会降低;第三个问题是老年人的养老会出现困难,主要是护理人员不足,子女不堪照顾老人的重负。这些问题如果处理不及时,有可能重新出现憎老现象。在人类的发展史上,曾经因为生产力低下,生活资料严重匮乏,而出现过年轻人憎恨老人的阶段。那时,人老到一定程度,年轻人怕他们再消耗不多的生活资料,就希望他们早死,会把他们背到山上和树林里,让他们自然饿死。这也是后来随着社会发展和文明程度的提高,人们为纠正这种现象而反复宣传孝道的一个原因。2000年以来,学者在川、陕、鄂、豫交界的汉水流域发现了一批"寄死窑",也称"自死窑""老人洞",这被认为就是过去供老人结束生命时使用的。在今天的日本,个别地方也已经出现过憎老现象——2016 年,一个男护理人员用刀砍死 19 名老人和残障人士;一名女护理人员对着住院老人大骂:你们本应该死!最近在微信上流传着一张照片,一个疲惫的年轻人背对着我们的视线,坐在两张病床中间,两张病床上各躺着一个老人。这就是中国独生子女的生活现状。我看了这张照片心中很难受,为那个年轻人感到难过。

我们对憎老现象应该警惕,以防它真的由历史深处再钻了出来。

写作遇到瓶颈时通常会怎样处理？创作过程最为煎熬的是哪部作品？当时是怎样坚持下去的？

写作遇到瓶颈时就停下来不写了。看一段时间的书，外出走一些日子，找朋友们聊聊天，待想出突破瓶颈的法子后再动笔。写作这活不能硬着头皮去干，那样写出来的东西肯定是废品。作品必须是满怀激情和自信去写出来的，那样才好。

我创作过程中最受煎熬的是写长篇小说《安魂》的时候。这部书是我为安慰我早逝的爱子周宁的灵魂而写的，当然也为了安慰我自己和天下所有因疾病和意外灾难而失去儿女的父母们。这部书的上半部是写实的，写作过程必须回忆过去和儿子在一起的时光，那每一次回忆都会让我的心疼痛难忍，有时一天只写几行字就难受得再也写不下去了，需要在床上躺一躺。但为了安慰已到天国的儿子，我给自己规定每天的写作量，最终写完了全书。

你认为自己的创作有哪些长处与短板？

一个作家的长处与短板不应该由作家来说，而应该由读者和评论家去评判。作家只负责写作品，评判的任务应该交给别人。如果一定要说的话，我的长处大概是坚信文字中掺了感情才能征服读者。我的短板是我写作时所使用的文字总量不高，常用字太多。

从创作之初至今，你的创作观念经历了怎样的变化？又有怎样不变的追求与坚持？

我走上写作之路是因为从小爱听大人们讲故事，所以写作之初,我特别注意讲一些别人没讲过的新故事。后来才知道,新故事与好小说还有很远的距离,你必须让你的故事有深刻的思想意蕴,能给读者带来哲理上的启示才行。再后来又知道,任何一个故事都有好多种讲法,你必须用独特的视角、独有的结构样式讲出来才有文学价值。接下来,我开始明白每一部作品的语言都应该有新的味道和新的节奏,这样才会有陌生化效果,读者才会喜欢。总之,写作有点类似于在山谷里行走,你只要不停地走,便会不断看见新的风景。

我相信爱和被爱是人活着的最终目标和基本动力,所以我始终坚持去表现人世上爱与被爱的美好与力量。

你在意批评界和读者对你作品的评价吗? 你作品的第一读者通常是?

我在意。作家写完一部作品后,当然希望听到外界的反馈。就像厨师做出了饭菜后希望听到食客的好评一样,我的作品发表后,也希望听到评论界和读者说好。当然,听到不好的声音,我不会生气,我会仔细分析原因。一部作品要写几年,那种苦累和农民种粮一样,叫好是对作家的最大安慰。

我的作品在正式出版之前不给任何人看。也因此,作品的第一读者就是我的责任编辑。

对你影响深远的作家作品、最近在阅读或关注的作家作品是什么? 你的阅读习惯和阅读方法是什么?

对我影响最大的外国作家是俄罗斯的列夫·托尔斯泰，他对我的影响主要是思想层面的。他的要爱一切人的主张，让我深受震动。他在长篇小说《复活》《安娜·卡列尼娜》和《战争与和平》中对真爱的描述和呼唤，深深地感动了我。

对我影响最大的国内作家是沈从文，他对我的影响主要是关于写什么的问题。在我创作的早期，他写的湘西的那些小人物，令我感觉非常亲切，也让我明白应该去写写自己故乡的父老乡亲，让我知道自己出生长大的豫西南乡间其实藏着无数的写作资源。

我最近在读石黑一雄的作品。这位日裔英籍作家，比我小两岁，他的小说写得很棒，获了很多奖，包括诺贝尔文学奖。我读他的《别让我走》这部小说时，深为他讲故事的本领折服，也为小说里那些非常人的命运感到揪心。他的视域宽阔，表现对象丰富，叙述形式多变，值得研究。

我通常在上午的前两个小时写作，之后阅读；下午也是前两个小时写作，之后阅读；晚上会看个电影，之后阅读。外出时不写作，有空就读书。

我的阅读方法是把难读的书放在白天头脑清楚的时候读，好读的书放在睡前读。

你的多部作品被改编为影视剧，你怎么看待自己作品的影视化改编？会担心在改编过程中原作被曲解和误解吗？

影视改编会在一定程度上扩大原作的影响，促使没看过原作的人再去找来原作看，所以我愿意自己的作品被改编。但我的确存在着一种担心,担心改编者未理解原作,改得乱七八糟,反而会破坏原作的声誉,使人们拒绝阅读原作。也因此,我在签影视版权转让协议时,会强调一条:不得违背原作本意。

有哪些至今难忘的童年经历?

童年时和伙伴们在田野里疯玩的经历特别难忘。春天在豌豆田里偷摘嫩豆角吃,夏天在田头的小河沟里逮小鱼,秋天在玉米地里大嚼甜秆,冬天跟在大人们身后在蒙了雪的田野里追赶野兔,太开心了。再就是随大人们上镇街上赶集,可以吃到甘蔗、糖豆和胡辣汤,还可以坐在大人们的肩膀上看戏,太舒服了。再就是大年初一早上,天蒙蒙亮时和伙伴们一起去放鞭炮的人家捡拾未炸的鞭炮,若捡到一个,自己再亲自把它点响,啪! 太快活了。

你对故乡河南有怎样的情结?

那是我来到人世的第一个落脚地。我曾经嫌恶过她的贫穷和落后,一心想着离开她,可离她越远就越想她,离她越久就越爱她。现在不想听别人说她不好。有谁当面调侃她,我会跟他急。但我明白,她的子女太多、家底太薄,问题肯定不少,可听本省人说她的缺点,行;听外省人说,心里难受。

部队生活对你产生了什么影响?

影响了我的胆量。小时候我黑夜里都不敢走路,当了兵后,可以拎着枪在真正的战场上行走——虽然心里也紧张。

影响了我看事情的视角——习惯从国家和民族安危的角度去看事情,凡事习惯看其对国家和民族安危有无关系。

影响了我的价值观——知道军人必须随时准备为国为民献身,临阵怯逃者,耻!

喜欢的电影作品?

我喜欢的电影很多。史蒂文·斯皮尔伯格 1993 年拍成的《辛德勒的名单》是我喜欢的影片之一,在这部片子中,导演对人性善恶两极的表现令我震撼,饰演辛德勒和党卫军军官的两名演员将善与恶演到了极致。克里斯托弗·诺兰 2017 年拍成的《敦刻尔克》,是我很喜欢的战争片,片子展示的是第二次世界大战中的敦刻尔克大撤退,其对战争残酷性的表现令我这个军人也震惊不已。保罗·托马斯·安德森执导的《魅影缝匠》这部小众电影,对人物性格的表现太精彩了,导演讲述故事的那份淡定从容令人拍案叫绝。

喜欢与什么样的人交朋友?

喜欢与待人诚恳、心地善良的人交朋友。

通常如何排解生活或创作压力?你最喜欢的运动方式?

每当我压力大的时候,我就去看谍战电影或阅读可读性强的言情小说。这样做能让我轻松起来。

过了 50 岁之后,我很少再去打篮球和乒乓球,我每天的主要运动方式是散步,是慢走而不是快走,通常一天要走 15 000 步左右。

请描述几个生活中你最享受的时刻或场景。

在大雪纷飞的夜晚，坐在温暖的被窝里，读一会儿书，然后关了灯，看一阵窗外无声飘动的雪花，心里会感到特别舒畅，那是我最享受的时刻之一。

一边吃着母亲给我做的炝锅面条，一边听她细声数落着家里养的鸡、狗、猫和羊们的不是，我心里会安恬，很享受。

在电影院或家庭影院里，看到一部特别好的电影时，心里非常享受，唯恐电影放完了。

给自己放假时，与最好的朋友坐在一起漫无边际地聊天，心里非常放松快活。

如果可以与古今中外任何人对话，你希望是谁？会与对方聊些什么？

最想与苏格拉底对话。我想问他三个问题：第一，人活一生，为什么要承受那么多的折磨和苦难？第二，为何只要父母愿意，一个孩子就必须出生？上天为什么不设置一个本人拒绝出生的办法？第三，既然地球最后都要毁灭，那我们一个人在地球上活几十年的意义何在？

想听听他的看法。

有哪些难忘的梦境？

绝大部分梦境都随着睡醒而飘飞了，尚能记住的一个梦境是：

我在黑夜里走路,路边的玉米地里突然走出来一个黑乎乎的东西,
像是一头狼。还是一个人?还是一个鬼?没敢回头看清,只听那黑
乎乎的东西叫了一声:站住!我吓得拔腿就跑,它跟着追过来。能
听到它的呼哧呼哧声,我却怎么也跑不快,恰又遇见了一条河沟,心
想完了,一惊一急,就醒了……

它是不是就是命运的化身?

你的生死观?

我们既然无法拒绝来到人间,那就潇潇洒洒地走一回。

我们虽然无法决定生命的长度,可我们能决定生命的质地。

既然死亡是无可更改的结局,那就大胆地、有尊严地朝它迎
过去。

最近在忙些什么?每天的创作时间是怎样安排的?平时不创
作时会做些什么?

最近在写些短文章,偿还文债。每天写作两三个小时,剩下的
时间就读书、散步、休息。

平时也会到外地走走看看,放松自己。

未来3至5年的创作与生活规划?

我现在不做3年以上的规划,因为不知道造物主何时会决定我
离开。我如果做了3至5年的规划,说不定会惹造物主笑话:嗬,你
小子想得倒美!

生与死

——答《中国青年报》蒋肖斌女士问

一

　　清明节民间的确有各种各样纪念逝者的仪式。在我的老家河南南阳盆地的乡间，家家清明时节都要上坟，要为逝者的坟头培上新土，要在坟头顶部盖上一个碗状的土块，要在坟前摆上供品，要焚烧纸钱和用纸剪成的春、夏季衣裳，要在长者的坟前焚香叩头，要鸣放鞭炮，个别人家还要在坟前栽上树苗。这些固定下来的仪式，当然是为了缅怀逝者，但更重要的是为了提醒后人，记住你的来路，记住给过你生命的前辈，不要忘了他们。我觉得这些传统的庄重仪式很有必要，它是在用血脉亲情来团结家人、族人、村人；提醒人们要知道感恩前人，给大家一个回忆和记住逝者身上好处的机会，从而有利于乡间人们生活的和睦和家族精神的延续传承。

　　当然，在坚持举办这些传统仪式的时候，要提倡简单节约，不要多花钱。如今在大城市里，市民们缅怀逝者的方式有了新的变化，比如到逝者墓前献上花篮或一束鲜花，全家人在逝者墓前鞠躬表达祭奠之意，家人聚餐时追思逝者的经历、品德。这些新的做法值得推广。

二

　　我对生命的态度，在人生的各个阶段有很大不同。少年时，以为自己的生命长度无限，只想快点长大，只嫌时间过得慢，恨不得生日连着过，怨的是春节不能连着来。青年时，知道生命有限了，可觉着离生命的终点还有很远很远，随意挥霍时间，根本不懂得珍惜生命，以为自己的身体怎么折腾都可以。中年时，模糊意识到生命过了一半，但因为上有老下有小，整天忙碌着挣钱养家和事业发展，没时间去想保护身体，去延长生命。老年到了之后，才突然发现生命尽头原来就在不远处，才感觉到不少慢性病缠上了身，才有些慌了，才懂得要珍惜身体，才有了延长生命的迫切希冀。

三

　　我当然也恐惧死亡，但如今已明白再恐惧也无法避免与其面对，心也就平静下来了，开始有些坦然地做着迎接死亡的准备：把自己生前想做的事尽快做完，然后等着他来把我带走。比如，我想捐出自己的藏书，在家乡建一个小型图书馆，为家乡的年轻人提供一个新的阅读场所,这件事已基本办完了。比如,想在一个山清水秀的地方建一个小型的"爱意纪念馆",把天下特别感动人的一些充满爱意的事件用照片和音画展示出来,供年轻人来参观。这个想法还未动手去做,不知道最终能不能做成。

四

年轻人面对不测要做的准备,我觉得就是两条:其一,要有危机意识,不要以为危险的、会危及生命的事情永远不会找上自己,要警惕事故和其他意外灾难的发生,懂得并学会保护自己的生命。开车,一定要系安全带;用电,一定要防漏电;登山,要做好万全准备;潜水,要有朋友在一旁看护;家里的燃气开关,要经常检查;骑电动车外出,不能超速。其二,要锻炼、爱惜身体,不要以为可怕的疾病不会上身。喝酒,适可而止;熬夜,偶尔为之;吃东西,不暴饮暴食;打游戏,别影响休息;工作,有劳有逸;玩闹,动口不动手;不生闷气,学会自寻开心;学会制怒,不让愤恨伤身,等等。

五

关于生命的话题,我想对年轻人说的是:生命是造物主赐予我们的最珍贵的礼物,我们的父母奉命将我们领到这个世界上,让我们见识一番人间的美景,同时也让我们与烦恼、劳累、痛苦打一番交道,这归根结底是一桩善事和好事,我们因此应对他们充满感激。我们对他们最好的回报,就是善待自己的生命,尽可能走好生命全程,给人间留下一道美丽的印迹。

地域与作家创作的关系

——答李霞问

从 1979 年 3 月发表处女作《前方来信》起，您至今已发表各类文学作品 600 余万字，在这近 40 年的创作过程中，您最大的感受是什么？文学之于您的吸引力何在？

最大的感受是找到了一条倾诉心里话和宣泄自己感情的渠道。我随时可以通过文字与我的读者进行交流，我的所思所想和喜怒哀乐不必憋在心里。这也是文学对我的吸引力所在。我享受这种交流的快感。当然，我希望自己的作品能给我的读者也带去阅读的快感和心灵的启迪。

综观您的作品，在题材、风格上的跨度都很大，您是如何确定这些选题的？您最满意的作品是哪一部？

当我决定要写什么时，一定是那部分的生活内容让我激动起来，产生了真正的创作冲动，使我不写出它就寝食难安、坐立不安。我所写的生活内容，通常与我的生活经历有关系，或者它就是我自己的经历。我最满意的是《安魂》与刚出版的《天黑得很慢》，写这两部作品时心很疼。

结合您的创作经历,请谈谈地域与作家创作之间的关系。

地域对作家的影响很大,这种影响主要表现在三个方面:其一,作家本人受地域文化的影响,其看人、看事的眼光会与他地域的人不太相同;其二,作家熟悉的地域生活内容会影响到他的题材选择;其三,作家在塑造人物形象时,会不知不觉地拿自己所熟悉地域的人物当模特。就像去年获诺奖的石黑一雄,他已经移民英国,但其小说的选材依然受到其祖居地域生活的影响。这是没有办法的事。

对于一个作家来说,"输入"与"输出"的过程同样重要,您是如何"输入"的?

我的输入就是通过三条途径:一条,是像一般人那样沉入社会生活。纷繁的社会生活里,蕴含着大量的写作素材,也有着无数的激起你创作灵感的契机,你沉在社会生活里,写作资源就不会枯竭。另一条,是同朋友和他人聊天交流。聊天交流的过程也是获得创作冲动的机会。再一条,是阅读。读他人的书,既会获得知识,也会获得创作的启示。

人工智能时代,机器人也能进行文学创作(写诗),您如何看待这一现象?

机器人写诗是从以往的诗歌里寻找各种成分来拼凑,诗人写诗是因为他要抒发自己的真实情感,要写自己的喜怒哀乐。诗人会为机器人提供写作的基础。

在倡导全民阅读,建设书香社会的背景下,读好书、会读书显得尤为重要,请向读者推荐几本好书。

我只推荐两本:《人类简史》和《未来简史》,都是以色列的尤瓦尔·赫拉利写的,这两部书对我们了解人类的过去和未来会有帮助。

为什么写长篇小说
——答《人民日报·海外版》记者周缘问

你为什么致力于写长篇小说？长篇小说在你的创作中占有什么地位？从你自己的体会来说，作家为什么热衷写长篇小说？

我所以要写长篇小说，首先是因为长篇小说的容量大，表现在其中的生活内容可以跨越阔大的时空，能把自己一个时期想写的东西都写出来，特别是能把自己对某一个生活领域的思考都呈现出来；其次是因为随着自己的年龄增大，积累的写作资源开始变得丰富，不用长篇小说这种样式来写，很多资源会浪费；再者，今天的读者阅读中、短篇小说的兴趣不如阅读长篇小说的兴趣大，人们希望拿到一本书后，读后所获不再全是对生活小断面的印象，而是对某一个生活领域的相对全面的把握。

长篇小说在我的创作中占有很大的比重，也是我很看重的小说种类。我至今已经写了9部11卷长篇小说，可以说中年以后，我就把创作的重心转向了长篇小说创作。所以这样做，除了上边说的原因之外，还因为写长篇小说需要体力，属于创作中的重活，必须趁着身体状况好的时候干，不然，待你体力不济时再想写，就会心有余而力不足了。我想把写中、短篇小说和散文的时间往后推延,因为相比长篇小说的写作来说,它们耗费的体力要小些。

现在写长篇小说的作家的确很多,除了长篇小说自身具有吸引作家的魅力以外,大概还有三个原因:一是中、短篇小说集在图书市场上不受待见,写中、短篇小说最后结集出版比较困难。二是写作工具的变化,也使写作长篇小说变得相对容易。现在有了电脑,一天敲个几千字不费劲,而且修改起来也容易,不像我们当年,全靠手写,第一稿写完,再修改几次,每次改完都要重新抄写清楚,那耗费的体力和精力比今天大几倍。三是今天在网上阅读,尤其是只阅读网络小说的读者,他们读中、短篇小说觉得不解渴、不过瘾,喜欢读长篇小说,网站也因此鼓励作者把作品写长,越长越好。这些,对于作家都在起着鼓励作用。

二十世纪八九十年代,现代派、魔幻现实主义、新写实、先锋派等文学流派众多,但你一直扎根于现实题材,对农村题材情有独钟,这和你的生活经历、创作理念有什么关联?

改革开放之前,我读的外国文学作品很有限,主要是《复活》和《一千零一夜》等有限的几部。改革开放后,我开始贪婪地阅读外国文学作品,欧美的、俄苏的、拉美的、日本的、印度的、非洲的,凡能买到的和找到的,不论是哪个地域、哪个流派的,通通是如饥似渴地读。在阅读的过程中,我逐渐明白,所有这些成功的作家,都因为走了自己的路。这些路是他们自己发现的、独有的,而且这些成功之路,只属于成功者。我们后来者不能跟着他们走,只应该从他们身上学习创新的勇气和方法。于是我在心里暗暗决定，要有定力，别跟着成功者跑，别跟着风跑，走一条属于自己的创作之路。

我分析了自己的长处和短处。我的短处是没有在大学中文系或文学院接受过系统的写作训练、中国古典文学的素养差、对中外文学史没有仔细研究、文学创作准备不足；我的长处是长在乡村，去小镇求学，到小城当兵，对乡村和小城镇及部队的生活比较熟悉，对乡村和小城镇的各种人物熟知，对这些人物的当下追求和心态比较了解，我的写作资源比较丰富。一番自我分析之后，我觉得我可以边学边写，以表现当下的乡村和小城镇生活为主。既向中国传统小说家学习，关注现实人生，以故事吸引读者，让人物活灵活现；也学习外国各流派作家的长处，关注人物的内心世界，探究人性的复杂变化，诠释生命的奥秘，解密人与社会和自然的关系，创新叙述方式，变换叙述视角，改变叙述节奏，变化语言操作样式，注意营造文内氛围，从而使自己的作品呈现出一种与别人不同的特质。

这大概就是我的创作追求吧。

许多文艺评论者担忧以市场营销为手段的大众文学和以网络科技为手段的新媒体文学，会对传统的严肃文学造成冲击，从你的角度看，出版的市场化、网络的自由性等诸多新时代的变化，对长篇小说的创作和出版产生了怎样的影响？

首先要肯定，大众文学和新媒体文学的兴起，是时代的一种进步。过去，传统的严肃文学作品每年的生产量是不高的，读者的数量也很有限，主要是在社会的精英圈子里。而社会对文学的实际需求量很大,普通老百姓也喜欢读文学作品,这种大众的,很多是一次性阅读消费的需求并没有得到完全的满足。现在好了,大众文学和新媒体文学的出现,就满足了这种需求。

当然,大众文学的市场营销手段丰富,新媒体文学的传播方式方便,这些都会对传统的严肃文学造成冲击,这种冲击主要表现在两个方面,一是传统的严肃文学的声势被压下去了,二是传统的严肃文学的销量被压下去了。我觉得这并不可怕。一个正常社会的文学生态,就应该是两辆车齐头并进,一辆车是传统的严肃文学,负责一个国家和民族的文学水准提高和文学财富积累的问题;一辆车是面向大众的文学,负责文学的普及和即时消费问题。前者面向的是社会的精英阶层,后者面向的是普罗大众。前者的读者数量肯定会少于后者。大多数严肃的传统文学作家赚的稿费不可能有大众文学和新媒体文学作家赚得多。传统的严肃文学作家要做的,是潜心写好自己的作品,做好赚不了大钱的精神准备,争取吸引到更多的读者,为国家和民族的文学财富积累尽力,而不是在那里抱怨大众文学冲击了自己;大众文学和新媒体文学作家要做的,是不断提高自己作品的品位,使自己的作品经得起反复阅读,而不是满足于自己的声势大、读者多、赚钱快。总之,两辆车都向前走,而且走着走着,车上的东西也能互换,严肃文学作品也能让普通读者喜欢,大众文学作品也能为精英读者喜欢,那就最好了。

自己有船，不等轮渡

——答《河南思客》问

很多读者和作者都喜欢你的作品，却没有单独见你的机会，想请你谈谈你自己的创作心得和经验。

创作经验没有。几十年写下来，体会倒有一些。其一，我觉得写作既是一个脑力活，也是一个体力活。如果想投入写作，就要趁年轻体力好时赶紧写，马上干，不要迟疑，不要犹豫。不然年纪一大，体力不好，创造活力就会降低，到那时再想写恐怕也很难写出来了。其二，搞创造就要准备吃苦。写作者先是要苦读书，然后要苦琢磨，最后是一个人面对稿纸或屏幕，没日没夜孤苦地写呀，改呀，累是肯定的。怕累怕孤独的人，最好别入这个行当。其三，不要怕人说你不行。写作这个行当，是一个竞争性很强的行当，从业者一个个都是自信满满，而且互相买账互相服气的情况较少，你想轻易就听到别人的夸奖，比较难。如果听到有人说你不行，你不要生气，一笑了之，然后用你的创作实绩去说话。

你认为作家有无要负的责任？如果有，是什么？

农民的责任，是生产粮食、蔬菜和水果；工人的责任，是生产供人们消费的合格的工业品；教师的责任，是把学生教好，别误人子弟。作家写作，是一种职业，当然也要负一定的责任。

作家的责任，是生产精神产品，为读者提供精神食粮，为人们送去心灵抚慰和滋养。一个作家创作的作品，倘是能让人们对生命存在有新的感悟，对人生过程有新的理解，对人类命运有新的认知，对人与社会、时代之关系有新的感知，对人与自然界之关系有新的把握，就算他履行了责任，有了担当。我们知道，精神产品对人的心灵产生影响，是一个潜移默化的过程，正所谓润物细无声，很难立竿见影，很难马上表现出来。也因此，我们在评价一个作家的作品时，一定要慎重。不要轻易就下结论。

你如何看当下的文学现状？你对青年作者有什么期望？

当下的文学界，老、中、青三代作家都在努力创作，玩文学的人很少，靠文学发财的人也不多。大多数人都是靠对文学的热爱在写作，而且都渴望写出传世之作，渴望做出一番事业。

我希望青年朋友们，若一旦选定了干文学创作这一行，就要咬牙坚持下去，不要怕失败，不要再羡慕别的行当的辉煌，不要害怕清贫，不要担心早生华发。要坚信自己是会成功的！

听说你写离婚的新作《洛城花落》已经出版，怎么会想起去写这种题材的作品？

这些年，我听到的婚姻悲剧不少：一对夫妻吵架之后，妻子一怒之下，抱着孩子投水了；另一对夫妻家住高楼，在一场激烈的争吵中，丈夫在暴怒中拉开窗户就跳了出去；还有一对乡村夫妻因为长期冷战，丈夫持刀跑到岳父家，杀害了回娘家的妻子和岳父母。这些年，我也知道年轻人对婚姻质量的要求越来越高，每年办理离婚手续的人数明显增加，有时离婚登记处外会排起长队，这是城市里出现的新景观。民政部门公布的年离婚结婚比在不断攀升。这些年，我还了解到，大城市里的不婚人数在快速变多，不少年轻人明确表示不想找对象结婚，就一个人单过。喜欢关注和感知社会生活变化的我，对婚姻生活领域里的这些新变有了探查的兴趣。在探查的过程中，太多的婚姻真相也激起了我的讲述欲望，于是，通往内心的那个储满激情的小门打开，袁幽岚和雄壬慎这两个人物渐渐显形出现，我开始忙着为他们做媒，他们的故事也就渐次展开，于是便有了这部长篇小说《洛城花落》。

　　请介绍一下这部作品的主要内容。

　　小说公布了雄壬慎和袁幽岚这对夫妻的离婚案情，用媒人的身份讲述了他们相识、相恋、完婚、离婚调解和婚案庭审的过程，但目的不是想评判他们谁对谁错，只是想通过这桩案子，把我对婚姻的几点认知传达给我的读者朋友。当然，这些认知不可能都对，这世界上有太多对婚姻参悟透了的人。所有有过婚姻经历的人，都可以结合自己的感受对其进行评说甚至批驳。

　　这世上关于结婚和离婚的小说太多了，没有谁能通过一部小说来把婚姻这桩人生大事说清楚，自然我也不能。我能做的就是通过这部小说对读者朋友们来个提醒：虽然爱情有多变和容易迁移的特性,很难陪伴我们一生,但它的确会存在于我们的人生过程中,请不要错过享受它的机会!

洛城花落了

——答舒晋瑜问

《洛城花落》让人想起欧阳修的《玉楼春》："离歌且莫翻新阕，一曲能教肠寸结。直须看尽洛城花，始共春风容易别。"能否先谈谈《洛城花落》的书名有什么寓意吗？

少年时代，在课本上读《醉翁亭记》，就记住了欧阳修这个文坛先辈的名字。青年时代，读他的《生查子》：去年元夜时，花市灯如昼。月上柳梢头，人约黄昏后。今年元夜时，月与灯依旧。不见去年人，泪湿春衫袖。觉得他写恋情，真的是字字情深。中年时代，读他的《玉楼春》，觉得他把情人分离的那份伤感写得特别到位，就把这首词一直记在了心里。待到老年写这部关于离婚的长篇小说时，我站在男主人公的立场上，去想他内心里的感受，一下子就想起了欧阳修《玉楼春》这首词，想起了词里所传达的那份伤感、那种意境，于是就决定用这首词里的句子或词意来命名。一开始用的是《看尽洛城花》。人民文学出版社我的责编付如初女士知道我的用意后，建议改用《春风易别》。后来臧永清社长建议用《洛城花落》。最终我同意使用《洛城花落》为书名，寓意自然是感叹：婚姻这朵花到底还是落了。传达的是一份无尽的伤感。

小说的主人公壬慎、幽岚都很优秀,通过相亲恋爱结婚,但婚后一系列的工作压力、买房压力、孩子教育、老人赡养……问题接踵而来。小说真实地呈现了当下年轻人所面临的婚姻问题,关于婚姻和家庭的那些细枝末节深深打动着我们。所有这些细节,你是怎么掌握的?

我接触了太多的年轻人,也有很多年轻朋友,平日里喜欢听他们聊天发牢骚,愿意听他们诉说生活的不容易。我也到一些年轻人家里做过客,亲眼看见过他们的日常生活图景。再就是我也是从年轻时过来的,年轻时生活中的种种烦恼都还保存在记忆里。一旦开始写婚姻家庭的日常状况,这些存储在脑子里的东西就一下子都涌到了笔端。人活着哪有容易?家庭生活美妙的时候能有多少?我就想把这种真相写出来。

故事的开头以独白交代人物的背景比较平实,但结构很巧妙。男主人公的人设是历史学学者,研究《中国离婚史》,还引入雄氏宗族大事记,故事中嵌入故事,历史与现实无缝对接,你用了一番心思吧?

长篇小说创新的一个重要方面,就是看你用怎样新鲜的结构来讲述故事。天下离婚的故事太多了,世界上能讲述离婚故事的人也太多了,怎样讲一个能给读者带来新鲜新奇感和历史厚重感的离婚故事,是我在开笔之前很犯难、很烦恼的一个问题。最终,我采用了现在这种讲法,我渴望我的读者朋友们在拿到这本书之后,有读它的兴致,读完了,能觉得它未落俗套,进而能思考一些东西。

　　婚姻的破裂常常只是因为一些微不足道的细节。两个人走上法庭的时候,幽岚历数壬慎种种令她无法忍受的事情,是我们在生活中也会遇到的,所以很容易引起共鸣。这也让我联想到美国电影《婚姻故事》,它讲述的也是离婚,但没有将爱歇斯底里地撕碎给观众,反而将甜蜜、守护与温柔融入其中。你写《洛城花落》,动意来自什么?

　　现在回首最初的写作冲动,就是来自我听到和看到的一些婚姻悲剧,有夫妻双方互残的,有一方自残的;有杀夫的,有杀妻的;有没离但变成路人的;有离了变成敌人的。其中有一个短视频给我带来了很强的刺激。在朋友传来的那个短视频里,一位年轻的妻子在街上当众打她的丈夫,打耳光、用脚踹,边打还边骂。不知道那位丈夫做了什么事让妻子如此动怒、如此不讲情面。但那位丈夫始终没有还手,只是一个劲地防卫着后退。这让我很替那位丈夫感到难堪。看完之后我想,那位丈夫一定在深爱着他的妻子,要不然,他决不会如此窝囊。正是爱,给了那位妻子打人的权利。试想一想,倘是一个他不爱的女人来打他,那他肯定早就开始了还击。由这个视频,我又想起了现在很多离婚案的提起者,都是女性,这当然是社会进步、女性经济独立、女子地位提高的结果,是对婚姻生活的一种拨乱反正,但会不会也有另外一种情形,即女方没有体谅男方的苦衷、没有细致感受男方爱意而起的悲剧?

这个想法一直折磨着我。渐渐地，写作的冲动就有了，一部小说的雏形就有了。

这部小说与其说是写离婚，不如说是一部关于爱的故事。小说结尾，写壬慎其实是因为偶然的原因患有艾滋病，故意疏远妻子。不是不爱，而是不能再爱，令人动容。能否谈谈你对婚姻的理解？对于笔下人物，你是怀着怎样的感情？

如今，因为离婚率高，因为遭受婚姻挫败的人多，很多年轻人不再相信婚姻，甚至不再相信爱情的存在。大城市里主张不婚的人在增多，年轻人中不婚的人群在扩大。选择不选择婚姻，这是个人的自由，别人无权干涉。我在这部小说里，只是讲述一对年轻人的离婚故事，把我对婚姻和爱情的认识说出来罢了。

婚姻，只能给人一份常人都有的日子，让你完成繁衍后代的任务，并不能保证会给人带来幸福。想要幸福的婚姻生活，需要你具有另外的本领，比如弥合婚房裂缝的本领。

婚姻，是人类管理自己情欲和繁衍的一个重要发明，正是因为有了这个发明，人类才走到了今天。但这个发明像人类的其他发明一样，也不完美，也会带来副作用。眼下，我们还没有更新的发明来替代它，我们能做的，就是尽量减少它的副作用。我们不能因为害怕它的副作用，就一下子抛弃它；也不能过度美化它，否定它的副作用。也许在将来，我们的后代会发明出更好的管理人类情欲和繁衍的方式方法和制度。

对于小说中的两个主要人物，我都怀着深切的同情。当然，对于壬慎，我的同情更多一些。在大城市的家庭里，男性身上的压力往往更重，他们被赋予了支撑家庭的责任，无可逃避。倘有逃避的打算，就会被所有人，包括他的父母，所看不起，他们就再无立足社会的可能。在一个家庭里，女人通常可以抱怨和埋怨，但男人很少这样做，因为越抱怨埋怨就越会显出他的无能。他们一般是把所有的不快都吞进肚子里，他们活得更不容易。

后面庭审的忠实记录，包括民国期间女人被家暴想要离婚而走上法庭的那一章，讲述婚姻中的一地鸡毛时，显得过于琐细，我在阅读中不免产生怀疑：真正的庭审大概不会像某些婚姻调解的电视节目，可以那样充分地展开故事。你在写的时候，考虑过这一点吗？

你说得对。真正的离婚庭审，要简单得多。我曾请教过两位离婚律师，她们告诉我，离婚庭审最多两次，通常是一次就下了判决。我这里是借离婚庭审这种形式，来展开我的故事叙述。而且在我的内心里，我是希望将来的离婚庭审，都能够像我写的这样，让离婚双方和他们所请的律师充分发表意见和看法，让他们反复展开辩论，让他们把所有的"鸡毛"都倾倒出来——离婚的原因能有多少大事？无非是延长一点庭审时间，然后再由法官去做判断，这样，错案和造成遗憾的案子就可能会更少出现。

新《民法典》已颁布，"离婚冷静期"成了热搜词，这些都为现在婚姻制度、为女性如何确立在婚姻中的位置提出了新的话题。《洛城花落》正好在这时候出版，是赶巧了吗？

我开始写作本书时,还不知道国家要颁发《民法典》,更不知道婚姻法中关于离婚增添了冷静期。这的确是赶巧了。不过,在过去的离婚庭审前,有的法官也会让当事人冷静一段时间再开庭。我是非常欢迎《民法典》中关于离婚增加了冷静期这一条款的。因为过去的确有夫妻在一怒之下离了婚,冷静下来又后悔了。我曾经听朋友讲过一对年轻人离婚的经过:夫妻俩都是独生子女,都很任性,有一天两人一同逛商场时,为买不买一件东西发生了严重的争吵,结果妻子很生气,走出商场后对丈夫说:咱俩不玩了,离婚!男子也很愤怒,回道:离就离,要离现在就去办手续!女的撇撇嘴:办就办,难道还怕你办了不成?当下两人就去了离婚登记处,很快就办完了协议离婚手续。可回到家以后,两个人都哭起来了。

李敬泽先生从《洛城花落》想到福楼拜的《情感教育》——你认可吗?你写这部书,特别致谢"由网上看到的婚恋专家的研究成果",你在网上借鉴了哪些?

敬泽先生这样说,我很高兴。这部书说到底是写情感的。当然,这里的教育是一种比喻,是一种借用。我写作的初衷,是想把我对情感的认知通过作品传达给我的读者,以引起他们对情感问题的思索。人类的情感极其玄妙,要说透它谈何容易?只说爱情这种情感吧,它的发生时机有时是在四目相对的一瞬之间,有时又是在经年的相处中才缓慢滋生;它通常存在的时间是 36 个月或 48 个月,很少超过 7 年,之后就开始蜕变成别的情感,或是亲情,或是友情,或是无情,或是绝情;它发生之后很容易向婚姻过渡,但并不一定就走向婚姻;但它必然带来的一个结果是,两个人都会为其痛苦;它存在的规律是,越强烈、越耀眼,存在时间就越短;它最大的特性是,多变且容易迁移;它的作用是,既让人享受那种绝妙的人生快乐,也让你尝尝在猜疑、怀疑、焦虑的陷阱里挣扎的味道。

在网上借鉴的,比如律师在辩论中教幽岚怎样去引起壬慎的冲动这一类的内容,是很新鲜的东西。

你现在的身体和精神状况如何?听说你不写了?真是太大的遗憾了!为什么选择用《洛城花落》为长篇小说写作封笔?

眼下的身体和精神状况都还好,但马上就 70 了,做事很容易感到累。长篇小说这种小说样式的写作,需要很多的体力,我想就罢了吧,去干点体力消耗少的事。我得学会撤退,懂得罢手。所以选择用这部书为长篇小说写作封笔,一个是因为它是我的第十部长篇小说,凑了个整数;另一个是因为它是写"爱"的,用它来做告别,对我的长篇小说读者算是送了一份礼物。

写了 40 年,你真的可以做到封笔吗?如果封笔,你打算接下来做什么?

我只是不写长篇小说了,并不是完全封笔。我以后主要想写点散文随笔和其他一些短东西。3 万字的电影剧本是我年轻时最爱写的东西,以后也许会写一点电影剧本。有时间了还想练练书法。文字是我最美的恋人,我不会离她太远,离远了我肯定会对她心生思念。

与文学的缘分

——答《山东商报》朱德蒙女士问

您与文学的缘分、您走向文学创作的缘由是什么？有没有特别受哪位作家或者作品影响？

我 18 岁当兵到山东，在山东工作了 25 年，我是在第二故乡山东开始文学创作的。我从小喜欢听大人们讲故事，听鼓书艺人说大鼓书，看豫剧、越调、曲剧等河南的地方戏，也喜欢看《林海雪原》《青春之歌》《播火记》《艳阳天》等那个时代流行的小说，但真正动心写作是在到了肥城原 67 野战军某师地面炮兵团当战士、副班长、文书、班长之后。我这时读到了列夫·托尔斯泰的《复活》和当时翻译过来供批判用的苏联时期的一些小说，它们给我造成了很大的精神震撼，原来书可以写得如此迷人，我遂生出了写作的愿望。但写了几年，作品都未能发表出来，只是在原济南军区的《前卫报》和《前卫文艺》等军内报刊上发表一些小作品。1979 年对越自卫反击战开始之后，我写了一篇短篇小说《前方来信》，它被《济南日报》副刊采用了，这是我在地方报刊上发出的第一篇小说，算是我的处女作。我因此对山东怀着深深的感激之情，是山东给了我最初的创作激情和最早的支持。

回顾我的创作经历，对我影响大的是两位作家：一位是列夫·托尔斯泰，他作品中弥漫着的那种爱意令我心动；另一位是沈从文，他对湘西那块土地上小人物形象的描绘让我知道了该去关注什么。我对他们永远心怀敬意。

茅盾文学奖获奖，可以说是一种荣誉，但也可以说是一种压力，有些作家可能获奖后不再推出新作，但您却一直笔耕不辍，从没停下写作的步伐。想请教您获奖后的感受，以及如何调节，将压力变动力？此外，还能请您谈下正在准备的新作吗？

获奖对作家是一种鼓励，肯定是好事。功利心每个作家都有，或轻或重而已，它是作家创作动力的来源之一，不必苛责。但作家写到一定的年岁，功利心常会淡下来，这时写作的心理动力主要是想把自己关于人生、社会、自然界的感悟、思考传达出来，想把有些心里话倾诉出来。写作对于他已是一种自己喜欢的劳作和生活方式，就如农民，虽然年纪大了，还喜欢去田地里走走、干点活，他不会觉着累，不这样他会着急。

我的新作大约年底可以写完，成色还不知道，在收获期还没有到来的时候，还是先不说它吧。农民们很少在收麦之前就说产量，万一遇到灾害了呢？来一场冰雹就可以把将熟的麦子打坏在地里。

您是中国当代作家中很早涉足影视改编的作家，由《香魂塘畔的香油坊》改编的《香魂女》更是获得1993年柏林国际电影节大奖——"金熊奖"。您觉得影视改编对您创作的影响是什么？您对您的作品改编的预期又是什么？您关注当下的影视改编吗？能请您评价下吗？以及,最近您看的一部影视改编作品是什么？

文学作品被改编成影视作品是好事,影视作品的受众面大,它可以扩大文学作品的影响,为文学作品赢来更多的读者。作家操心的只是写出自己满意的作品,至于能不能改成影视作品不必费心,有人想改,就卖给他版权,不想改,就罢了。好的文学作品自会流传下去,作家要有这个自信。我爱看电影,根据文学名著改编的电影更爱看,很少看电视剧。我最近看的一部电影是根据加西亚·马尔克斯的长篇小说《霍乱时期的爱情》改编的同名电影,我觉得这部电影改得不错,忠于原著的精神,演员选得也好,很动人。我特别欣赏电影中男主角阿里萨的母亲这个配角的演员,她演得太棒了,把一个母亲对儿子的爱意表现得淋漓尽致。好的文学作品经好的编剧改编,再遇上好演员和好导演,拍出来的电影让人看了会经久难忘,它与原作一样,会对一个民族的精英阶层产生重要的精神影响。

看您最近的一篇报道,呼吁大家关注水资源。一位真正的大作家,该是关注现实、关注人生的,有着一种对社会的担当和责任,所以想听听您的想法。而且您的长篇小说《曲终人在》,以一个省长的一生为主线,折射出官之为官的艰难和操守,呼唤风清气正,呼唤刚健有为,充满了现实感和正能量,读者读后十分振奋。而您的现实经历,也是由战士、班长、排长、副指导员、干事、总后勤部政治部创作室主任、茅盾文学奖得主一步步走来,您认为一位作家肩负的社会使命和担当是什么？

作家主要是通过作品对读者的心灵发生影响，进而对社会的进步和人类的发展产生一些影响。作家当然也可以直接对一些社会问题发表看法，但主要的任务是写出好作品。我自己觉得，作家们是人类中很敏感的一个人群，他们应该对人类的发展和进步起到促进作用。说细一点，就是他们应该对人性中的黑暗部分有清醒的认识和充分的表现，从而提醒人们不要任这种黑暗的部分漫延成灾；他们应该不断地用作品去呼唤人们心中的爱意，让爱成为人们处理人际关系的基本准则；他们应该用作品对社会上的不公和邪恶进行毫不留情的抨击，促进社会向美好处转变；他们应该用作品展示人与自然的血肉关联，促使人们去关爱人类的外部生存环境。

在您的诸多文学作品中，您写作的过程中，让您感受最快乐的是哪一本书，为什么？

在写作过程中我感受最快乐的是《平安世界》，那是二十世纪九十年代初我专为孩子们写的一本书，也是我至今写成的唯一一本科幻小说。在那本不到10万字的书里，我让人类获得了准确预报地震的能力，从而避免了地震带给人类的重大伤害。我太开心了，可惜，那只是我的想象，至今也没有变成现实。

疾病是人生痛苦的重要来源

——答长春理工大学岳倩玉问

我这大半生看到的或者感受到的疾病太多了。疾病是人生痛苦的一个重要来源,也是导致人生轨迹改变的一个重要因素,可以说,疾病就是人生本有的内容。我作为一个写作者,作为对人生的一个观察者和表现者,对疾病不可能不关注。你要描述人生的痛苦,不可能绕开疾病;你要描画人生的轨迹,也同样绕不开疾病。也因此,疾病这个人生问题就经常出现在我的笔下。疾病,也是人精神世界变化的催化剂,作家要展示人精神世界的奇观,有时也需要借助疾病这种催化剂。

家族遗传性疾病涉及一个家族所有人的心理变化,涉及打开这个家族人内心世界大门的密码。作家要想写出独特的人物形象,要想表现出人内心极深处的东西,常需要触及这个问题。

各种疾病对人身体器官的破坏程度不同,对人的精神打击重度也不同,造成的心理伤害深度也不同。疾病到来的诱因更是不同,有自作的,有遗传的、传染的,有其他社会因素造成的。也因此,他们隐喻和象征的内涵也不一样,要到每一篇作品中去仔细体会,不好一概而论。如果一定要概括一句话,那就是:疾病是造物主折磨人和控制人的一种武器,也是社会病相的一种反映。

疾病也是造物主迫使人与人世作别的武器。

疾病还是人逃离人世的最好借口。

为何喜欢写悲剧

——答长春理工大学周妍妍问

因为您创作颇丰,在不同的时期也各有侧重,学者们倾向于把您的创作大致划分为军旅小说、乡土小说、都市小说等类型。请问您在创作类型转向时,有着怎样不同的心态?

我是从军之后在部队开始文学创作的,所以一开始写的都是我熟悉的军旅生活。但写了一些年后,我觉得需要寻找新的写作资源,这就开始把目光投到了我熟悉的乡村生活。我出生在乡村,在乡村长到了18岁,对乡村生活的记忆让我写了很长一段时间。后来,随着我在城市生活时间的延长,我对都市生活的感触开始增多,就有了写都市生活的激情。但我写的都市生活,其实都是通过一个农村人的眼睛去看的。我所以写这三个领域的生活,是因为我都亲身经历过,我熟悉。每一次转型,既是对写作资源的新寻找,也是对人生、人性、人与自然环境和社会环境关系的新思考。

我看了不少关于您的访谈,您在访谈中一直坚持将女性看作爱与美的化身,这除了与您的母亲和少年时期接触过的邻家嫂子等乡村女性有关系,还有什么因素推动着您一定要展示女性身上的美好给读者看吗?

在男女两性中,女性从事的更多是建设性的工作,比如哺育后代、照护病人、操持家务、扶助老人、照料庄稼,女性长于声乐、擅制服装等等,女性所做的破坏性的事情与男性相比,要少得多。我喜欢这个世界变得更美好、更适宜人类居住,所以就愿意展示女性身上的美好给读者看。

您说您喜欢描写人世间的苦难,故而您乡土小说中的女性的结局大多是悲剧。其实不止女性,您盆地小说中的南阳人都面临着避无可避的悲剧结局。您觉得这些人是无法与命运抗衡的悲剧存在吗?您觉得导致您小说中女性悲剧命运的最大因素是什么?

人的生命过程是一个不断与烦恼、挫折、痛苦打交道的过程,人生真正快乐和幸福的时间很短,很多人在这个过程中并没有成为胜利者,这是人生悲剧的起源。造成女性悲剧命运的因素,既有社会经济政治发展方面的因素,也有传统男权文化发生作用的因素,还有女性自身心理脾性方面的因素。这需要进行个案分析。

据我的不完全统计,您乡土小说中面临婚恋困境的女性大概有32位。她们要么不能和真正爱的人结合(《第二十幕》中的盛云纬、《走出盆地》中的郭艾、《伏牛》中的西兰等),要么面临丈夫的各种奴役(《第二十幕》中的顺儿被当作工具、草绒惨遭背叛、小续被卖作童养媳,《伏牛》中的荞荞至死都还是处女,《香魂女》中的郜二嫂、环环的丈夫都是残疾人等)。我想请问,您持怎样的婚恋观?这和您想表现苦难的创作观是一致的吗?它们是否都是较为悲观的?

我觉得世界上令人感动和激动的恋情到处都有,但完全幸福的婚姻基本上不存在。我们可以不顾一切地去爱恋,却必须冷静理性地去面对婚姻。婚姻是爱和妥协、烦恼、宽容的混合物,是男女去面对人生所结成的一种同盟。我们不能去过度美化婚姻,人生中的很多安慰和快乐来自婚姻,人生中的很多不快和苦痛也来自婚姻。

我在阅读您的小说的时候,发现书中女性身上的困境带有很大的普遍性,像婚恋困境、自我认同缺失的精神困境等,在我的家乡河南周口,女性所面临的困境也存在相似的地方。我想知道在您眼中,南阳女性面临的生存困境的不同之处是什么,以及您认为南阳女性面临的最大最紧迫的生存困境是什么?您认为应该采取怎样的措施才能解决这些困境呢?

这些问题都非常大,需要有专门的研究才能回答。我只是一个文学创作者,我提供不了准确答案。我想,女性比较容易陷入婚恋困境中,这是女性性别角色特别需要面对的问题。女性对感情问题看得更重,要求纯度更高,她们希望将男性对自己的爱固定下来,而感情又是一个不断变化和流动的东西,将其固定下来非常困难,于是女性就容易陷入感情困境之中。

您在很多小说中写到女性与权力的冲突,像《向上的台阶》《走出盆地》《湖光山色》等,请问您在创作时是如何考量二者的关系的?

当男性掌握权力时，女性的确容易成为权力的猎物。可当女性掌握权力时，也可能会对男性造成伤害。重要的是要看到权力对人性的腐蚀作用，要对权力扎起笼子，不允许不受约束的权力存在。

您在乡土小说中塑造了许多真善美的女性形象的同时，还刻画了女性之间相互仇视、对立、甚至复仇，像《走出盆地》中的郭艾和金慧珍、《香魂女》中的郜二嫂和环环、《伏牛》中的西兰和荞荞、《启明星》中的二翠和靳玉兰、《溺》中的吴三小姐和昉昉，但她们最后都会达到一种平衡的和解关系，而将共同的矛头指向男性，那我可以理解为您是在有意设置一种与男权世界相抗衡的女性同盟吗？

是的，我期望她们建立起一种同盟。男权世界建立已久，其运行的惯性力量很大，单个女性对其抗衡很难起到作用。

"走出盆地"作为您乡土小说中一个十分重要的命题，是书中人不断尝试又不断失败的一个事情，像暖暖、郭艾这些自我独立意识较为强烈的女性直到最后也没有放弃走出盆地的念头。据查阅资料，南阳市在2010年—2020年河南省18个地级市人口增量中排最后一名，人口负增长约55万，您觉得这一现象是否对南阳人"走出盆地"有所影响？

"走出盆地"这种说法，是人们挣脱精神束缚的一种象征，并不真的是号召人们离开南阳盆地。我对南阳人口负增长的原因没有进行过研究，但我知道，南阳有很多人外出打工，这可能是人口负增长的一个原因。人们身体走出了盆地，看到了外边的世界，也容易带来精神上的变化和解放,我觉得这是一个好事情。不少在外打工赚了钱的南阳人,又回到家乡投资发展,为家乡发展做贡献,成为一个有现代观念的人,这是我所希望的。

在您的散文中,我处处能感受到您期许着一个两性和谐世界的出现,请问在您心目中理想的两性关系应该是怎样的? 现代社会中的两性显然未达到一种较为和谐的状态,我想请教您,应该如何解决这种困境?

我心目中的两性关系应该是彼此平等尊重、相互理解信任、学会妥协宽容、懂得帮助照应,从而去共同面对不确定性很强的人生。但要做到这些并不容易,男女两性都需要去学习掌握处理彼此关系的本领。

2021年您的新书《洛城花落》出版,您将这本讲述婚姻的书作为您长篇小说的封笔之作,请问有什么特殊的用意吗?

这是我的第十部长篇小说,凑了个整数。刚好我也年纪大了,体力精力都已不行,写大部头的作品已力不从心,所以决定告别长篇小说写作,以后就去写一点散文和其他一些短作品。我的生命之花快要落了,不能再做大计划了。

您是怎样设置女性生存困境的?

我写这些困境时,并没有有意识地去设置,只是在写我了解的生活实际。在我的故乡,女性原本就面临着这些问题。的确,在我的观察中,女性面临的生存环境要比男性更艰难一些。

您书中卖女儿和女儿出嫁要彩礼的事是真的?

《第二十幕》中卖女儿的故事是从老人口中听来的。《九百元》中拿彩礼钱的事在二十世纪六七十年代,是全中国都常见的事。

您认为女性是不是一定要像男性那样强硬?

我不认同这种说法。女性之美好,并不是指一定要让她们像男性那样强硬做事。温柔,以柔克刚,才是女性力量的体现。

您认为女性该怎样挣出生存困境?

女性挣脱生存困境的最大阻碍是社会旧有传统对她们的要求,和她们自己对自我能力的低估。近年来在中国的城市里,女性的生存困境得到了很大的缓解和改观,在一些领域,女性甚至比男性的生存境遇还好。在乡村,有了一些变化,但还不大。

军旅生活与乡土中国

——答中国文化对外翻译与传播研究中心周宏亮先生问

一

军旅生活让我零距离目睹了战争的残酷,使我对和平生活特别珍爱,也因此,我的很多作品都在呼吁珍惜和平,警惕战争的到来,提醒人们将战争遏止在萌芽状态,以免生灵涂炭。作家手中的笔,其实也是制止战争的一种武器。军旅生活也使我对人性有更充分的认识,人性在血与火的战场上有最尽情的坦露和施放,在那里,你才能看到平日根本看不到的人性美的闪光;当然,在那里,你也能看到人性中最黑暗的部分。也因此,我的很多作品都在探索人性中我们尚未认识的内容。军旅生活使我更深切地感受到了个人命运与国家、民族命运的紧密相关性,故我的作品也常常在关注个人生活的同时,还特别关注有关国家、民族命运的事情。

英雄,一般是指有超出常人能力的人。聪明秀出,谓之英;胆力过人,谓之雄。被称为英雄的人,或是独自做出了对人们有益的大事情,或是带领人们做出了巨大的对人们有意义的事情。英雄,是一个民族存在的象征，是一个民族生命活力的体现。中华民族的英雄，是中华民族中最优秀的那部分人，是我们民族的代表，是我们民族存在的象征，我们必须给以最大的尊重。英雄主义，是指人所具有的不甘落后和平庸，喜爱做出超常的惊世之举的一种精神风貌和意志品质。一个民族提倡英雄主义精神，就是重视人的生命涵养和人格修为，就是强调对自由、尊严、高贵的人生价值的向往，就是对民族精神活力的提升。所以我们必须在社会上大张旗鼓地倡导英雄主义精神，而不能让冷漠、麻木和猥琐之风兴盛。

二

曾广泛流传于农村社会的传统风物、手艺、习俗、仪式、伦常和美德，要在快速的城市化中重获生命力，难度很大。首先，需要把原本已空置的自然村落合并成新的乡村社区，要有人在一起住，恢复那些传统美好的东西才有可能。现在的情况是很多人已经在城镇落户，自然村落里已没有青壮年了，还有人谁来恢复那些东西？其次，要在已建起的乡村社区也就是新农村里，鼓励人们去传承传统的手艺、习俗、仪式、伦常和美德，乡规民约里要有这方面的内容，村委会要支持，更要鼓励新的乡村绅士出现，由这些既懂传统又懂新规的乡村绅士——有一定文化水平和眼光又相对富裕的人——去具体推动这种传承。再就是在县的范围里选出先进的乡村社区典型，在这方面树立学习的榜样。千百年来形成的东西，只要给它土壤,它还是会焕发出生命力的。

三

　　文学上的乡土中国,是从现实的乡土中国来的,后者是母体,前者是脱胎而来的新胎儿。文学上的乡土中国加入了作家的主观意识,是一种创造物,她有助于我们重新去认识和审视现实的乡土中国。乡土文化的内容很丰富,乡土文学只是其中的一个部分。乡土文化对于我们全面认识当代中国和中国人都很有意义,中国曾是一个农业大国,仅在几十年前,大部分中国人都还住在乡村,都还在接受乡村文化的熏陶和浸染,要了解中国人的心态和把握中国社会的脉搏,没有对中国乡土文化的了解是不行的。

四

　　我的"乡愁"是再难见到二十世纪五六十年代乡村的自然美景了。那时乡村的自然景观还没有遭到任何破坏。村子四周到处是树林,树木遮天蔽日,鸟鸣声声;村南两里地之外,就是灌木和深草组成的荒地,里边有狼,有獾,有兔,有野猪;村里村外有很多水塘,塘水很清,我可以天天在塘边刷牙洗脸,夏天可以和伙伴们跳进塘水里洗澡、摸鱼、找藕;田野里到处是水沟,水沟里的水清澈有鱼,在田里干活到地头，蹲在水沟边捧起清水就喝。空气澄澈，夜里天上的星星会压到头顶，月亮明亮得我们都不想睡觉，只想在村子里跑着嬉闹。如今，这情景差不多都没有了。如今，大树没有了，水塘水沟没有了，野生动物没有了。

五

当今中国农村社会正在向现代化转型，这是整个社会发展的要求。我们国家的城市发展很快，应该说已经迈过现代化的门槛；而农村，除沿海发达地区的农村之外，大都还离现代化的生活很远，这种不平衡发展的情况必须给予纠正，所以农村的现代化转型是我们必须要给予推动的事情。农村的现代化转型，我想首先是生产方式的现代化，要在保证农民利益不受侵犯的情况下，通过土地流转把土地集中起来，运用现代化农业机械实行规模化生产，降低生产成本，增加中国农产品在国际上的竞争力。其次是实现生活方式的现代化，要在农村搞好水井设施和下水道建设，让农民喝上干净水，用上水冲厕所；要搞好农村的垃圾回收和利用，改变农村的脏乱面貌；搞好民居建设规划，让乡村的房子和居住环境美起来。再就是实现观念的现代化，让开放代替保守，文明代替野蛮，慈善代替自私，开朗代替狭隘，使农民的心态和观念都有一个大的变化。文学作品中的乡土叙事曾经吸引了多少代中国读者的注意力，因为中国人绝大多数都与乡村保持着或多或少的联系，这种乡土叙事如果继续对这种现代化转型生活给予表现,我相信依旧会引起中国广大读者的关注。

六

我最喜欢列夫·托尔斯泰的长篇小说《复活》中的人物玛丝洛娃。这个女性对爱情的执着,沦为妓女后对善良本性的坚守,当聂赫留道夫良心发现后她所表现出的自尊,都给我留下极为深刻的印象。托尔斯泰用他笔下的这个女人,教会了我怎么去写女性。这是一个世界文学宝库中值得我们记住的小说人物。

七

我希望我的4部长篇小说能翻译成多种文字。第一部是《安魂》,这是一部直面死亡的作品,是死者与生者的对话,追问人生命的长度由谁决定,追问人活着究竟是为了什么,是我对生与死的思考的展示;第二部是《湖光山色》,此书对中国乡村变革在人们精神上引起的震动进行形象生动的描述,对所有希望了解中国乡村深层变化的外国读者提供了一个文本;第三部是《曲终人在》,这是对中国一位省级官员生活的全面呈现,为读者提供了了解中国行政官员人生和当下中国社会深层肌里的机会;第四部是《战争传说》,对明

朝中叶一场民族战争的进程进行了独特的表现,把战争带给发起者
的惨痛经历进行了淋漓尽致的展现,这种呼吁停止战争的带血呐
喊,对今天的世界特别有意义。这4部作品展示的时代生活、社会背
景和人物命运各不相同,但其思想意蕴中有一点是共同的,那就是
我想告诉我的读者,不论是在哪个时代、哪个地域、哪个民族、哪种
社会制度和哪个社会阶层里,人们活着的全部动力和目的,就是爱
和被爱。爱,才是人类最恒久的价值追求。

八

　　我在加拿大和德国访问时,有一个发现给我震动很大,那就是
这两个国家的人都特别爱读书,只要一有闲空,几乎每个人都会从
自己随身带的包包里掏出一本书看,而且看得聚精会神。阅读是在
进食精神美味,对一个民族的精神成熟有极为重要的意义,这一点
我们要向他们学习。

　　我在很多国家旅行时发现,几乎所有爱读小说的读者朋友都爱
读爱情小说,尤其是年轻人,他们中有不少人是从爱情小说中得到
爱情启蒙的。

北京文化

——答《光明日报》网记者阳妍问

在你看来,哪种或哪些艺术可以作为北京文化的代表? 请你谈谈对北京文化的看法和理解。

北京文化,可以分成大、中、小三个概念来说。大概念的北京文化,是指生活在北京的人所创造的物质财富和精神财富的总和,差不多可以包罗万象;中概念的北京文化,是指北京人精神生活形式的总和,包括宗教信仰、风俗习惯、道德情操、学术思想、文学艺术、科学技术、各种制度等等;小概念的北京文化,是指北京人在文学艺术领域的创造和发现。我想,我们今天谈论的北京文化,可能就是指北京人在文学艺术领域的创造和发现,在这个层面上谈,比较好谈。北京是我们国家的首都,也因此,她是一个包容性特别强的城市,她允许全国各个地域的人来京生活,也接纳各地域人来京创造的文学艺术成果。北京人在文学艺术领域的创造水准,从一定意义上来说,代表着我们国家的水准。

若在这个层面说北京文化,那么北京的建筑艺术可以作为北京文化的代表。故宫、天安门、天坛、地坛、北海的古建筑所呈现出的艺术水平,国家博物馆、人民大会堂这些建国初期建筑所达到的艺术水准,鸟巢、水立方、首都机场 T3 航站楼等现代建筑所具有的艺术美感,都非常棒、非常吸引人,全国、全世界来北京的人,若不欣赏这些建筑艺术,会是一个极大的遗憾。

北京,是中国建筑艺术集大成的一个城市。对展现北京建筑艺术水平的各种建筑物,一定要保护好,这是我们北京的文化瑰宝,当然也是我们民族的文化瑰宝。

北京和北京文化对你个人的成长、创作、成就产生了怎样的影响?

我是 1995 年由山东济南调来北京工作的一个河南人。北京城的阔大布局和对道路的周正设计,北京人对外省人的包容心态,北京市内举办的各类热闹的文化活动,对我一个在河南偏僻乡村长大的人来说,真的是大开了眼界。生活在这个巨大的城市里,我不知不觉间觉得自己心里的格局也有些变大了。北京是全国文学艺术的中心,在这里,我观看了很多高水平的艺术展览和演出,见到了很多我喜欢的文学艺术前辈和大师,聆听了很多高水平的文学艺术演讲,买到和读到了很多最新最好的文学艺术书籍。这些,逐渐使我观察生活的视域变宽了,使我思考和审视生活的能力提高了,使我表现生活的能力增强了。我的很多作品是在北京的寓所里写出来的,差不多可以说,是北京成就了我。也因此,在内心里,我对北京怀着一份深深的感激之情。我活到今年是 67 岁,其中在河南生活了18 年,在山东生活了 23 年,在陕西读了两年书,在北京生活了 24

年,如果说河南是我的第一故乡,山东是我的第二故乡,那么北京,就是我的第三故乡。

你创作的作品中,有没有以北京和北京文化为题材的? 北京这座古都和北京文化是否给你带来创作灵感? 如果有,请你介绍一下。

有。我的长篇小说《战争传说》,写的就是明朝中期瓦剌人与明王朝在北京发生的战争。每次走过北京二环路上的德胜门,那巍峨的城楼都会引起我的注目。有一次读史书,读到瓦剌人当年打北京时,曾在德胜门与明军发生过激战。史书上这句简单的记述,与我看到的德胜门城楼连在一起,当年两军枪刀剑戟的碰撞声和喊杀声轰然在我的脑子里响了起来,一下子激起了我写明王朝与瓦剌族之间战争的欲望。经过几年的努力,终于把《战争传说》这部书写了出来。在这部书里,我以一个瓦剌姑娘的视角,展现了这场险些导致北京城被攻开,撼动了明王朝的根基,使明王朝由盛转衰的战争,把我对战争的认识和小人物在历史上的作用写了出来。北京文化就是这部书的底色。这是我写作中唯一一部以北京生活为表现对象的小说,是作为一个移居者,献给第三故乡北京的一份礼物。

你未来有没有创作以北京为故事发生地或者以北京人为主角的作品的打算?

我的下一部作品,就是以北京为故事发生地的,我毕竟已在北京生活了 24 年,我对这座城市已经有了感情,对她的了解也在日渐深入。但能不能写好,还不清楚。

你认为,文学创作在北京文化中心建设中,可以起到怎样的促进作用?

一个国家或地区的文学,从来都是这个国家或地区文化的重要组成部分。文学创作,自然是其文化建设中的重要内容。我想,文学创作对北京文化中心建设的促进作用,主要表现在三个方面:其一,文学创作的基本工作是进行文字操作和语言操练,最终,它将使汉语言变得更雅致更美好,而语言是我们民族文化,更是北京文化建设的基础,优美语言的使用会使文化建设的每一块砖石都美观坚实;其二,文学将为其他艺术门类提供艺术形式转换的基础文本,戏剧、影视、美术、音乐甚至建筑等艺术门类,都可以从文学中汲取养分;其三,文学将潜移默化地影响人们的精神世界,使人们的心灵变得更加美好,而美好的心灵才可能与精美的文化创造结缘。

在你看来,要建设好全国文化中心,如何处理好文化的传承与创新、包容与发展?

要把北京建设成全国文化中心,首先是保护好北京现有的文化遗产,包括物质的和非物质的。其次,要鼓励在北京文化传统基础上的创新,要设立文化创新基金,要设立文化创新价值评估委员会,要奖励有创新成果的人才。因为北京是国家的首都,北京的文化创新应鼓励引来其他地域的文化要素,要大胆吸收外省和少数民族的文化创新成果,使北京文化呈现出一种多元包容、五彩缤纷的吸引全国人关注的效果。

你认为目前的北京文化建设有哪些好的和不好的或者不足的地方？你对建设文化中心有什么建议？

好的地方很多，我就不说了。我认为北京文化建设的最大不足是不注意建筑物的美观。一个人到了北京，他对北京文化氛围的第一感受，就是建筑物带给他的。但现在除了古建筑和朝阳区、长安街沿线、金融街的部分新建筑外，除了鸟巢、T3航站楼、大兴新机场航站楼外，大部分新建筑缺乏美感。北京现在新盖了很多大楼、大门、院墙，但使用者更多的是重视其实用性，开发商更重视的是怎样省钱，很少有人去重视一座建筑物美不美。这就使很多住宅小区的楼房全是火柴盒的样子，全是没有任何美感的平顶，电梯井盖兀立在楼顶上，外墙颜色难看，窗户和阳台的外形设计千篇一律，小区的大门设计少有新意，院墙是任何农村泥瓦匠都可以砌起来的。这根本没有首都房舍应有的充满文化气息的样态。我觉得，北京住宅小区的建筑物给人的美感不如山东青岛，写字楼给人的美感不如深圳。

建议北京房屋建设部门专门设立一个建筑艺术审查委员会，凡是没有艺术品位的建筑设计一律打回重新设计。从现在起，每一座新建的房子，在外观上都应该在某一点上与其他房子有所不同，有独特的审美价值。不应该再允许面目雷同、毫无美感的建筑物出现。建筑物是凝固的音乐，我们北京文化中心的建筑物应该是一首雄壮优美的交响乐。

枕边书

——答《中华读书报》记者问

你的枕边书有哪些？你的枕边书会经常变化吗？

我的枕边书有两种，一种是需要在精力好、不想睡的时候读的书，通常是需要质疑、思考和与作者暗中对话类的书，比如美国威尔·杜兰著的《世界文明史》、英国彼得·沃森著的《思想史》、法国米歇尔·沃维尔著的《死亡文化史》、德国弗里德里希·黑格尔著的《美学》，还有《影响世界的著名文献·自然科学卷》，等等；另一种是在精力不好可又不愿睡下时，用来进行精神放松和享受的书，通常是喜欢的长篇小说或者散文集和诗集。

我的枕边书经常变化，读完了的书、觉得不需要再读的书，会放回书架，另取新的书放在枕边。

这些书为什么会成为你的枕边书？

枕边书是自己认为必须读的书、不可错过的书。如果不把他们放在枕边，只是放在书架上，担心会忘记读。书架上的书太多，忘记读是可能的。放在枕边，每天的午睡前和晚上睡觉前都能看见它，忘不了。

能否具体谈谈你对眼下读的枕边书的感受？

眼下我的枕边放着一本《哈佛百年经典·24卷——英国与美国名家随笔》。这本书里收录了英国约翰·亨利·纽曼的《大学的理想》、英国托马斯·亨利·赫胥黎的《科学与文化》、英国爱德华·奥古斯都·弗里曼的《种族与语言》、美国威廉·埃勒里·钱宁的《劳动阶级地位的提升》、美国詹姆斯·罗塞尔·洛威尔的《论民主》等文章，读了这些文章，我知道了这些智者对人类一些基本问题的看法。比如："大学是一个借助人与人之间的交往，在国内使得思想得以交流和传播的场所。""在大学，思想摆第一位，因为思想是学术体系的基础。""在物质宇宙中，地球不是主要的结构，世界不是服从于人类的需要的，更确定的是，自然是不受干扰的定则的一种表达，人类最主要的事情是学会相应地管理和支配他们自己。""用语言测定民族十分困难。""语言的多样性也并不意味着血缘的多样性。""我们应该坚信，如果国家不能让其所有阶级成员得到提升，那么国家就不能持久繁荣，其国民也不能真正获得幸福。""民治，民享，民有，这是一个对民主政治运行的最精练的表达。"我觉得这些智者的看法对我们今天的生活仍有意义。

这些枕边书给你带来什么？

我现在读书的场所，是四个，一是白天在书房，是根据工作需要阅读；二是旅行途中，读有意思的小说；三是卫生间，读能让自己开心的书;四是在卧室,睡前半倚在枕上读自己放在枕边的书。精力好不想睡时读的书,通常会给我带来思考;精力不好又不愿睡时读的书,能让我精神放松,带给我艺术享受。享受是一件很美好的事。

有什么书能激发你的写作欲望吗?

我的写作欲望通常是从生活中来的,某一件事或某一个人的经历或某一个场景刺激了我,让我生起了写作的欲望。由读书而激起写作欲望的情况也有,但比较少,通常是书中的某一句话或者描述的某一桩事勾起了我对自己生活经历的联想,从而有了写作的欲望。这应该叫启发吧。这种启发因为是瞬间就过去了的,很难深刻地保存在记忆里。

你阅读时会记笔记吗? 喜欢快读还是慢读?

我年轻时读书会记笔记。这是缘于两个原因,一是那时书少,所读的书多是由图书馆或从朋友处借来的,书读了要还回去,自己怕记不住;二是那时工作的流动性大,野战军的部队,执行的多是流动性的任务,即使自己买的书也不能带在身边,所以要记笔记。当时所记的内容,一个是由阅读获得的启示;一个是名言警句,包括叙述、描写的精彩段落;再就是全书的梗概(主要是科学类和理论类的书)。后来随着个人经济状况的好转和工作环境的转变,能买书了,有书房了,就不记笔记了。需要再回看或查询某一本书,去书架上拿下就行了。

我读书有快读的也有慢读的。快读的,通常是好理解的书,用

形象思维写的书;慢读的,通常是有理解难度的书,多是用逻辑思维
写的书。

你最理想的阅读体验是怎样的?什么时候?在哪里?读什么?
以及为什么?

我最希望在大雪纷飞的夜晚,人们都睡了,四周人家的灯也都
关了,我半躺在床上,敞开床帘,看一阵窗外飘舞的雪花,看一阵书,
默想一阵,再接着读。这时候最好读一部能给我带来温暖感的爱情
小说,我觉得这是一种最美的享受。至于为什么,我说不清楚,就是
想这样,觉得心里安恬舒服。

你读过的最有意思的书是哪一本?

我读过的有意思的书很多,一定要挑一本的话,那就《洛丽塔》
吧。它是俄裔美国作家弗拉基米尔·纳博科夫创作的长篇小说。
小说 1955 年首次被巴黎奥林匹亚出版社出版,1958 年才有了美国
版。小说大部分篇幅是死囚亨伯特的自白。小说讲述了一个中年
男子对一个未成年少女的迷恋。这是我第一次看到描写恋童癖的
小说,也是我第一次知道男人中原来还有这样一种人。这本书给当
时的我造成了双重惊骇:一是人原来是千奇百怪的,我原来对人的
知悉还太少太少;二是小说对人的表现边界是可以无限宽的,没有
作家不可以写的东西。

哪些书对你的思维影响最深?

对我的思维影响深的书挺多的,要只说一本的话,就是美国威尔·杜兰著的《杜兰讲述·哲学的故事》。这本书不是一部完整的哲学史,但却是打开哲学之门的敲门砖。读完这本书,我们大致上可以知道从柏拉图到亚里士多德,从弗朗西斯·培根到斯宾诺莎,从伏尔泰到伊曼努尔·康德,从叔本华到赫伯特·斯宾塞,从尼采到伯格森、克罗齐、罗素、桑塔亚那、詹姆斯和杜威的哲学见解,进而可以基本明白三个问题:我能够知道什么,我能够做什么,我可以期望什么。

书架上最终留下的是什么书?你会怎么处理自己的书?

我买的书除了在工作调动中不小心丢失的,我都保存在了书架上,一本也不扔,他们都是我的宝贝。很多书能勾起我美好的回忆,看见他们我心里很快乐。我最后将把它们捐赠到河南老家,让他们代表我为故乡人做点服务。

所有你见过的作家中,对谁的印象最为深刻?

对徐怀中先生印象深刻。我其实与他没有私人交往,只是读过并喜欢他的作品。我与他见面的机会很少,有几次会议上的匆匆一见,他去鲁迅文学院参加过关于我的一次作品研讨会,在301西院门诊部看病时见过几次。但他有长者之风,对后学热心提携保护,在我的一些早期作品引起争论批判时,据传是他平息的。详情我至今也不知道。我那时没有一点名气,如果当时无人阻止批判,也许就把我打垮了,我也就不再写作了。我一直没有机会向他说感谢的话，借此机会向他说一声：谢谢徐老师！

　　如果你有机会见到一位作家，在世的或已故的，你想见到谁？你希望从这位作家那里知道什么？

　　我想见到法国作家居伊·德·莫泊桑先生，我想问问他是怎样构思《羊脂球》这篇小说的。这篇作品太精彩了，在不长的篇幅里把人性中的丑恶表现得那样淋漓尽致。尽管我知道小说的构思过程其实难以说清，但我还是想听听他自己的说明，哪怕是一言半语也行。

　　假设你正在策划一场宴会，可以邀请在世或已故作家出席，你会邀请谁？

　　我想邀请的人太多了。沈从文先生、列夫·托尔斯泰先生、加西亚·马尔克斯先生、三岛由纪夫先生，先请这四位吧。

　　也许要不了多久，我真的可以在天国享域举办一场盛大的宴会，把我喜欢的已到天国报到的各国作家都请来一聚，只是，到时候喝什么酒呢？

时　间
——答《北京青年报》记者问

《安魂》这种切身之痛的写作,对您来说,写完之后是解脱了,还是更难受了? 是否有治愈的作用?

是为了解脱而写作。这本书有一定的治疗作用。

为什么还写了很多天堂的部分? 这些是您想象的,还是在儿子生前也曾聊过?

这是自己的想象,生前未与儿子聊过。写这部分是为了安慰儿子和自己的灵魂。

书中提到的苏格拉底、莫扎特等人,是您本人很想对话的人吗? 为什么写这几位?

这是我本人很想对话的人。他们大都对人生的痛苦与烦恼、对人的生存与死亡问题进行过深刻的思考,我企图在与他们的对话中寻找人活着的意义。

《安魂》2012年首版,10年后的今天,由中日合拍的同名电影《安魂》马上要上映了。这10年里,您的生活状态有没有发生一些重要的改变?

有一些改变,就是明白了人的后半生一直是在失去的过程中,逐渐失去皮肤的光润,失去头发里的黑色素,失去做重体力劳动的能力,失去听力,失去咬力,失去视力,失去认知能力,失去活动能力,以至失去生命。我开始对失去保持一种平静心态。

怎么看待《安魂》在您目前为止的整个创作生涯中的位置和意义?会和其他作品有所不同吧。

这是我为自己,同时也是为天下所有失去儿女的父母们写的一部书,是我创作生涯中有特定读者对象的一部小说。令我没想到的是,很多年轻人也读了,有的年轻朋友读后告诉我,他们理解和宽宥了他们的父亲。

得知《安魂》要改编成电影,您的第一感想是什么?意料之中还是意料之外?

第一感想是可以让没有读过《安魂》一书的失去儿女的父母们得到安慰。

这部作品由于独特的写法,改编难度应该说并不小。巍子、陈瑾等多位实力派演员的参演让影片呈现出了独特气质。在对作品的理解上,您与演员之间的沟通多吗?有过怎样的磨合?巍子这些年参演的影视剧并不多,他有跟您聊起过为什么会接这部戏吗?

巍子和陈瑾都是优秀的表演艺术家,我想他们所以接这部戏,是因为觉得它有价值。我与他们沟通不多,他们完全靠自己对角色的理解,完美地完成了表演任务。

《安魂》不仅仅思考死亡之于人生的意义,在更广的层面上,也促使人思考何为更好的家庭关系,尤其是父子关系。如果可以重来,您在处理父子关系上,会做哪些改变?

在人生诸问题上,只给儿子建议,不替他做选择,让他自由地去处理他面对的各种问题。

这部电影也是一份献给中日两国建交 50 周年的贺礼。跨国合作改编对您来说应该是首次吧?您对影片的日本创作团队印象如何?您平时关注日本电影多吗?

看过不少日本电影,很欣赏日本电影人进入创作时的那种安静心态,对日本创作团队认真细致的作风印象深刻。

您怎么理解时间?

我自己觉得,时间有三个特性:其一,不可停留,不会倒流。这使得她显得特别珍贵,一旦过去就再也不能获得,失去了就是永远失去,所以古今中外的无数名人都告诫我们要珍惜时间。其二,不留身影,划过我们身边时无形。这使得我们在失去她时不会立刻感受到,以致很多人对其毫无敬畏甚至随手推开,等意识到她走远时,常常已经晚了。其三,时间因划分成秒、分、时、日、周、月、年,会让人产生一种错觉,以为自己拥有的时间很多。加上她又混在无数的节假日里向我们走来,这就容易麻痹人的神经,使挥霍时间的人不断出现,期盼时间快点过去的情景反复发生。当然,时间消失后也有一个好处,她会使我们对遭遇的不幸的感知变钝。

前不久您在老家河南邓州湍北中学建了一座周大新图书馆,为什么会做这个决定? 您怎么看作家的社会责任?

图书馆数量的多少,是衡量一国或一地人群文化素养的一个标志。

图书馆说到底就是一个阅读场所。我从自己大半生的经历中明白,读书对于一个人理智地活着有多么重要,因此就想为家乡的年轻朋友们提供一个新的阅读场所。在故乡邓州市委、市政府领导的支持下,就有了这个小图书馆的诞生。

我希望因为有了这个新的阅读场所,故乡有更多的年轻人开始认真系统地读书,从而使自己所追求的生活目标能够实现。

在当下这个快节奏的社会里,纯文学被边缘得越发明显。大家似乎都在赶,能够分配给阅读的时间越来越少。能谈谈文学之于您自己的意义吗?

文学于我,首先是一个倾吐、倾诉的途径,她让我把心中的喜怒哀乐倾诉、倾吐出来,获得内心的平衡和平静;其次,文学让我把自己对生命本身、对人性、对人生过程、对社会进步和发展、对人与自

然界的关系的看法传达给我的读者,让我觉得自己的人生还有些意
义;再者,文学让我能创造一个现实生活里没有的新世界,令我体验
到一种创造的快感。

有没有想过,如果这辈子不当作家,会做什么?

不当作家,我可能去当一个部队司令部门的参谋,我喜欢在作
战地图上写写画画;也可能在转业后去当一个中学教师。

小说中的故事

——答胡竹峰先生问

　　我发现你特别在意对生活的拿捏与把控,使得小说中的日子自然如流水。你觉得对一个长篇而言,故事重要吗?

　　当然重要。小说区别于诗歌和散文的最重要的东西,是有故事。有故事是小说吸引读者的一个很重要的因素。小说其实就脱胎于故事,它的繁荣是建立在人喜欢听故事的天性之上的。当然,只有故事不是小说,好小说从来都不是只讲故事。故事是负载思情的骨架,没有故事,再好的思情寓意也走不进读者心里。曾经有过一段时间,中国和世界上的一些小说家宣称要在小说中淡化故事甚至不讲故事,但很快,读者就给出了反应:不喜欢看。如今,几乎所有的小说家,又都开始注意讲故事了。

　　你能记得你最初是什么时候开始想要成为一名作家的?

　　上初一的时候,读到了《一千零一夜》这本书,觉得书写得特别好,心里萌生了也写一本书的愿望。18 岁从军到山东,偶然看到了列夫·托尔斯泰的《复活》,让我受到了很大的震撼,写书的愿望更强烈了,当作家的心,也就是从那时生出了。

你在写作之前需要做什么准备吗?

通常定下了写什么之后,会先读一段时间的书。比如我写《战争传说》这部长篇时,因为写的是明朝的生活,就读了关于明朝的很多史书,也读了一些方志,读了关于那个时代衣食住行方面的记载。因为写的是战争,还特意对明朝中期的有些战例进行了研究。因为写的是今天内蒙古、河北这个地域的生活,还对这个地区的地理知识做了温习。

之后,就是怎样写的问题。我会试验用哪种结构形式和语言样式来展开叙述,直到都觉得满意了,才正式开笔写。

我很笨,所以就用笨办法来写东西。

前一段时间读你的《宣德年间的一些希望》,感觉真好,骨子里是先锋的。当时怎么想到写这样一个短篇?

我在日常的生活中观察了很多人的人生轨迹,发现他们想要的和他们最后真正要到手的东西,竟然完全不同。这让我很意外。人奋斗的结果,和奋斗者的本意竟会相差十万八千里。这让我生出了要提醒人们的意愿,于是便有了这篇小说。其实就在今天,这样的悲剧还在不断上演。我身边便有很多实例。有的熟人本想在职务上再有一次升迁,却不料最后把自己送进了监狱,使一生的奋斗成果归零。

你得奖的《湖光山色》我是花了一个晚上和一个早晨读完的。回过头来看这本书,我以为最主要的是你塑造了暖暖这样一个角色。这样的人物形象沈从文、汪曾祺、孙犁的书上有,但暖暖更立体。

我发现《湖光山色》好像是一个村庄的人物志。你用长焦看人。

谢谢你读了《湖光山色》。中国的乡村有太多值得去写的人物,包括男性人物和女性人物。在暖暖这个女人身上,寄托了我很多理想,她是一个理想中的人物。就是她引诱着我写完了全书。她被我创造出来后,像一个活人一样地反过来又给了我写作的力量。对于我来说,书中的那些人物都是活着的真人。

你获得茅奖的作品是《湖光山色》,其实之前的《第二十幕》更有茅盾小说的气质。《第二十幕》像是《子夜》与"激流三部曲"的一个交融,交融之后是更大的洪流,你让它创造了自己的港湾。

《第二十幕》是我用了差不多 10 年工夫写出来的,我把我最好的年华都用在了写这部书上。不管别人怎么看,它的确是我最重要的作品。我当时就是想写尽一个丝织世家的喜怒哀乐,把二十世纪这幕大戏里的人物、唱腔、服装、道具、布景都留在人们的记忆里。

在北京很多年了,但你的创作的着力点还在河南,在南阳。不过有些人是站在河南说河南,站在南阳说南阳,你是站在北京看河南、看南阳。你觉得地域对一个作家的影响有多大?

地域对作家的影响很大,这种影响主要表现在三个方面:其一,作家本人受地域文化的影响,其看人、看事的眼光会与他地域的人不太相同;其二,作家熟悉的地域生活内容会影响到他的题材选择;其三,作家在塑造人物形象时,会不知不觉地拿自己所熟悉地域的人物当模特。

如果用三个关键词来说周大新,我以为是"朴素""深刻""敏感"。你自己以为呢? 我读你的一些中短篇,像《香魂塘畔的香油坊》《左朱雀右白虎》之类,尤其能读出敏感,骨子里甚至有女性的东西。

谢谢你用这样三个美好的词来说我,显然有些过奖了。我很小的时候就特别容易受感动,对于看到的一些令人高兴或令人伤心的事,别人都还没有感觉,我已经泪流满面了。这大概是母亲传给我的。平时看电影看戏剧,别人都还没有动情,我已经泪流不止了。后来到前线做战地采访时,官兵们讲的那些战斗故事,让我每天都流着眼泪。泪点很低的我,特别容易激动和冲动,这对我的创作大概有点好处。

文以载道,一以贯之,从古到今。有人现在认为你的作品是载道的。你自己认为是这样吗?

世界上所有流传开的文学作品,内里都载有思情,都有寓意。不是这种思情寓意,就是那种思情寓意,完全空无所有、只供单纯娱乐的作品不可能有恒久的艺术价值,也不可能传下去。我的作品里肯定载有我对生命、人性、人生、社会、自然界的认识,从这个意义上说,我承认我的东西是载道的。

你是怎么安排写作时间呢?

年轻的时候,一边工作一边写作时,我的写作都安排在晚上,写半夜甚至写通夜的情况都有。夏季的中午,我通常午休半个小时就起来写作了。后来转为专业创作了,就是白天写一天,晚上按时休息。现在老了,写一天吃不下去饭,就减少写作时间。我如今是上午写两个小时,下午写两个小时,剩下的时间就读书、散步、看电影,轻松多了。

你对小说的修订持什么态度?

我的小说在没有交出版社之前,会进行多次修改。一旦交出版社出版之后,一般不会再修订。我觉得,每一部作品都是自己在写作那个时段思想认识能力和文字表现能力的呈现,一步一个脚印地走最好,若总是不断修订之前的作品,会使自己的脚印变得零乱难认。人的认识能力和文字表现能力在不断提高,老修订旧作品会妨碍正常的创作。

你写《曲终人在》,依旧是很年轻的状态,采用多文体、多视角的方式去写。我读完之后发现周大新其实是个很较真的人,在创作上尤其如此。

谢谢!小说家应该不断地去寻找新的叙述方式,叙述方式的创新是小说创作出新的一个重要方面。《曲终人在》所以采取那种写法，是因为我觉得这种题材只有那样写才令人信服。

金庸在《倚天屠龙记》后记里说，张三丰见到张翠山自刎时的悲痛，谢逊听到张无忌死讯时的伤心，书中写得也太肤浅了，真实人生中不是这样的。后来金庸写了《侠客行》，他说我所想写的，主要是石清夫妇爱怜儿子的感情。《安魂》就是你对儿子的感情。这是人生最大的苦、最大的疼，写完之后会好过一点吗？《安魂》写了多久？我都不敢一口气看下去，好比一把刀子划过内心。

谢谢你的理解。儿子离去后，那种锥心的疼痛让我好长时间神思飘忽，什么事情都无心干也干不成，常常一个人坐在书桌前，眼望着窗外发呆。本来就性格内向的我，变得更加沉郁。朋友们劝我出去走走，但无论走到哪里，我都感到儿子就站在眼前。我意识到，若不把窝在心里的痛楚倾倒出来，我可能无法再正常生活了。怎样倾倒？找人诉说？不好，这会干扰朋友们的生活。还是来写吧，用文字来诉说，不妨碍别人。于是就萌生了写一部书的愿望，为儿子，为自己，也为其他失去儿女的父母。

但写起来才意识到，倾倒痛楚的过程其实更痛楚。你不能不忆起那些痛楚的时刻，不能不回眸那些痛楚的场景。也是因此，这部书写得很慢，有时一天只能写几百字，有时因伤心引起头痛，不得不停下，去躺在床上，以至于有时我都怀疑我的身体能否允许我写完这部书。还好，写了几年，断断续续总算写完了。

我过去写的小说，都是写别人的生活，人物的内心还需要去揣摸，故事还需要去虚构，喜怒哀乐还可以去控制；现在写自己的生活,真实的、浸透着泪水的东西就放在那里,我需要做的就是把它变成文字,但把真实的生活变成文字与用文字去表现别人的生活是两回事,这次写作给我的煎熬超过了以往任何一次写作。

儿子虽然走了,但在我的意识里、在我的梦中,他还在家里,还在我的身边,我们还能交流,他还能听懂我的话。同时,我也希望他能听到我的忏悔。还有,我相信人不只有肉体,还有灵魂,肉体不得不走,灵魂却能留下。人若只有肉体,世上就不会有那么多的痛苦了。就是因此,我写作时选择了这种对话方式,这是我唯一愿意采用的方式,就像儿子在世时我们父子聊天一样。我们的谈话漫无边际,一会说这,一会说那,我相信我说的话他都能听到。他肯定听到了!

这部作品中,在述说真实生活的同时,我还想象和虚构了一些东西,特别是小说后半部中关于天国的部分。这是为了安慰儿子的灵魂,也为了安慰自己,是为了让我和儿子得到解脱。在我想象和虚构的过程中,我渐渐相信了自己想象和虚构的东西,我觉得它们是可能存在的。想一想,如果真有一个天国享域那该多好!为何不能给天下将死的人们创造一个使他们的灵魂得到安慰的世界?让我们相信这个世界存在吧,这会让我们不再以死为苦,不再被死亡压倒。我不是在宣扬任何宗教,我只是想让人们在死亡面前减少压力和苦感。死亡是现世人间最令人感到惧怕和痛苦的事情,所有减轻这种痛苦的努力都应该是允许的。

写完这部书后,我心里好受一点了。

　　一些作家说到进入某个秘境，文思就奔涌而至。你有这个秘境吗？

　　我没有找到这个秘境。我只是在写作中的某些时刻，突然觉得下笔如有神助，写得特别顺畅，特别出活，半天写出的字数超过平时的一天或两天。但这样的时刻不多。更多的时候是一种寻常状态。我渴望找到朋友们说的那个秘境，可上帝给我的时间不多了，不知最终能不能找到。

　　写作几十年，有没有遇到什么特殊的困难？

　　我写作上遇到的特殊困难，就是有些时候确定了写什么东西之后，却找不到恰当的表现方式，不知道用什么手段去呈现心中的想法，这个时候很焦躁很痛苦。经过一段时间的折磨，最终找到了，心里才好受起来。

　　一个作家写得越多就越难定性，那么你希望自己成为什么样的作家？

　　这是个很难回答的问题，我过去没想过这个。我只是想把自己想写的东西写出来。如果一定要回答，可以这样说，我想成为一个给这个世界、给我的读者带来一点暖意的作家。

　　年过六十，还有什么是自己渴望想写的吗？

　　原来最大的渴望，就是想写写人生最后一段路途上的风景，《天黑得很慢》完成之后，这个愿望实现了，心里很安恬。暂时没有写作计划,也许休息一段时间之后,会写点散文,把自己的一些所思所想用散文写出来与读者交流。就我现在这个年纪,最好别去做大的规划和计划,因为不知道上帝还允不允许我写下去。一旦他老人家拿笔照我的名字上一圈,我就得走了,你规划得再好能有什么用?

文本译介和影视译介

——答南京农业大学日语系卢冬丽、黄紫琴女士问

一

最初听到田原先生说要将拙作《安魂》译成日语并拍成电影时，我内心曾经有过犹豫，原因是不想触动痛苦的记忆。这本书出版后，我甚至都不敢再去看它。但看到田原先生和日本电影人的诚挚和认真态度，也很感动。我觉得天下因意外灾难和疾病而失去儿女的父母很多，把《安魂》拍成电影、译成日文后，会给更多的失去儿女的父母带去安慰，也是一件好事，遂就答应此事并给予了支持。

二

书中动人的部分，我自己很难说得清楚。你们读过了书就能明白，大概是书中的父亲在失去儿子之后那种锥心的苦痛，以及父亲在回忆中那种痛彻心扉的忏悔打动了大家。这是一部思考生命意

义和价值的书,不论在哪个国家,都有人在暗中追问人活着的价值和意义,在追问人为何要忍受着各种痛苦去活几十年时间。这是人们产生共情的基础。

三

一部书不论是翻译成其他文字还是改编为其他艺术样式,都需要译者和改编者进行再创作。作为原著者,我当然希望他们能够尊重我的创作本意和作品的思想主旨,但同时我也明白,必须给他们提供再创作的空间和自由,这样,他们才能获得再创作的成功。《安魂》在电影剧本的改编过程中,我与编剧有过不同意见,但最后,我尊重了他们的改编方案。

四

把外景地选在开封,有两个考虑:其一,开封的古城墙得到了修复和保护,市内的建筑保留了古都风味,在这儿拍外景,也是对中国传统文化的一种展示;其二,这儿离黄河很近,拍黄河时不用再转场了。这是田原先生和我一同做出的决定。我家乡南阳虽然也是历史文化名城,但城市的现代化味道很足,与我们设想的电影的艺术风格不太相符。

五

我们看外景时，与导演一同去黄河岸边看了看。但影片中对人物在黄河岸边的戏份安排，都是导演和制片人及演员们决定的，我未参与提议。黄河流过中原，给河南人的生活带来了巨大的影响，给河南人，当然也包括我，带来的心理上的影响也是巨大的。

六

电影应该说达到了我的期望，遗憾的是，因为疫情肆虐的缘故，在中日两国放映时，很多观众没法去影院观看。也许在疫情变轻之后，影片还有与更多观众见面的机会，我期待着这一天的到来。新冠疫情的发生，也使中日两国的不少父母又失去了儿女，但愿这部电影和《安魂》这部书，能给这些失去儿女的父母送去一些安慰。

七

我的小说写的是中国人的生活。谢飞老师是中国人，他对书中所写的生活没有任何理解上的困难，他在改编拍摄时非常自如。日向寺太郎和富川元文先生生活在日本,与我们的生活有隔膜,这就需要反复沟通,所幸有田原先生,他使这种沟通和彼此理解变得容易了。日向寺太郎和富川元文先生在创作时加上了一些日本文化元素,使用了一位日本女演员,从而使影片具有了一些新鲜的内容,这种艺术上的混血提高了影片的质量。

八

因为疫情的关系,我目前还没有与日本读者和观众有过面对面的互动。我在南美访问时,与西班牙语的读者就这本书有过一些互动。在世界的每个地方,都会出现疾病和意外灾难夺走年轻生命的现象,这种现象带给父母和生者的痛苦,在重量上也差不多是一样的。西班牙语的读者们说他们从书中得到了精神抚慰,让我感到自己当初忍受着苦痛写出这本书还是有点意义的。

九

豫剧是我很喜欢的一种艺术形式,但《安魂》改编为豫剧的难度太大了。曾经有人想把《安魂》改编为音乐剧,搬上百老汇的舞台,但后来因为疫情搁置了。我当然希望它能改编为更多的艺术形式,从而为更多的人看到,让更多的失去儿女的人得到宽慰。

十

　　中国文学要走向世界，为更多民族和国家的人所了解和喜欢，文本译介和影视化译介都很重要。文本译介往往面向的是海外喜欢阅读的精英阶层人士；影视化译介因为其直观性强，更容易获得海外更广大阶层人士的欢迎。中国作家对这两种译介方式都应该给予支持。我对中国文学作品在海外的影视改编市场和前景持乐观态度，中国有很多的优秀文学作品具有改编为影视作品的价值。当然，不论是哪种译介方式，都需要像田原先生这样的"文化桥梁型"人士出面帮助。在此，我要特别向田原先生表示最诚挚的谢意！

童年和少年时代

——致全国中小学生们的一封信

同学们：

人一生最美好的时代是童年和少年时代。在这两个阶段，父母和家人对你们特别关注，社会对你们特别宽容，外界给你们的爱意特别浓烈。只要没有意外的变故，一般不会让你们去挑生活的担子，不会让你们去接触烦琐、恼人、劳累和可怕的事务。你们的主要任务是成长，包括生理、心理和智力的成长。在这两个阶段，你们可以自由地玩乐、开心地笑闹，很少去感受生活的压力，幸福感是最强的。当然，也有极个别的同学会因家庭出现意外情况而提前迈入成年社会。我今天不说那种意外的情况，我只想同你们说说四件事情。

第一件事是要爱护眼睛。如今是一个到处都有屏幕的世界。手机屏幕、电脑屏幕、电视机屏幕是我们每天都必须接触的东西；出门坐公交车、地铁、高铁和飞机，需要看屏幕；在家做作业和休息时玩游戏，也需要看屏幕。屏幕成了我们无法离开的朋友。这个朋友给我们提供了很多方便，但也会给我们带来一种看不见的伤害，那就是损坏我们的视力。据统计,如今中小学生们戴眼镜的比率大大超过了二十世纪五十、六十、七十年代,很多小学二年级的学生就戴上了近视眼镜,而在上世纪五十、六十、七十年代,人们的营养状况和社会提供的照明条件远不如今天,可那时的中小学生戴眼镜的很少。两相比较,今天中小学生视力受损的主要原因,是看屏幕的时间太长了。因此,我希望你们每天都尽量减少眼看屏幕的时间,养成做眼睛保健操的习惯,从而保护自己的视力。眼睛是我们了解和探查外部世界最重要的器官,一旦它受了损伤,你们在学校的学习、研究和日后的生活、工作,都将受到极大的影响。期望你们要特别注意这一点。

第二件事是要善待同学。你们每天都要与同班、同级和同校的同学打交道,其间免不了会出现矛盾。不管出现了什么矛盾,都要心怀善意地去解决,始终把其他的同学看作自己的兄弟姐妹。切记要去掉两种恶习,即歧视和暴力对待同学。对那些长得不帅、不漂亮、身个偏低的同学,对那些学习成绩暂时不好的同学,对那些家庭经济有困难的同学,对那些普通话说不太好的外地同学,对口语表达有困难的同学,对身体有缺陷和残疾的同学,都不能歧视,都要一视同仁。对那些体弱多病和偶然得罪了自己的同学,决不能施以暴力,不能打骂和捉弄他们。要知道,这些同学能和你同班、同级、同校,是你与他们难得的一种缘分,当你长大以后,他们会成为你重要的人脉资本,会在你困难时给你提供帮助。世界很大,地球上的人很多,但我们每个人一生能认识、能接触的人并不多,据有人统计,不过是万人而已,所以要珍惜这样的机会。要多看同学的长处,多

学同学的优点,多说同学的好话,多听同学的倾诉,多给同学创造上
进的机会。

第三件事是要学会保护自己。因为你们的身体和心智尚未完
全发育成熟,故你们特别容易受到伤害,这是你们要特别注意警惕
的事情。出门过街、过马路,要小心交通工具给我们造成伤害,交通
事故是现代社会很容易发生的事故,要时时左右前后观察,严格遵
守交通规则。与陌生人打交道时,既要体会他们的善意,也要警惕
和分辨对方有无恶意。发现异常,要巧妙应对,不让自己陷入险境,
特别要注意不给人贩子以可乘之机。要远离可能发生伤人事故的
地处,特别是在无成人监看的地方,比如建筑施工工地、江海河湖岸
边、高压电线下和变电站附近。不要去玩没有安全保障的游戏。不
要用火柴和打火机去点燃无必要点燃的东西。要知道,人看似无所
不能,其实身体很容易受伤,生命非常脆弱,稍有不慎,就可能受伤
致残甚至失去生命。父母生养我们很不容易,我们一旦出了意外事
故,自己受苦不说,还会给父母带来巨大的痛苦。也因此,学会保护
自己,也是体谅和爱护父母的表现,是我们在童年和少年时代的一
个重要任务。

第四件事是多参加课外文体活动。文体活动包括学习器乐、声
乐,练习舞蹈,欣赏各种艺术表演,观看各种体育比赛,跑步,学打乒
乓球、篮球、羽毛球、排球等。这些活动能在不经意中提高你的艺术
眼光和身体素质,能锤炼你的意志,能提升你的人际交往能力,能使
你懂得配合和团结的重要,能让你交到志趣相投的朋友。参加这些
活动表面看与正课学习没有联系,其实对你们的全面成长很有意

义。一个既重视正课学习又能积极参加课外文体活动的人,比一个只重视正课学习的人,更有活力、魅力和亲和力,更能受到同学和老师们的喜欢,日后人生获得成功的可能性也更大。

人生如白驹过隙,童年和少年时代一晃就会过去,我希望你们能珍惜每一天,快乐、安全、健康地度过这个时期,为自己的人生发展打下坚实的基础。

祝福你们!

在河心洲：读一些书

《收藏家》与人性的隐秘地带

英国作家约翰·福尔斯的长篇小说《收藏家》,1963年初版,我大概是1999年读到的,读完之后我就再也忘不掉了。它讲述的故事太令我惊骇:一个名叫克莱格的青年,原本一文不名,由于赌博赢得了一笔钱后,买了一座城外的旧别墅,进行精心的改建,然后把他看好并长期跟踪的一位美女米兰达绑来此处收藏起来,供他慢慢欣赏,并最终折磨至死。埋葬了米兰达后,他立刻又盯上了另一件藏品——一位和米兰达长相几无二致的美女。小说通篇是克莱格的自述,他把自己收藏美女的过程讲得津津有味、从从容容、理由充足,让我看了却心生战栗、恐惧无比。人世间还有这样的收藏家?竟可以把活生生的人收藏起来仅供自己审看享受?美怎么可以被这样对待?原来人还可以变得这样畸形,原来人性中还有如此可怖的区域。这真是让我大开眼界。

我读这部小说的最大收获,是知道了人性如一条幽深的山洞,前人和我们同时代的作家并未抵达洞底和洞内的许多支洞,还有太多的人性内容没有被我们发现和表现,我们在对人性的认识上还有很长的路要走。我今天所以想把这篇小说推荐给《中学语文教学》

的读者,是因为我想让中学语文教师和所有的中学教师借由对此书的阅读知道,培养心理健康的人是老师们的重要职责。我们当然要教给学生知识,但让学生们在心理上健康成长则尤为重要。

人来自动物界,身上当然有动物性的遗存,但随着人不断接受文明社会的熏陶,其动物性的遗存会逐渐变少和隐匿。这也就是人性中美好的部分增多的原因。不过我们一定要明白,人身上的那种动物性遗存并没有完全消失,当社会环境适宜和人的心理扭曲之后,那部分动物性的遗存就会被唤醒并重现,这就是我们感觉到的人性中的黑暗面浮出。抢劫、凶杀、强奸、绑架等行为,就是人性中黑暗部分的外显。我们作为中学教育者能做的事情,就是要特别注意保护少年们的内心不受伤害,不让他们在学校生活中产生自卑、仇恨、傲慢、刻薄之心变,使他们的心理在大度、宽容、善良、友爱的河流里正常前行,这就会杜绝心理扭曲变态。只要杜绝了心理变态,人性中的黑暗丑恶部分便有可能不被唤醒。要知道,人心理上的扭曲与变态,通常是从少年时期开始的。

愿朋友们喜欢阅读这本书。

另一种作家论

——读舒晋瑜的《深度对话茅奖作家》

我们经常读到评论家写成的作家论，那是我们了解一个作家创作的重要资料。我觉得，舒晋瑜今年出版的新书《深度对话茅奖作家》，其实也是一种作家论，是一种要求作家现身的另类文本的作家论。

读舒晋瑜的这本书，我们随便挑出其中一个对话，首先能了解到的，就是她对话的这个作家大致的生活经历。比如李国文先生，他出生于上海；当年就读南京国立戏剧专科学校，攻读理论编剧专业；曾经去过朝鲜战场；后来被发配到太行山深处修新线铁路，开山劈石；再后来到铁路文工团工作；当过《小说选刊》的主编；现在是中国作家协会的专业作家。这样一个经历一读，对于我们理解他的作品，就非常有帮助，因为很多创作密码，其实都藏在一个作家的生活经历里，对作家经历的探查，是我们对作家进行研究必须要进的第一道门。

读舒晋瑜的这本书，我们还能从这些对话里了解到一个作家的创作经历。比如阿来先生，22 岁开始写作；30 岁出版了两部作品；36

岁时出版了《尘埃落定》,之前此书稿遭遇过退稿;不愿找知名的人把自己引荐到圈子里;认为文学不像理科,必须在国家的某个实验室才能学到,他就想自己学;又是10年之后,才推出第二部长篇小说《空山》;青藏高原旅行之后,方有《格萨尔王》······这样一个创作经历一读,我们对阿来这个作家的脾性和才华就有了了解,这对全面研究这个作家当然有帮助。一旦把一个作家在文学之路上的奔跑姿态和长跑成绩弄清楚,就可以大致知道他的收获是什么成色了。

读舒晋瑜的这本书,我们还能从这些对话里了解一个作家的创作主张。比如王安忆在对话中说,她重视空间的戏剧性,将空间布置好,人不说话也自有传达。小说是依附在时间的流淌上,空间转瞬即逝,挽留它停滞是义务······读到这些话,我们就会明白《长恨歌》和《匿名》中何以会有那样多的景物铺陈,我们就会清楚一个作家何以会写出与别人迥然不同的作品。

读舒晋瑜的这本书,我们也能从这些对话里了解一本书的生成过程。比如陈忠实在对话中说:当时我到长安县去查县志和文史资料的时候遇到一个文学朋友,晚上和他喝酒,我们一边喝酒一边聊着天,朋友问我,按你在农村的生活经历写一部长篇小说的资料还不够吗? 怎么还要下这么大的功夫来收集资料,你究竟想干什么? 我借着酒劲儿说,希望能够为自己写一本垫棺作枕的书。有一天我去世了,棺材里放这么一本书,也就够了······这就让我们知道了《白鹿原》的写作缘起,明白了作者的写作雄心,懂得了书中的时间跨度为何会那样长,了解了这本书何以会有那么长的写作周期。

读舒晋瑜的这本书,我们也能从这些对话里了解一部小说整体设计背后的心理动因。比如贾平凹在对话中说，《秦腔》的难度在于写作手法上的创新，整部小说如同现代农村的生理切片，没有采用单纯的代表人物和经典故事来展开故事情节，而是采用了细致缜密的生活细节来处理。这是一种艺术的冒险……这就让我们懂得了《秦腔》的整体设计为何是目前我们看到的这种样子。

当我们从一篇对话里既了解了一个作家的生活经历，也了解了他的创作经历，还了解了他的创作主张，更了解了他的某部重要作品的生成过程和整体设计背后的心理动因，那我们不就等于读了一篇写得很好的作家论吗？当然，我们能读到这种对话的机会并不多，如果没有舒晋瑜对对话内容的精心设计，没有舒晋瑜在与作家对话之前所做的详细案头准备，没有她对作家作品的大量阅读，没有她对作家的长期关注与研究，没有她与作家平日的交往情谊，没有她对文学记者这门职业的热爱和敬畏，我们是读不到这样的对话，读不到这种另类文本的作家论的。

据我观察，这些年舒晋瑜所做的事情，简缩成一句话，其实就是在发现好书和好作家。这既是一个文学记者的工作内容，也是一个文学评论者的工作内容，她打通了新闻报道和文学评论之间的通道，成为一个身兼两职的人，成为中国文坛最热心、最深情的一个关注者，成为中国文学事业发展的一个积极参与者。

作为一个同道者，我向她表示敬意。

人之气节
——读《忠毅公吴阿衡》

熊君祥是我的南阳老乡,在方城县长大。

他对方城这块土地上的历史文化爱得执着而深沉,曾参与编写《故事方城》《方城览胜》《黄石砚》《曾氏祖根地》《厚重方城》等文史论著。他在长篇历史小说创作上也颇多收获,先后出版了以出生或生活在方城土地上的历史人物为主题的长篇历史小说《陈胜王》《烟雨堵阳》和《剑气如虹》等作品,他本人将其命名为"故土情系列小说"。他新近杀青的这部《忠毅公吴阿衡》,分为上下两部,有 25 万字。在这部书里,他将吴阿衡的一生放在明末清初历史大背景下,按照"忠实于历史真实,客观再现英雄"的创作思想和"大事不虚,小事不拘"的写作原则,用丰富的想象和飞扬的文采,艺术地再现了吴阿衡这位"匡拯颓世,独木难支"的历史人物光辉而悲壮的一生。

吴阿衡是明代河南裕州(今方城)人,明万历己未年(1619 年)进士,先后任山东淄川、历城县令,后升任右佥都御史、应天巡抚、兵部右侍郎、蓟辽总督,兼都察院右副都御史。1638 年,清军大举入关,吴阿衡提数百兵丁与敌拼杀,力竭被俘,骂敌不屈,英勇殉国;南明追谥为忠毅公；清初，移葬于裕州城南环翠亭。明朝的党争激烈且危害巨大，无数忠臣成为党争的牺牲品。其时官场腐败横行，社会民心涣散。明朝虽然军事力量强大，可以完败敌军，但农民起义频繁，内忧加上外患，军事上显得捉襟见肘；加上后期的旱灾严重，民不聊生，加速了它的灭亡。吴阿衡就是身处于这个悲哀时代，他远离党争，正身立朝，首参权阉魏忠贤，在民族危亡之时挺身而出，以身殉国，显示了一个民族英雄的铮铮铁骨。明末清初的著名书法家王铎在《吴公隆媺传》中感慨："幸则，事济国有益；不幸，则捐躯报国，所不恤也！"

吴阿衡遇难后，还蒙受着不白之冤。史书上谣传他是"酒醉不能起，被杀"。说当时监军太监邓希诏过生日，总兵吴国俊拉着他去祝寿，因酒醉指挥不力，被清军突破墙子岭。吴阿衡孤军抵抗清军入侵，力竭被俘，宁死不屈，这种人生选择，理应在传统文化背景下受到褒扬尊重，却不想反被谣言所诬，令其默默无闻，掩于草莱。英雄流血捐躯，惨遭屠戮，却又被丑化，真乃时代的不幸和悲哀！

熊君祥以对历史负责的精神，历时两年创作了这部《忠毅公吴阿衡》。他以大量的史料为依据，融汇民间传说和细节上的虚构，用文学的笔触来描摹吴阿衡的形象，还原了这段历史，厘清了英雄的本来面目。

小说双线并行。一条线从吴阿衡之父吴宏道写起，一直写到吴阿衡沙疆捐躯，归葬故里；另一条线写张氏成长、与吴阿衡相遇相知相伴。作品既写出了吴阿衡戍守蓟辽、殉国墙子岭的英雄壮举；也写出了张氏这位红粉知己孤身去墙子岭寻找吴阿衡遗骸，无悔护灵

13 年,送归吴阿衡安葬裕州的忠贞大义,刻画了一个重情义、敢担当、忍辱负重的奇女子的感人形象。作品还通过对王铎、袁崇焕、黄道周、曹文衡、魏忠贤、邓希诏等众多人物忠与奸、爱与恨的书写,写出了一代王朝的周期律。

这部小说还特别写了古裕州的风土之美,这是我很喜欢读的内容。书里写了古裕州的博望坡、望花湖、黄石山等名胜之地,写了流传此地的诗词歌赋,还引用了很多古代碑碣铭文,显示出了作者有很好的知识储备。

愿吴阿衡的精神和气节能为今天的年轻读者所传承。

近看第六任大国防长
——读《在张爱萍老将军身边》

　　贺茂之先生是我初学文学创作时的老师。当年,他在济南军区文化部编辑《前卫文学》这本刊物时,我开始为《前卫文学》学写文学作品,经常拿着稿子找他请教。每次,他都热情地、不厌其烦地给我以指点,这让我受益很大。之后,他到北京工作,我们虽联系很少,但我仍能经常在报刊上读到他的文章,从其文章中受益;后来,他给我国的第六任国防部长张爱萍将军当了秘书;再后来,他自己也成了将军。《在张爱萍老将军身边》这部书,就是写他在第六任国防部长身边的所见、所闻和感受,我有幸先读了这部书的书稿,便把一些读后感写下来,与读者朋友们分享。

　　读茂之先生这部书,你会感受到他描画人物形象的深厚功力。张爱萍老将军已离开我们多年,很多年轻人已不再熟悉这个战争年代挥军攻城略地、和平年代叱咤风云的国防部长,但茂之先生用他极富魅力的文字,让这位大国第六任防长又活了过来,鲜活地重又站在了我们面前。我们好像又看到了张爱萍当年在徐州催李宗仁展开台儿庄大战时的慷慨陈词:"歼敌寇扬国威振民心垂青史,万望勿失此良机!"我们好像又看到了他在 1942 年 8 月 8 日傍晚,猛地把未婚妻李又兰揽到怀里说:"走吧,跟我走吧!"我们好像又听到了1944 年 9 月,刚任新四军四师师长的他,在洪泽湖乘舟渡湖时高声吟诗:"秋水逐一叶,看白帆雁列。渔歌嘹亮,凫戏水拍。荷红、絮蓁乱飞雪……"我们好像又听到了他在卫星发射指挥大厅发出的镇静声音:"让我们一起等着胜利的消息!"

读茂之先生的这部书,你会感受到他的学识渊博。张爱萍将军当过解放军副总参谋长,要谋划军队的作战、战备训练、后勤保障各项工作;他还当过国务院副总理,要指挥国防科工委研制核弹、氢弹和卫星发射;他本人还擅写诗词、书法,并钟情摄影。要把这样一个人的各种人生片段写出来,就要涉及很多知识,如果写作者没有渊博的学识,写作时必然会捉襟见肘、磕磕绊绊。但茂之先生学养深厚,不论是说到国家安全战略,还是部队战术训练;不论谈到卫星轨道,还是一支海军的组建;不论讲到诗词韵律,还是楷、隶、行、草等书法作品,他都能信手拈来文字,从容自若成文。

读茂之先生的这部书,你会体会到他写文章时投入的真情。由于长期生活在张爱萍将军身边,茂之先生对张将军的一言一行有细微的观察,对他的脾气性格有真切的了解,对他的内心世界有确切的把握,故对他的人格操守生出了由衷的敬意。他写张将军的文章,每篇都饱含着深深的钦佩和挚爱之情、一种发自内心的崇敬之意。我们常读散文的读者都有体会,写人记事的感性类散文,若无真情贯注,那就是一堆文字垃圾。一篇文章中有无真情意蕴,一般读者都有分辨能力,任何的虚情假意都不可能不被识别出来。

读茂之先生的这部书，你能感到他既是在写他眼中的张将军，也是在写他自己接受张将军影响的过程。正是因了他长期在张爱萍将军身边工作，受张将军崇高人格影响，对崇高精神耳濡目染的缘故，茂之先生退休后，办了一个弘扬崇高精神的社团：北京走进崇高研究院。这是一个学习、研究、传播崇高文化的公益性机构，经北京市民政局批准注册，由市社科联主管。研究院以"两弹一星"功勋科学家、各领域大师、第一批授衔的将军等杰出人物为研究宣传对象，揭示出崇高精神的渊源和走进崇高境界的途径，给人以做人之道、成才之道、成功之道的教育和启迪，促人拥有崇高精神、走进崇高境界。建院12年来，研究院在全国建立了235个践行示范基地，组建了11支工作团队，开办了200余场讲座，编撰出版了13部丛书，举办了6次大型书画艺术展，受到了社会的普遍好评。研究院曾获得过"全国社科联先进学会奖"和"十大榜样团体奖"等多种奖励。

愿读了茂之先生这部书的朋友们，能和我一样从文字中看到我们第六任大国防长张爱萍将军的风采，能和我一样感受到一种崇高精神的洗礼。

无愧对战争的记忆

——关于长篇小说《红日》

《红日》这部长篇小说，我是在初中时读到的。当时我读过的长篇小说还有《林海雪原》《青春之歌》《红岩》和《红旗谱》等。《红日》所以在很长时间里能被我记住主要的故事情节，是因为它写的是战争——作为一个整天与伙伴们玩战争游戏的少年，我对战争生活本就充满了兴趣。当然，读这部小说时，我对书中涉及的地名并没有太留意，那时根本没想到，这些地方还会与我今后的生活发生联系。

1970 年冬天，我由老家河南邓县参军到了山东。我所在的原第 67 野战军 200 师驻扎在泰安，其中的一个步兵团便驻在莱芜。几年之后，我调任到师政治部工作，有一次随首长去莱芜的那个团里调研，才知道莱芜在解放战争中发生过一次很大的战役，歼灭过国民党李仙洲兵团五万多人。同去的那位领导还领着我们去看了战场旧址。就是在看莱芜战役旧址时，我突然想起了我读过的长篇小说《红日》，想起了书中提到过莱芜，我一下子激动起来：原来我真的来到了小说故事发生的地方？来到了前辈作家用笔描述过的地方？来到了小说中连长石东根醉酒纵马的地方？

那时我刚刚开始学着写作，我不知不觉竟会来到小说家吴强曾表现和描述过的土地上，这件事本身让我惊喜不已。

《红日》这部小说总共写了解放战争中三次战役的经过，即涟水、莱芜和孟良崮战役。少年的我在阅读时，特别注重小说的故事性，觉得攻打孟良崮的故事是书中写得最精彩的部分。如今重读此书，还是觉得书中对这场战役写得最好，是全书的高潮。战前，作家对我军的状态是抑写，写大军过河时靠木排，写军长沈振新在过河时因木排散掉落水，喝了一肚子浑黄的河水，不得不躺上了担架被抬着走，而且此后胃部一直不适。写一名警卫员竟然被河水淹死。写指战员们全靠步行向战地靠近。而对敌方则是扬写，写他们以逸待劳，写他们上有飞机支援，下有装备优势，写他们对在孟良崮与解放军决战胸有成竹。尤其是对战前那个清晨敌人王牌部队新编 74 师师长张灵甫神态的描述，更是把其胜券在握、不可一世的样子展现得淋漓尽致。张灵甫拄着拐杖缓步登上孟良崮后，用手杖指画着四周的山头说：这是个很好的战场！我要在此创造一个惊人的奇迹！

一抑一扬的结果是更增加了读者阅读全书的心理期待。

究竟是何种结局将降临在这个北宋抗金名将孟良曾屯过兵的地方？

战局的发展很快超出了张灵甫的预想和判断，使原来的抑扬做了反转。张灵甫做梦也没有想到，这个以孟良命名的崮顶，竟是他的人生终点。他这个出生在西安的常胜将军，将和他的常胜之师一起,葬身在这个海拔并不高的山上!

孟良崮战役是一场大兵团对垒之役,敌我双方都投入了大量兵力,加上双方的外围作战部队,总数在几十万人之众。要正面表现这场战役,把这样一场战役既写得脉络清楚,又描画得生动感人,对一个作家并不容易。但吴强用他那支笔做到了。他对我方的人物,由战士、班长、排长写到连长,由团长写到军长,由农村大妈写到女区委书记,一个个栩栩如生;他对敌方的人物,由营长写到师参谋长,由将军写到国防部长,个个活灵活现。这在二十世纪五十年代的军旅文坛上,其功力是少见的。

上世纪八十年代,已调入济南军区机关工作的我,有了一个去蒙阴的机会。那一次,我特意去看了孟良崮战役的旧址,登上了孟良崮。我站在孟良崮峰顶,望着沂蒙山的远峰近壑,想起了小说《红日》描述的孟良崮战役最后激战的情景。我悄悄在心里寻找着小说中写到的我军那些官兵仰攻崮顶的各个战位,寻找着刘胜团长牺牲的地方。最后,我站在张灵甫毙命的那个山洞口,陷入了沉思。要说张灵甫这个人,是能打仗的,抗日战争中曾率领部队对日作战,多次取得了胜利,他在国民党军队内部的声威也是由此而来。他后来所以在孟良崮折戟死去,3万多美式装备的部队被彻底击败,并不是因为他的战役指挥能力降低了、采取的战术水平下降了,而是因为他为之战斗的那个政府腐败了,失去了民心,被民众所抛弃;因为他所在的军队腐败了,部属之间、各部队之间不再同心协力,官兵的心已经在无形中散掉,整个部队失去了凝聚力。

这就是一个将军的悲剧！

这也是一支军队的悲剧！

少年时读《红日》，我最感兴趣的内容是书中对爱情的描写。那个时候，社会上很忌讳谈论男女之间的爱情，男女感情和情欲这些字眼更是让男人女人都闻之色变。大家都对爱情这个重大的人生问题假装视而不见，好像关注它是一件很羞耻的事情。可我一个对爱情有了懵懂向往的少年，却特别愿在小说里读到对爱情的描写。我在《林海雪原》里读到少剑波和白茹的爱情描写时真是如痴如醉。同样，当我在《红日》里读到军长沈振新的妻子黎青由后方医院来照料丈夫的章节，读到黎青由后方捎给丈夫沈振新的那封信；读到华静对副军长梁波暗恋的描述，读到华静怀着欢乐之情与梁波两手相握，半身浸水，站木排渡河的章节；读到杨军和阿菊成亲的章节，我那颗少年的心感到甜蜜而沉醉。多年后我才知道，在那个年代里，吴强敢于这样写，没有一点胆量是不行的。可我想，若书中没有这些关于美好的男女之爱的描述，官兵们勇敢战斗的动力来源就变得有些可疑，这部书对年轻人的吸引力就会打下折扣。

《红日》的作者吴强尽管在入伍前发表过作品，但他从军后的主要任务是完成军务，一场接一场的战争使他不可能去整天思考文学创作，应该说，他的文学创作准备是不充分的，可他硬是凭着自己的毅力和苦干精神，凭着对亲历的战争生活的记忆，写出了《红日》。他所走过的创作道路，其实是后来很多军旅作家都在走的路，这其中也包括我自己。我也失去了接受系统文学教育的机会，只能利用业余时间读些文学书，开始创作时，根本没有扎实的文学知识和理论储备。正是前辈军旅作家们的作为，给了我和一批军旅作家从事创作的勇气！

用文字为英雄塑像

——读长篇小说《山河传》

读小学的时候,我就从老师口中知道了杨靖宇为抗日牺牲的故事;读中学的时候,知道了杨靖宇将军是河南人,老家确山离我们南阳邓县并不远;当兵之后学习他的事迹,方知道他牺牲后,日本人在他的胃里发现的全是树皮和棉絮。对他的尊敬早就在心里升起,但说实话,将他 35 岁的人生生动保存在我的记忆里,是在读了张新科先生的长篇小说《山河传》之后。

一部小说以真实的人物为描述表现的主角,与写虚构的人物相比,其实是有难度的。难度在于要先把所写人物的真实生平事迹摸清楚、揣摩透,然后才能动笔。为此,我听说作者 5 次赶赴河南驻马店、确山、开封,以及上海,多次远赴抚顺、长春、吉林、磐石、通化、靖宇县、哈尔滨等 10 余地,先后召开了 15 次研讨会、采访了 50 余人、购买有关杨靖宇的书籍 100 多本,仅前期采访就花了近 50 万元。正是因为他在创作前做了大量的准备,获取了无数的写作素材,他在创作开始以后才能充分展开自己的艺术想象,把杨靖宇这个人物写得栩栩如生。书中很多有关杨靖宇的资料是首次披露。过去,我们只知道杨靖宇将军惊天地泣鬼神的赫赫英名响彻整个中原大地、东北山川、中华神州乃至世界反法西斯联盟,是中华民族抗击外辱最光辉的精神图腾和最闪耀的文化符号,是中国人英雄祭坛上神圣的存在,但其实我们对他活生生的人的另一面缺少了解。比如他浓烈炽热的故乡情结,他好学上进的青葱岁月,他懵懵懂懂的校园时光,他勤学好问、疾恶如仇,成为学生崇拜的偶像等等。尤其对他建立中国共产党领导的中原地区最早的县级农工革命政权的经历,对他在复杂环境下与日伪汉奸的斗智斗勇,对辗转曲折的狱中奇遇,对他牺牲前被叛徒出卖的种种细节……我们过去都了解甚少,如今,我们会通过作者细致的小说笔触,去感受这一切。

张新科所以写这部关于英雄的小说,除了为英雄作传、向英雄致敬之外,我想他的最大用心,是向我们展示一条英雄的成长之路,让更多的后人由这条坎坷崎岖的道路得到启示,从而也生出成为英雄的雄心。小说以杨靖宇于1923年在开封读书的生活开笔,写他怎样逐渐走上革命道路,直至1940年抗日壮烈牺牲。作者以波澜起伏的故事、充满感染力的语言,全面呈现了民族英雄杨靖宇炼成的过程,真实展现了将军以热血染红白山黑水、以铮铮铁骨壮烈殉国的史诗般惊天地、泣鬼神的革命生涯。作者的笔既见事、见人,又见心,巧妙借助动人的细节展示英雄背后的欢喜与忧愁、青春和梦想、成就与牺牲。读者能从这本书中看见一位有血有肉的英雄是如何从一位普通的少年学子一步步成长蜕变的。杨靖宇的家乡在河南确山,他有老母妻儿,原本可以老婆孩子热炕头地享受天伦之乐,但他舍下温暖的小家,舍下未竟的学业,怀揣着崇高理想,奔赴冰天雪地,投身轰轰烈烈的抗日卫国的战斗中。杨靖宇不姓杨,他本名马尚德,一米九三,高大帅气,爱母顾家,但为了革命需要,1929年离开家乡确山远赴上海,之后"马尚德"这个人便消失了,取而代之的是名为"张贯一"的河南硬汉。他1932年被捕,刑满释放后,为驱除外虏、平定天下,又改名为杨靖宇。从马尚德到张贯一,从张贯一到杨靖宇,一位民族英雄完成了凤凰涅槃。杨靖宇创建了东北抗日联军之后,以无比坚韧的毅力和英勇顽强的战斗精神,率领东北抗联与日寇长期血战于白山黑水之间。下煤窑、走山林、会匪首、拉队伍、夺物资、袭汉奸、战日伪……1940年2月23日,在吉林濛江三道崴子,他把生的机会留给了别人,自己身陷重围。在冰天雪地、弹尽粮绝的情况下,他孤身一人与数百名日伪军周旋,直至弹尽粮绝,壮烈殉国,时年仅35岁。作者用他的小说告诉我们:杨靖宇所以能成为一名英雄,首先是他心里早有志向,他要救百姓于水火之下,救国家于危难之中;其次是他甘愿舍弃我们常人难以舍弃的东西,比如天伦之乐,比如生活享受;再就是他胸中深植中国人的气节传统,有前辈英雄文天祥的那股宁死不屈精神,决不向敌人投降!

　　一个民族有自己的英雄,是这个民族的幸运;一个民族尊敬自己的英雄,这个民族就会有灿烂的明天。张新科先生用自己的笔重描杨靖宇这个抗战时期的人物形象,是在重塑中华民族的英雄雕像,是在张扬"丹心已共河山碎,大义长争日月光"的不畏牺牲的英雄精神,这对于培固民族精神之"根",铸造民族理想之"魂",具有十分重要的意义。

最早的金融博弈

——读长篇小说《红色银行》

朋友推荐我看看张卫平的长篇小说《红色银行》，开读时才知道这是一部抗战题材的作品。表现抗日战争生活的文学作品可谓汗牛充栋，要写出新意十分不易，但这部作品在选材上特有新意，描述的是晋西北黄河岸边兴县的共产党员们，在抗战时期创办农民银行，该银行在后来演变为西北农民银行，成为中国人民银行前身这段历史生活。创办农民银行是一桩真实的历史事件，作者以这一真实事件为素材，采取虚构与写实相结合的手法，把我党与敌人进行金融斗争源头的故事呈现了出来，精彩地展现了我党在金融战线上的成就和创举，可谓是独辟蹊径之作。

我很喜欢小说中的主人公刘象庚这个人物。这是作者在书中着力塑造的文学形象。在小说中，是他，一个当时没有公开共产党员身份的当地士绅，担任兴县经济部长后为筹钱支持八路军和游击队抗战发愁，在经过一个废弃的阎锡山设立的山西省银行兴县分支铺面时，猛然间萌生了办银行发行钞票的念头；是他，在获得党组织对他办银行主意的支持之后，开始通过自捐和募捐筹集办银行的本金；是他，亲自为银行取了极接地气的"农民银行"这个名字；是他，亲自寻找钞票设计、印刷的人才和机器，亲自确定银行设立的地址和开挖最原始的金库——存储本金的地窖；是他，亲自确定印刷的钞票面额并外出购买印刷钞票的纸张、油墨；是他，亲手裁开纸钞并涂抹钞票上印错的字迹；是他，多次历险，冒死带领毛驴驮队转移银行的全部家当，躲避日寇的袭击破坏……没有这样一个呕心沥血为我党金融事业献出全部精力的人物，农民银行很难办起来，更不可能发展壮大、成为中国人民银行的前身。在中国共产党的历史上，正是因为有无数这样平凡而伟大的人物，我们党才有今天执政党的地位，我们的国家才有今天的辉煌，我们人民才有今天安居乐业的生活。刘象庚这个人物，不仅仅是个文学人物，而是实有其人，是真实的历史人物。作者用文学的笔触让他更加熠熠生辉。在真实生活中，刘象庚因为对我国金融事业发展所做出的突出贡献，在新中国成立后担任了第一届全国政协委员、山西省政府委员会委员和山西省政协副主席。作家在小说中对这个真实人物形象的出色描绘，让这个人物具有了极其感人的力量。读完全书我坐在那儿默想，今天在金融领域的从业者，真应该读读这本书去认识一下这个人物，这个创建了一个银行的人，这个每天都与一堆钞票打交道的人，这个手握着一家银行全部本金的人，在没有任何上级监督的情况下，从来没有想到用这些钱去为自己办事，从来没有想到拿出一些钱去给自己换来享受。而今天一些已被法律惩处的在银行和金融系统工作的人员，想尽办法去贪污、挪用储户的存款，去向贷款人索贿，去用公款享乐，两相对比，他们与刘象庚在人格上和信仰上的差别是不是有十万八千里？

　　我也喜欢小说中对兴县农民银行和西北农民银行成立之后,与敌人进行金融博弈的精彩描绘。在小说中,农民银行与当时入侵晋西北的日寇的博弈,除了日寇寻找银行与我们不断转移银行、日寇袭击银行与银行反袭击这种博弈之外,还有反击日寇对我根据地金融的破坏。当时,国家的法币基金存在英美两国,日寇一边在占领区大量搜刮法币,一边想法吸收我根据地和大后方的法币,以便大量套取我外汇,之后在欧美购买大批军火,再来攻打我们。为了打击日寇在金融上的这一图谋,西北农民银行在根据地党组织和政府的领导下,进行了针锋相对的部署,将西农币定为根据地唯一合法的流通货币,严厉禁止法币流通。读这部小说我才知道,早在抗战时期,我们的前辈已懂得在开展对敌军事斗争的同时,也在金融战线上与敌人斗智斗勇。这给生活在二十一世纪二十年代的我们,提了一个醒,那就是在我们进行实体经济建设时,不要忘了金融领域里的斗争。大家都知道,美元在第二次世界大战之后,成了世界的流通和储备货币,美国仗着这个地位,不断地超量印发纸币,超发美债,然后拿着印出的纸币到全世界去买实物用品,而且不断用降息、升息促使美元在全世界流动的手段,来收割其他国家和地区的财富。他们在金融领域玩的这些套路,当然应该受到阻击,这也是保卫国家经济安全的严肃斗争。面对当今世界金融领域里的复杂局面,我们要向这部书中的前辈刘象庚他们学习,第一是要有勇气上阵,敢于展开金融领域里的斗争;第二是讲究方法和手段,善于在金融领域里与他们周旋和斗争。给我们今天在金融领域里的斗争提供历史借鉴,是《红色银行》这部小说出版的现实意义所在。

　　我还喜欢小说中描写的在黄河岸边黑峪口靠摇船摆渡谋生的贺麻子一家人，他们是最早因我党创办的农民银行受惠的普通百姓，是中国金融业发展壮大的最坚定支持者。贺麻子、小莲、冷娃，应该是虚构的人物，也是作者在这部书中写得很成功的人物。晋西北底层百姓的心志、脾性和追求，在三个人物身上有着最直观的体现。作者把贺麻子的吃苦耐劳，把冷娃的耿直少言，把小莲的漂亮活泼，都写得十分生动。这一家三口只靠摆渡这种辛苦工作生活，只想把一份艰难的日子过下去，但日军的侵华战争打断了他们这种梦想，当他们渡船被毁、无法谋生之后，是刘象庚用农民银行的贷款，让他们又拥有了一条新船。他们对根据地政府由感恩而追随，甘愿冒险为农民银行在黄河上的转移效力。今天，我们党和政府反复强调金融业要为小微企业搞好服务，为他们融资发展提供方便，其中固然有发展经济、扩大就业的考虑，但更重要的是，这也是我们党获取民心之需，是获取广大普通百姓的支持之需。获得最广大普通百姓的拥护，是我们党的立党之基，这是我们要永远牢记的。我还特别欣赏作者在小说中对小莲错嫁叛徒的情节设计，这是一个多么令人惋惜的故事，但战争年代，什么样的意外事情不会发生？作者所讲的这个故事，还在无意中触到了一个爱情规律：在很多女性的内心里，白马王子通常不在近处，他们会从远方飘然而来，他们英俊、善言、能歌、大胆……

　　我们党的百年历史中，还有太多的东西值得去发掘、去发现，从而为我们今天的生活提供借鉴，这就是《红色银行》这部小说留给我们的箴言。

手按长剑保国安

——读长篇小说《东风擎》

　　阮德胜是一个在第二炮兵部队服役了 21 年的军人，转业 10 年后，写出了长篇小说《东风擎》，把他对中国这支已改称为火箭军的战略部队的全部爱意，倾吐了出来。作为一个喜读军事题材文学作品的老读者，我很想把自己阅读这部新书的感受说出来。

　　这部书把我又带回了火热的基层军营生活里。《东风擎》是近年来最贴近基层部队生活实际的文学作品，书中所讲述的出操列队、越野长跑、站岗放哨、专业训练、集会拉歌、送老迎新、节日会餐、文艺演出、战友聚会、军官结婚等故事，惟妙惟肖，生动感人。那些沾满青春火花的文字，那些军营特有的生活场景，一下子把我又带回了几十年前在军营当新兵、老兵、班长、排长、副指导员、正连职干事的年代里，带回了我的青春时代。当年，年轻的我和书中的那些年轻官兵，经历了相似的生活，浸泡在相似的军营文化里，我们一腔热血，每天起早贪黑地训练，随时准备上战场报效祖国。这部书对部队高层指挥员的生活虽有涉及，但把主要的篇幅用在了描述营、连军官和士兵们的生活，用在描摹营以下基层官兵的内心世界，用在讲述他们的精神追求，用在描绘他们的丰满形象上，我觉得这一点特别可贵。应该承认，在一段时间里，我们一些部队作家住得离基层官兵远了，对基层官兵的真实生活了解得少了，心里也与他们有陌生感了，故常把目光望向上层指挥官员，写基层官兵的作品有点少了。当过多年兵的《东风擘》的作者阮德胜深知，营级以下官兵才是我军战斗力的中坚部分；战时，胜利主要靠他们来取得，他们才应该是作家重点关注的对象。他把自己的笔墨主要用在表现和呈现基层官兵的日常生活上，这一点让我特别欣赏。

带我们认识一批第二炮兵部队，也就是今天的火箭军的新一代年轻作战指挥员，是这部书作者的一大功劳。此书写活了两个年轻的营长，一个叫华强军，一个叫向爱莲。前者是核导弹部队第一旅第一发射营的营长，后者是常规导弹旅首个女子发射营的营长，两个人是夫妻。这两个人可不是我们传统印象里的那种文化水平尚可、体能特好又吃苦耐劳的基层干部，他们都是我军第二炮兵工程学院的硕士研究生，是那种既能带兵施训，又能研究问题，且能撰写发表长篇论文的知识分子型基层军官。第二炮兵是我军的高技术军种，其基层指挥员的文化水平和素质能力，将决定着战时这个军种战斗力的发挥水平。在阮德胜的笔下，华强军满脑子都是打仗的事，遇事最常问的是：这要是打仗呢？做任何事都要用"能不能适应打仗的标尺"去衡量。对未来怎样将作战节点前移、提升核威慑初始级别、缩短核作战准备周期，对在国家安全受到严重威胁时，在保持克制核战争原则下，怎样将核威慑提升到准核战争状态这些大问题，经常进行思考。在阮德胜的笔下，向爱莲一心扑在工作上，带领新组建的常规导弹女子发射营严格训练，仅仅两年时间，就能够按照男兵发射营的标准，全要素、全流程、全时空、全员额地参加一级营考核，并且一次通过。这两个发射营长，是我火箭军基层指挥员的典型代表，这类指挥员在火箭军部队的大量出现，标志着我火箭军基层指挥员的整体面貌有了根本的改变，他们是一批文化素养很高、谋战能力很强、具有全球视野的新一代指挥员。

阮德胜用这部书，还引领我们认识了第二炮兵的一批大学生士兵。过去，我们部队主要的兵员来源，是那些无法进入大学学习的初、高中毕业生。这些年轻人进入部队尤其是火箭军这种高技术部队后，需要长久的训练才能成为合格的导弹发射号手。而大学生士兵，是由大学里直接招收的毕业生或在读大学生。这些大学生由于有丰富的知识库存和新视野，进了火箭军部队后，给导弹专业发射训练带来了新的气象。他们不仅学习技术的速度快，而且能创造性地提出新的训练改进措施。这部书中的北大学子高明亮参军后，开发出军事训练游戏软件，大大提高了战士们开展训练的兴趣，缩短了训练时间。这些大学生在服役年限届满之后，可以就留在部队工作，也可以再回大学继续读书深造。军队改革既包括编制体制的改革，也包括兵员来源的改变，包括兵员素质门槛的提高。这部书用大学生士兵在部队发挥作用的生动事迹，展示了军队改革的新成果。

引而不发，我在，国家安全就在！这部书传达出的这种时刻想着应对未来战争的精神令我兴奋。火箭军是我军的战略军种，担负着对敌核威慑和常规远程打击的任务，是我们国家安全的重要屏障和保障。这支部队的官兵们的精神状态和战备水平,直接关系到国家的安危。这部书的作者用生动传神的笔,把军人们在训练场上昂扬向上的精神状态,把军人们在野外拉动时的吃苦耐劳,把军人们坐军列远程奔袭时的严肃认真,把发射弹道导弹时的大胆精细,把迎接新装备的满怀希冀,写得酣畅淋漓,让我们这些平日对火箭军生活并不熟悉的读者,读完之后觉得,有这些官兵掌握着我们的大国重器,有这些军人手按着我们民族的倚天长剑,我们完全可以放心地去享受和平生活,去安心地进行各项和平建设,从而早日实现民族振兴的伟大目标。

　　阮德胜是一个勤奋的作家,愿他继续使用在火箭军部队的生活库存,去酿造出新的作品,给我们带来新的惊喜!

凭借山水展心曲

——读杜苏旭的山水画

苏旭是我的同乡,他的老家西峡县与我的老家邓州,相距不过几十公里。我们两个干的虽不是一个行当,但同属艺术界别,所以对他的名字早有耳闻。他幼时就对色彩敏感,喜欢拿笔在纸上涂涂画画。7岁时画出的画已很有模样。母亲看他喜欢这一行,就在他10岁那年领他去向著名画家秦岭云求教。自此,苏旭便拜在秦岭云老师门下,潜心学画。他后来又考入西安画院中国画系深造,主攻山水画专业;毕业后重回故乡南阳,把主要精力投入了山水画创作中。

几十年来,苏旭创作了大量山水画作品,在国内多个城市举办了大型展览,不少作品获奖,多件作品被名家和博物馆收藏,已成为故乡画界的名人。作为他的同乡,我真诚地为他感到高兴。近日,他的新画册即将出版,约我来写点文字,我便来谈谈读他的山水画作品的一些感受。

读苏旭的山水画,我的第一个感受是,他是带着对故乡的挚爱和眷恋来创作的。苏旭的老家西峡,就位于伏牛山的腹地,那里山高林密、涧深水丰，放眼望去，真的是峰峦叠嶂，烟岚缭绕。苏旭在这里成长，这里的山水给他留下了极深刻的记忆。他成为画家之后，又多次返回伏牛山里，登山、下崖、走村、串乡、观云、看水。每次返回老家时，他都带着写生工具，画天空，画白云，画山峰，画树木，画农舍，画瀑布，把每一种创作素材都收进写生册里，为日后的创作做着准备。他的许多作品，都是对故乡山水的描摹和表现。在《伏牛群峰图》这幅作品中，他画了峰巅、岩石、碧树、小路、青草、村舍、水流、云雾，将伏牛山的景致尽收画中，让人一看便知道，画作表现的不是南方的秀丽山景，也不是北方的浑朴山貌，而是中原伏牛山脉特有的亦秀亦雄之景观。熟悉伏牛山和画家苏旭的读者，会从画中看出作者想要把故乡的山水装进画框的一份深情来。

读苏旭的山水画，能看出他在画技上有创新，在画风上追求浪漫主义的表达。眼下，全国画山水的画家太多了，毋庸讳言，有不少山水画作并无新意，不过是对前人作品的模仿罢了，不少作品画法一样、面目相似，把它们放在一起，很难区分彼此，也难以给观赏者以新的审美享受。苏旭对此有着清醒的认识。也因此，他在向画界前辈学习，尤其在选择师法的名家时，不是盲目地见一个学一个，而是有意选择那些与自己志趣相投、追求相近的人来学。我国宋代的山水画成就很大，名家也多，但他独选李成、范宽两人的作品来学。近现代的山水画名家更是灿若繁星，但他没有被名家的名气晃花眼睛，胡乱求师，而是着力研究学习黄宾虹和石涛的作品，尤其注意学习黄宾虹对线的处理，先逆再顺再逆，看他用来表现轮廓的点，怎样起到透视作用。在对前辈山水画家作品的研习过程中，苏旭开始形成自己的山水画法:散笔逆锋,一笔能见点线面和明暗灰。在山水画的类别选择上,他选择青绿山水和水墨山水作为自己的主攻对象。在绘画风格上,他不满足于客观地再现生活,而是追求浪漫主义的表达,强调要主观地表现生活,将苍茫的群山和漂动的云烟经过心灵过滤,变成呈现主观色彩的意象,营造出一种诗意的感觉,创造出一种诗意之美。

读苏旭的山水画,能看出他是在借描画山水表达自己对人与大自然关系的认识。山水画自隋唐时成为独立画科后,所以能在中国长盛不衰,为历代人所喜爱,除了它是对大自然之美的一种呈现之外,更重要的是,它乃中国人深沉情思的一种表露。细看苏旭的山水画《春晖》《雨后伏牛山》《伏牛山秋韵》《雪积伏牛山》,你除了能感受到四季变换中伏牛山的自然之美外,还会在心中生出遐想,生活在这样环境里的人该是多么惬意安逸呀!更会去思考,若没有这美好山水的滋润,人们怎么可能一代代地繁衍发展至今?进而,你会对大自然生出一种感恩之心。好的画作与好的文学作品一样,都会有一种画外之音、字外之韵,也就是我们常说的形而上的思情意蕴。读苏旭的山水画,我们也会获得一种思想上的启发。

苏旭正当壮年,也正是创作才思喷发的时期,我相信他会在今后创造出新的更辉煌的作品,给我们带来更大的惊喜。

乡村变革的长幅画卷

——读李天岑长篇小说《三山凹》

  中国的改革开放,最初是从农村开始的。我们回眸改革开放的辉煌历史,不能不先回望乡村的变革史。南阳作家李天岑经过多年的准备,调动自己的生活积累,耗费两年半时间,写出了长篇小说《三山凹》,用文字绘就了一幅中原乡村 40 余年变革的画卷。为读者了解豫西南乡村生活,了解中原乡间改革开放的艰难历程,了解豫西南乡间的巨大变化,提供了形象的文学记录。

  在这部作品中,作者首先描绘了这幅画作的底色——豫西南土地的本真颜色,也就是三山凹这个伏牛山深处的小村落的村民,在二十世纪七十年代末期的生活境况。当时,这儿的农民吃的主粮是红薯,白面和大米都是稀罕之物;住的是的土坯垒的土墙草房和瓦屋,建房子的最主要准备是打土坯;穿的最好的衣料是家织土布和黑灰两色的平纹布;使用的主要交通工具是架子车,自行车在村子里还是稀有之物。人们当时的商业活动主要是以物易物,拿上家里养的鸡和母鸡下的蛋,去悄悄地换一点盐、青菜和其他消费品。人们心里蕴含着强烈的变革愿望,整个社会都在无声地呼唤着改革开

放。也就是在这种情况下,党的十一届三中全会召开了,改革之风
吹到了中原,吹进了豫西南南阳盆地,吹进了这个名叫三山凹的偏
僻山村。有了这个底色的描绘,乡村改革所以能够很快在偏远乡村
推开的深层原因,也就不言自明了。作者对这种底色的描绘,为整
幅画作增添了思想意蕴。

作者接下来在这幅画的底色上开始描画人物。柳大林、张宝山
和白娃,是作者在画卷中着力描画的三个人物。三个人都长在三山
凹,又曾是喝过鸡血酒的结拜兄弟,三个人在三条路上面对乡村改
革,各自做出了自己的选择,从而开始演绎自己的命运。柳大林努
力求学,凭借自己的知识库存所带来的敏感,最先感知社会上的变
革之风已经刮起。他从政之后支持农民的变革之为,大胆引进外资
办学,支持农民把红薯做成粉条来卖,支持村民外出到深圳打工,支
持农民开办面粉厂,支持农民办乡村旅游等等。张宝山这个人物虽
只有高中学历,但他凭着农民的直觉和对美好生活的向往,高举双
臂拥抱乡村改革。他凭选举夺到了村支书的权力,然后就利用这份
权力,带领乡亲们脱贫致富。他种植栗子香品种红薯,开粉条作坊,
办面粉厂,几次去深圳招商,改变旧的种植传统和规划,欢迎城里人
到乡下旅游,彻底改变了三山凹的贫穷落后面貌。白娃则是凭着自
己的机警和算计,感受到了社会在发生急剧变化,最早开始试着经
商,四处跑着贩活鸡、贩鸡蛋;最早懂得开饭店,懂得借饭店里的酒
局结交有用的官员;最早懂得靠贩钢筋、修公路赚大钱;最早开始搞
房地产开发,走进了县城和富人的圈子。他一直赶着潮头走,每一
步都没有落后,可几乎每一步都已踏过了做人的底线,完全被金钱

迷住了眼,最后跌进了被金钱所遮蔽着的陷阱里。三个人物的命运都写得符合逻辑,有血有肉,鲜活生动。《三山凹》里的这三个人,成为中原文学人物画廊里的新形象。尤其是在对柳大林这个人物的描画上,作者的笔法特别灵动,可能是因为作者自己有多年从政的经历,写起这样的人物来便更加游刃有余。

作者在这幅画卷里,还着意描画了人物活动的场景。其中,有些场景描画得很精彩。比如生产队长王春宝召集的批斗会。他认定张宝山外出贩鸡是搞资本主义,就于一个月夜命人抓住返家的他,在村里的牛屋门前开他的批斗会。曾经,批斗会这种场景,在中原的乡村里反复上演,这是在乡间把一个人彻底搞臭的可怕手段。却不想这场批斗会,在包产到户的春风吹拂下,开成了王春宝的下台会,反倒是被批斗者张宝山被众人推举成了队长。又如白娃设美女宴款待柳大林。白娃为了安慰遭遇挫折的柳大林,也为了表达自己当年横夺柳大林新娘的歉意,特意设了一场美女宴,特别叮嘱自己雇下的美女闪红红在酒宴上放开,一心为了赚钱的闪红红当然明白白娃的意思,在柳大林酒至半酣时一下子坐在了柳大林的腿上。按通常的人性发展逻辑,接下来应该发生的,是柳大林将美女揽进自己的怀里。但事情却没有按照白娃设定的程序发展,柳大林坚守住了自己公务人员的底线,他推开闪红红愤然离了席。再如三山凹村民与邻村人为争抗旱库水而起的争斗。两个村里的人都想用铁河水库里的水浇受旱的庄稼,上游的村子怕水库放了水自己的庄稼浇不上,下游的三山凹人一心想开闸放水浇自己的地,这种矛盾要在过去的乡间,通常是通过械斗,用武力解决问题。但柳大林最终化解了这场争水纠纷,显示出了这个三山凹出生的干部的能力和魄力。现实主义小说的创作者,在创作中都很注意人物活动场景的选择,因为场景选择恰当,对人物形象的塑造具有重要的意义。作者李天岑在这一长幅画卷的描绘中,特别注意选择和描画场景,这是他的高明之处。

作者在描绘这一长幅画卷时,像画家重视使用点、线、形、光等视觉要素那样,特别用心地去使用文字。这部作品在文字操作上具有两个特点:一个是朴拙。不论是叙述还是对话,作者都不用或少用华丽的形容词去修饰,用的全是普通的、很常见的日常生活用词,更没有使用翻译腔,读上去有一种很强的朴拙感。另一个就是大量大胆地使用方言。小说里的男人和女人,在对话时基本上用的都是南阳方言,其中很多方言的流行范围,就在南阳周边,流行半径可能超不过三百里。这些方言固然增加了外地读者的理解难度,但南阳人和河南人读起来,却特别感到亲切。我想,对本书感兴趣的外地读者,只要稍加琢磨,也是不难理解的。文字的使用法子,牵涉到作家的写作风格,读这本书能看出作者在有意追求自己独特的书写风格,这一点值得称赞。

《三山凹》的作者李天岑先生对文学始终怀着一份挚爱,在职时边工作边写作,退休后更是把全副精力都投入了创作中,这令我很是钦佩。期望他不断有新作推出。

为文化的传承工程奠基
——读《老合肥·庐州风情》

在经济全球化和西方强势文化向全球覆盖的背景下,我们国家和民族的精英阶层,开始认识到了保证中华民族优秀传统文化传承的重要性,意识到了这是一个攸关文化独立和文化自信、并进而且会影响到国家安全和民族生存的大问题,从而开启了优秀传统文化传承的大工程。这个工程启动后,首先要做的一项奠基性的工作是:弄清我们中华传统文化的家底,看看究竟有哪些东西是需要传下去的。安徽合肥市的王贤友先生撰写《老合肥·庐州风情》一书,做的就是这方面的事情。

这是一部关于合肥民俗的发掘之书。书中详尽地讲述了合肥市历代人在社会交往、日常生活、信仰、生产等方面的习俗,对每一种习俗的表现方式都做了详尽的描摹。比如关于生育礼俗,作者从结婚的婚期选定方式讲起,到新娘上轿前的哭轿,上轿时要带的吉祥品,花轿过桥时新娘的动作,下轿时的撒礼品和传袋(代)仪式,新婚之夜新娘新郎坐的位置和时间,闹房之后新人的吃食;再到婚后的许愿求子和摸秋之举,怀孕后的孕妇如何被称为"四眼人",难产时的"打鬼"之术,分娩之地的禁忌,孩子出生的生辰八字记录,婴儿生下后对产妇与接生婆的慰劳方法,女婿向岳父家的报喜,长子降生后要喝的"落地酒";直到婴儿出生三天后的"洗三朝"、上家谱、做九天,婴儿满月的剃发礼、命名礼、接满月,婴儿长至百天时的"做百日",一周岁时的"抓周仪式"等等。对如此繁复的习俗内容,年纪刚过四十的王贤友要讲述清楚,不做认真的采访调查是不可能的,我想他肯定了走进了很多大街小巷和郊区乡村,询问请教了很多老人、成人,观察了很多场婚礼和婴儿降生礼,才有了这些记录。这是一个艰难的发掘过程,若没有王贤友的这种不辞劳苦、自觉自愿的发掘,这些散落在街巷和乡村的传统习俗就有可能被强势的西方文化一点一点冲走淹没,会最终被人们逐渐忘记并消失在我们的生活里。而这种生育习俗,正是我们中国人生命文化的重要内容,是我们民族凝聚人心和繁衍发展的保障。

这也是一部对合肥民俗意蕴的阐释之书。王贤友在这部书里,不仅细述了合肥各样民俗的内容和外在表现,还对每样民俗的内在意义进行了阐释。比如在合肥的寿俗中,老人做寿一般做九不做十,即逢整十时在虚岁,即九的那年做寿。所以这样提前做寿,以通常的理解,以为是避讳"十"也就是谐音"死"这个字,而王贤友告诉我们,这样做其实是寓意"留有余地,以裕后人"。又如合肥郊区的乡间,子女在为老人做寿材时,一般选在闰月来做。所以选在这个时候办这件事,以通常的理解,以为是考虑节气和气候的问题,而王贤友告诉我们,这样做其实是寓意"延年益寿",因为闰月乃由余日积累而成,积几年才能闰一回,正所谓积延成寿。再如在合肥的商家礼俗里,有一个习俗很特别,就是店铺早晨一开门,若来的第一个顾客是少年、儿童,则宁可降价也要成交。所以这样做,以通常的理解,应该是给年轻顾客一点关照,而王贤友告诉我们,这样做是寓意"童男子开张,一卖净光"。这些阐释,若没有反复的考证,是不可能得出来的。

这还是一部对合肥民俗形成过程的追根溯源之书。任何一种民俗,都不可能是一天之内形成的,都有一个发展过程。王贤友在这部书中,不仅对每种民俗的当下存在样态进行了呈现,还特别注意追根溯源,把它们的形成过程也弄明白。比如对合肥人喝腊八粥过腊八节的习俗,它究竟是怎么来的,王贤友做了认真的考证。他先告诉我们,远古时期,汉族先民因农历十二月天寒地冻、农事空闲,便在山里打猎,以备在新旧交替的年底,用猎物来祭祀祖宗与天地神明。在古文中,猎与腊为同字,因此这种祭典就称"腊祭",农历十二月也就顺呼为"腊月"。他接着告知我们,从先秦时起,腊祭便被当作一个节日来过,但当时这个祭日并未固定在十二月初八日,直到南北朝时,这个腊祭的日子才算固定在了十二月初八。他再告诉我们,到了宋代,熬粥的厨艺成熟之后,才又出现了腊八粥,用以祭祀。又如对合肥人的典当习俗,王贤友考证后认为,开设典当行最初是一种慈善行为,开设者以收取衣物、珠宝、首饰等动产作为抵押,向急需现款的人们放款来救急。这种金融活动最早出现在南北朝时期,最早的典当行由寺院经营,完全用来助人。随着经济效益的显现,到了清朝乾隆年间,达官显宦纷纷投资于此,才使这个行当蜕变为牟取厚利的经营活动。到了晚清和民国,典当行最终演变成了发放高利贷的平台。

　　王贤友先生是一个作家,写过不少散文诗和智性散文,出过散文诗集和散文集,受到过文坛大家屠岸先生的好评。按说作家通常关心的都是自己的创作,而他却放下自己的创作转而投身于合肥民俗的研究,并出版《老合肥·庐州风情》专著,这让我颇觉意外。我想,他显然是意识到了作家在优秀传统文化传承工程启动后的责任,决心盘点清楚自己身边的优秀传统文化内容,告诉人们哪些东西不能丢掉,应该传下去,从而为传承工程奠定好基础。当年,鲁迅先生在写作的间隙,关心汉画像石拓片的收集和出版,为此事费了不少心思和时间。今天,王贤友向鲁迅先生学习,关注一方民俗的传承,为中华文化的未来发展做着基础性的工作,作为同行,我为他感到高兴并表示钦佩,写这篇短文,算是这种钦佩之意的一次表达。

人间有路

——读长篇小说《天堂无路》

由安徽池州乡村走进京城的青年军旅作家陈先平,怀着对故乡的深情,回眸故土,写出了他的第一部表现当下皖南乡村生活的长篇小说《天堂无路》。

这部书的主角是一个村支部书记杨节胜,一个中国最底层的官员。作者对这个人物写得很有深度和创意。作者笔下的这位主持一个行政村几十年党政事务的人物,因村子在深山,与外界联系少,故一直按照世代的规矩去做人,使村庄按照原有的传统去运转。他没有想到,山外的世界此时已经发生了翻天覆地的变化,当他走出他熟悉的山村之后,他突然对外界有了很大的不适应,对很多事情不明白、不知道,甚至对在山外县城工作的儿子和在省城读书的女儿,也在心里生出了隔膜,不理解他们的行为和做法。外界的变化与他内心坚守的东西发生了冲突,这使他很震惊也很痛苦。他也正是在震惊和痛苦中走完了自己的余生,与这个世界做了告别。作者笔下的这个人物,与近些年表现乡村生活的小说中写到的村支部书记,已经完全不同,与那些或是专权,或是霸道,或是贪腐的官员形象完全不一样。他是作者创造出来的一个独特的、极富个性的人物。这个人物形象，是作者对乡村文学人物画廊的一个贡献。

这部书通过对杨节胜家走出山外的几个孩子人生的描述，对山外政商两界的生活进行了精彩的展示。杨节胜的大儿子因从军做到了正师级军官，然后转业到省城省委机关工作，开始与省委领导打交道。他在同一时间要去接受两位省委副书记的接见，那种先去见谁的左右为难，读来令人感慨不已。杨节胜的二儿子在县政府的交通局当局长，在县级权力机关如鱼得水。他在处理情人与妻子关系时的从容与尴尬，在批准所掌握经费时的随意与无忌，让我们看到了县级官场的一种真实样貌。女儿读大学时结交了外国朋友，开始介入神山谷风景区的商业旅游开发，她在带外国男友回乡时听到的责难、在寻求批准开发时的遭遇到的困难，让我们看到了现代商业在向农耕社会延伸扩展时的图景。作者写乡村，没有把笔仅局限在乡村，而是延伸到了乡村之外，写到了县城和省城的官场和商界，触及了省委机关人际关系的微妙之处，触及了县政府机关干部的贪腐之景，触及了旅游景区商业开发的艰难之状，从而展示了更广阔的当代社会生活画面。

这部书在故事上的最精彩设计，是两次大修由山村通往外界的道路。第一次修路时，他们靠的是自己的双手，是杨节胜带领全村的男女老少齐上阵，用镐头和铁锹，用炸药和石头，硬是修通了通往山外的简易路。随着交通工具的变化，原来可供人和非机动车行走的道路需要扩宽和硬化，这就开始了第二次修路。这一次修路自然需要经费、机械和人力，不像第一次修路那样简单，尤其是修路经费的申请与批准并不容易。作者通过这两次修路，把社会和人心的变化写了出来，把人们当下的精神状态写了出来。作者下笔写的是一个山村的修路史，其实是在写这个村庄的发展史，是在写皖南乡村的乡风演进史，是在写中国乡村人心和道德的变化史。路在书中变成了一个象征物，象征着乡村人对幸福生活的追求，象征着人们对未来生活的希冀。修路，其实是乡村农人在为未来的幸福奋斗。

中国的乡村生活，好多代中国作家都在写。中国的乡土文学，在整个中国的文学版图中，占着相当重要的位置。每一代乡土文学作家，都在用文学的手段，表达着自己对乡土生活的认识和理解，表达着自己对乡土的热爱和深情。到了陈先平这一代作家，中国乡村生活的变化空前，乡村居住人数的减少、男女两性之比的增大、村民种粮热情的降低、情爱观念的更新、民主诉求的增加，这都是过去没有过的。也因此，他们这一代作家要用文学去表现这种变化，是需要功力的。陈先平用他的努力，拿出了《天堂无路》这份答卷，愿他的辛苦劳作，能得到读者们的认可！

摄影至境在于美

——读陈钢的摄影展览作品

陈钢是我军校的同学。他入伍后没多久，就开始在搞新闻摄影工作的同时，爱上了摄影艺术。待他考上西安政治学院，与我同窗学习时，他在摄影艺术上其实已很有造就，但他为人低调，很少向同学们说起这个，故我也并不知道他的这个爱好和他在摄影艺术上的造诣。毕业之后，他在云南、贵州的军营里当校官、当将官，我在北方的乡间和城市里摆弄文字，和他联系很少，不知道他对摄影艺术的追求并没有停止。直到前不久的一天，他从遥远的昆明打电话说，他想发一些他拍摄的预备在贵阳展览的照片让我看看。我漫不经心地应了一声，以为看到的会是一个退休后的老兵用照相机拍到的一些旅游景观，未料打开邮件一看，看到的竟是一批精美的摄影艺术作品。这让我大吃一惊，于是就想把自己观看这批作品的感受说出来，与观众朋友们做个交流。

一般人都知道，年轻的摄影艺术与古老的绘画艺术有很多不同，但我认为，他们在有一个方面却非常相同，那就是留住稍纵即逝的美，将美的场景定格下来。摄影艺术家和画家的创作环境和创作方式有很多不同,但我觉得,他们的责任其实相通,那就是为世人提供直观的审美对象。人生是一个充满烦恼和痛苦的过程,为了使人们在享受完不多的快乐和幸福之后还能有信心走过人生全程,就需要艺术家们来创造美的艺术品,让人们在对美的欣赏中,觉出人间的美好,从而由烦恼和痛苦的当下生活中挣出身来,对未来生出新的希冀。我想,这就是摄影艺术存在和发展的真正原因。当然,这只是我的一家之言。

我个人感到,陈钢这次展出的摄影作品,发现和呈现了世间的三种美:其一,是军人的阳刚之美。阳刚美,是中国先人在审美上提出的一个重要概念,是指一种雄伟、威武、径直、壮丽的美的类型,与阴柔美正好相对。这种美在人身上的体现,就是男性身上的那种强悍、果断、无惧、顶天立地的劲头和精神。而军人身上,这种阳刚美往往表现得更清晰更突出。你看陈钢镜头下的那些男军人,要么雄立在坦克上一脸红土、冷言远望,要么呐喊冲刺、一脸倔气,要么持枪站立、汗如雨下,要么扬脸吼叫、全心投入拔河比赛,要么在头上敲碎玻璃瓶子和砖块,要么身挎几支冲锋枪大步越野跑步,要么在铁丝网下匍匐前进,要么在火光、硝烟里格斗,要么举着圆木训练臂力。那一个个人物身上,都洋溢着一种浓烈的阳刚美。这种美能让观看的人心跳慢慢加快,血流渐渐加速,豪气开始升高,胸腹开始发热,并有一种要做点什么的冲动和快感生出来。这就是审美的力量!别看这只是一些艺术照片,但在经过审美发酵之后,它们会悄无声息地在观众心里演变为对我们军队的信任、对国家安全的信心、对民族未来的希冀。

其二,是人文创造之美。人类自诞生之后,就开始了各种创造活动,这些创造活动既改善了人类的生存环境和生活质量,也给大地上增添了许多人文景观,扮靓了地球,成为人类文化发展的印迹。这种人文创造所产生的美,应该通过画家的笔和摄影家的镜头保存下来。陈钢意识到了自己的这种责任,注意将镜头对准这种文化创造的过程和结果。在他这次展出的作品中,有对古老的建筑门楼、雕饰重檐、瓦屋屋顶、天井、窗户的凝视,让人们窥见了中国西南地区传统民居的设计建造之美;也有对少数民族蒙鼓过程和击鼓奏乐起舞场景的展示,让观众看到了少数民族地区人们的娱乐生活之美;还有对城市居民迁走一棵大树过程的记录和对周围建筑物变化的呈现,让观众看到了人们既追求现代生活也注意保护传统环境的美好心愿。人类在不断用自己的双手,去创造更加新颖、更加美好的生活资料和活动环境,这种创造之美在陈钢的镜头里得到了保存,既给我们提供了审美愉悦,也为人类文化创造留下了珍贵的史料。

其三,是天造自然之美。我们今天看到的大自然景观,是地球经过多少万年的演化才形成的,其中有许多美景真像是经过"鬼斧""神工"的修造。寻找自然之美一直是人类在做的事情,无数的自然地质公园就是这样产生的。陈钢作为一个摄影艺术家,更有这种自觉,他这次展出的作品中,就有一批作品是专门呈现天造自然之美的。其中,有俯瞰金沙江大转弯的作品,呈现了一种神奇浩渺之美;有远眺白马雪山的作品,呈现了一种遗世独立之美;有仰观南诏奇云的作品,呈现了一种缥缈奇幻之美;有俯视黄河身姿的作品,呈现了一种巨龙卧地随时可飞的雄浑之美；有远观秦岭、横断山的作品，呈现了一种峻厉峭拔之美。我们随着他的镜头去看山、看水、看雪、看树、看云、看大地，会沉浸在一种审美的快感里，会惊叹大自然造物之神奇，会不由得对大自然生出一种敬畏。

陈钢的主业是当将军，抓军队建设，摄影艺术只是他的业余爱好，但他把业余爱好做到这样专业的程度，的确让人惊喜。作为他的战友，我真诚地为他感到高兴。仅仅看他这次展出的作品，我们就知道，他能在摄影艺术领域获得今天的成就，是付出了很多心血和汗水的。那些关于人、关于物、关于山、关于水、关于云的美丽镜头，没有一个是轻易得来的，它们都是需要经过艰难的案头准备，再经过跋山涉水寻找，再经过餐风露宿的耐心等待，才拍摄到的。这种创作和其他类型的艺术创作一样，没有身心的深沉投入，想成功是不可能的。作为同搞创作的朋友，我祝他今后能创作出更多更美的作品，奉献给观众。

书人　书会　书魂

——原创方言剧《老街》观后

在茫茫中原大地上，一条斑斑驳驳的老街、一片残雪覆盖的麦地、一群坚守书会的艺人、一曲传唱 700 多年的乡音，又把我带回那个难以忘怀的年代，带回我魂牵梦绕的故乡。这是河南省歌舞演艺集团在成功演出大型方言剧《老汤》之后，又倾力排演的一台独具中原地域文化特色的原汁原味的方言剧《老街》，这台由王宏编剧、宫晓东执导，由著名曲艺表演艺术家范军主演的新戏，让我沉浸在了浓浓的乡音、乡韵、乡情之中。

在我们豫南乡间，在那个连饭都吃不饱的年代，村子里哪能出得起大价钱唱大戏？都是在农闲的时候请来唱坠子的、唱河洛大鼓的、说评书弹三弦的艺人来上一段，花钱不多收益甚大，村子里到处都充盈着悠扬的曲调和悦耳的丝竹声，自然也洋溢着乡亲们获得了艺术享受之后的笑声。说实在的，我就是看着家乡的曲艺表演、听着耐人寻味的小曲儿长大的。这台原创方言剧《老街》，把我少年时代喜欢的马街书会以崭新的艺术样式成功地搬上了戏剧大舞台，让这个生于民间、长于民间、传承于民间的草根艺术，风风光光地登上了大雅之堂,这确是一件幸事和喜事。

河南宝丰马街书会诞生于元朝延祐年间(公元 1315 年),至今已有 700 多年的历史,它历经战乱而不衰,饱受灾荒而不断。岁月更替,社会变迁,沧桑沉浮,书会一直生存着、延续着。只要平原上的树活着、人活着,书会就活着。它的强悍的生命力究竟在哪里? 这台《老街》告诉我们:就在一代又一代曲艺人身上,就在中原这块大地上,就在普普通通的百姓心里。

该剧以马街书会为主线,艺术地呈现了各个不同历史时期中原民间老艺人的苦难遭遇与命运的多舛,诠释了一代老艺人对曲艺艺术的坚守、对民族文化的担当、对天地良知的呵护。成功地塑造了七岁红这个有着大情怀、大志向、大追求,敢作敢为、敢于担当的人物形象。他虽然生活在社会的最底层,但他却行走在精神的高处,他为着艺术,为着心中的曲儿,同时也是为着自己的生存,一生都在不可为中求可为,在不可能中求可能,在不完美中求完美。在外人看来,他是一个不可思议、不识时务的人,但他认为这才是有意味的生活,才是他追求的人生价值。

剧中很有深度地展现了七岁红在人生境遇中做到的四个坚守:

一是他在苦难中的坚守。他从小失去父母,是个苦命的孩子,跟随师傅学艺,常年流落在外,过早地饱尝了人世间的苦痛与不公;青年时代又失去了情投意合的恋人,身心受到沉重打击;"文革"时期又被打成"黑五类",失去了做曲艺人的资格;好容易熬到了改革开放,他又面临从未有的困难和问题。但他心中的念想始终没有变,他执着于艺术的那股韧劲始终没有泄,他追求的大目标始终没有改,他依然沉静地生活在自己的艺术中,生活在理想的精神世界里。

二是他在各种压力面前的坚守。压力首先来自曲艺队伍的变化与萎缩。老一代曲艺人相继过世,新一代曲艺人成长不起来,有成就的曲艺人有的改了行或下海经商。人心难聚到一起,队伍难拢到一起。面对诸多的难,他选择了坚守,选择了迎难而上。他首先从家庭成员做起,从身边人做起,从一切能够争取的力量做起,尽最大努力把曲艺人才留住,把曲艺的根保住。其次有来自社会的压力。时代进步了,生活富裕了,人民群众对曲艺的要求高了。在新的矛盾面前,他选择了在精益求精中去适应、去满足,在创新创造中去坚守。

三是他在商品经济大潮冲击中的坚守。在突飞猛进的信息时代、网络时代,民族艺术、本土艺术受到前所未有的冲击。如何在严峻的现实中求得曲艺的生存与发展,这是时代向曲艺人提出的新课题。七岁红在极度焦虑与困惑的心灵挣扎中,依然选择了坚守。他拿出自己一生的积蓄办书会,他汇集各方的英才办大赛,他出资请人办培训班,他为曲艺艺术尽一切所能办实事。

四是他在众多"不理解"中的坚守。一个人做到无愧容易,做到无怨难。剧中七岁红偏偏把无怨做得彻底,做得无可挑剔,做得感天动地。面对眼花缭乱的大千世界,面对各种利益与诱惑,当有的曲艺人放弃的时候,他选择了坚守;当曲艺人遭冷落受歧视的时候,他选择了坚守;当亲人要与他割舍亲情的时候,他选择了坚守;当延续 700 年的书会处于低谷的时候,他选择了坚守。

看这台戏，最让我惊喜的，是范军对七岁红这个艺术形象的舞台呈现，真可谓出神入化、鲜活生动、光彩照人。他全身心地投入对这个人物的塑造之中，把人物情感和心理层次演绎得细致入微、张弛适度、游刃有余，既有大江东去的磅礴，又不失小桥流水的婉约，既有叱咤风云的一腔豪情，又有一轮明月照庭院的柔情。人物的爱与恨、苦与乐、悲与喜，都巧妙地融入七岁红一生的寻梦、筑梦、圆梦之中。一场场剧情、一幕幕场景，强烈地牵动着观众的情感，震撼着观众的心灵。范军塑造的七岁红，为戏曲舞台又增添了一个曲艺人的光辉形象。剧中曲儿、浪八圈、算破天、满口春、小凤、豆豆等舞台人物，一个个都性格鲜明、各有特色，有力地烘托了主题指向和剧情推进。

《老街》把一个大主题、大背景、大场面，与一个老艺人的命运、马街书会的命运，乃至一个民族的命运，叠加在一起、融合在一起，形成了一股强劲的合力，既全景式地再现了当年马街书会的盛况，又很有层次、很有意味地展现了大平原上的芸芸众生和世间百态，构成了一副色彩绚丽的中原风俗画。剧中大场面中穿插小场面，小场面中又有大场面，场面与时空的转换，拓展了表演空间，强化了舞台张力。全剧紧扣七岁红一家三代人的心灵纠结、情感纠结与志向纠结，深化了矛盾冲突，收到了"以小见大、以平见奇"的艺术效果。

具有鲜明地域文化特色的方言和优美质朴的曲艺旋律、曲艺唱段，转化为令人耳目一新的舞台艺术样式，拉近了历史与现实的距离、舞台与生活的距离、演员与观众的距离，非常生活化、世俗化，同时又很时尚化，给人以身临其境的现场感、亲切感，强化了该剧思想与情感的渗透力和艺术感染力。《老街》让我又一次领略到中原文化的博大精深与异彩纷呈,领略到一代中原曲艺人的生命韧性与精神高度。愿《老街》这样的方言剧,创作道路越走越宽广,愿中华大地上光耀着永恒的民族书魂。

可贵的坚守

——读虹影散文集《兵心虹影》

　　为虹影的新书《兵心虹影》写这些文字时，她已经结束了32年的军旅生涯，根据国家和军队改革的需要，随公安边防部队整体转隶国家移民管理局，成为一名人民警察。很遗憾，我没有看到她穿军装的样子。她说，她也很遗憾，她一直想穿着军装给我敬军旅生涯最后一个军礼，但没能实现，因为在此之前，我们还算不上正式认识。

　　其实，我们有过很多次相识的机会。我和虹影都曾服役于济南军区，都是河南人，后来她又调入北京，我们都是居京的河南老乡。我们有共同的老师和朋友，如南丁、二月河、李佩甫等等。但阴差阳错，一直到我提笔写这些文字，也没见过虹影本人，只是从她的作品中感受和了解她。

　　据虹影说，我们是有过一面之缘的。那是2013年中国作协八代会期间，有一次我去看望南丁老师，在南丁老师房间门口与虹影邂逅，我进去时她出来，我不认识她，但她认识我，她说她当时没有勇气上前介绍自己，觉得那样太冒昧。据虹影说，还有那么两次，是南丁老师在北京住院期间,虹影过去送东西,南丁老师告诉她:"大新刚走。"就这么失之交臂。

《兵心虹影》是虹影的第四本散文集,她之前的3本散文集的序言是南丁老师和刘震云、李佩甫先生写的,他们都是我的朋友,她将第四本散文集写序的任务交给了我,我应该努力完成。

尽管虹影已经有了32年兵龄,肩上也扛着两个四星的大校军衔,但在我眼中,她还是个新兵。我当兵时她刚刚出生,我上前线发表作品时,她刚上小学。但因为有着共同的军旅人生的体验,且都来自中原大地,所以从她的作品中,我依然能够读到跨越年龄和阅历的东西,找到心灵的共振点。从《煤油灯》《潮湿的记忆》《永远的回眸》中,我读出了她对故乡的回望和对家乡的深情,这里有我熟悉的乡风乡俗,也有与我相同的乡情与乡愁。从《愿将所有的灿烂留给你》《深山里的八一》《生命的驿站》《墨香岁月》《邂逅白毛风》中,我读出了她置身军营的人生体验和与我相同的深厚军旅情结。

虹影在当兵第二年就开始发表作品了。当时她身处野战部队,工作和训练强度都很大,一开始不知道身为小兵的她是怎么处理工作、训练与写作关系的,读到《与文字相依而行》一文,我找到了答案:"身处军营,能够归自己支配的时间少之又少,工作,学习,训练。但再忙再苦再累,我也没有停下手中的笔,其他时间挤不出来,我就压缩自己少得可怜的睡眠时间,熄灯后用被子蒙了头打着手电写,等大家都睡了悄悄起身躲到厕所里写。"

虹影能做到笔耕不辍,我想首先源于她对文学的挚爱。正是这份挚爱使她无论遇到什么困难也坚持着创作。执着于文学创作是需要有定力的。在现今多元化的社会中，文学并不是一个能给人带来立竿见影的现实效益的东西，爬格子的辛苦和清苦，使许多人弃它而去，能够坚守下来的都是真的热爱。更何况虹影在单位也担任着领导职务，在世俗的眼中，那个光环是可以盖过文学的。但虹影一直坚守着文学的阵地，辛勤耕耘。虹影的文集里，有多处提及文学带给她的感觉，她写道："并不是因为文字能带来荣耀和让自己获得更美好的物质生活，而是一种精神层面的享受，是很纯粹的离不开，像必不可少的氧气一般……我在码字中成长，在写稿中快乐，自己笔下流淌出的文字，是自己心血与汗水的结晶，她们像亲人般与我不离不弃，她们是我人生温馨和温暖的陪伴。"她写道："文学于我而言，就像一粒种子，我愿意播种下去，让它膨胀、发芽，顶起土层的重负，在大地上摇起一面绿色的小旗。"她写道："文学，始终是我生命里的一扇窗，我用它来给身体换气，给灵魂以抚慰，是我生活中小小的快乐，也是我重要的精神支撑。"她写道："在文字的温暖中，我慢慢地健全着自己，为文的时刻，不由自主会全身心地投入，外人看来这确实很苦、很累。然而，正因为苦和累，一点点提升了自己的思维能力和思想水平，培养了自己发现问题、研究问题、分析认识问题的能力，提高了自身认识新事物、新动向的能力。就这样循着码字的脚步，我对人生的更深一个层面有了认知和把握，我开始理解现实表层下的内核。这样的改变不仅仅让文字有了力量，更让我对未来有了更宏远的理解。更重要的一点，为文的日子不仅让我学会了思考，还让我拥有了情怀，拥有了对生命的责任感。从这里，我看到了自己的成长，也看到了文字的美好。"

虹影能做到笔耕不辍,也与她的感情丰沛且愿意用文字表达自己的感情有关。感情丰沛是从事文学创作的一个重要素质要求,也只有一个充满感情的人才会在文学这条路上长期走下去。感情丰沛的她在写作时,会不知不觉把她的感情注入字里行间,如她写的缅怀系列《冲在最前面》《青春不朽》《以母亲的名义》《还未相识已成背影》等等,充满对逝去战友的疼惜,每一个字都是发自肺腑,每一份感情都是自心底流出,令人读了为之动容。

虹影能做到笔耕不辍,也和她有一个幸福的家庭有关。虹影的文字有一部分是写给爱人的。文字里充满了对丈夫的深情。在《身边有双比翼的翅》中虹影写道:"高强度的工作节奏并没有磨砺掉心头的柔情,我常常庆幸并感动于在异乡,在每天辛勤工作、疲于奔命的日子里,我们还拥有真诚和热烈的惦念、珍惜与关怀。"在《你在就是家》一文中她写道:"感谢在茫茫人海中,你能选中颜值不高的我作为陪你一生的人,感恩这么多年的日子流过,你依然毫不厌倦地与我相依相守,感慨这么多年的风风雨雨,当我遇到困难时,你都用一份担当和关怀提醒着我:不用怕,有我在。帮我挺直腰杆,为我,为我们家撑起一片天。"

虹影笔耕不辍,还与军营这块沃土对她的滋养有关。她在《向您敬礼,永不礼毕》一文中写道:"32 年的时光,一万多个日夜,几乎占据了我的大半个人生,从天远地偏的深山军营,到人才济济的军官摇篮,从解放军到武警部队,从基层到机关,军营成就了我,我以百倍的忠诚和丰硕回报,愿意为它赴汤蹈火。"身为戎装女性,虹影还有很深厚的英雄主义情结:"当我们的人生坐标与绿色相连,就不可避免地选择了与风雨为伴，与艰难为伍，与危险相随。"

虹影笔耕不辍，更与她对这身军装的热爱有关。她在《向您敬礼，永不礼毕》中还写道："从军32年，有过许多次告别，从没有哪次这般艰难！这身军装，这身穿了32年的军装，随着部队的整体转隶，脱下，进入倒计时。有人说，军装是军人的皮肤，脱下，就好比扒层皮，真脱下，比扒皮还痛！扒皮，痛的是身，脱下，心身俱痛！

"有人说生命的每种色彩都值得重温，32年来，我只钟情于绿色。走在街头，目睹青春年少女孩穿着轻柔漂亮的时装，背着花花绿绿的小包，飘然而至匆匆而过，比起她们，我的青春只是单一的绿，也会羡慕，但从不遗憾，身上的橄榄绿，是最普通的颜色，但这份普通却给我的人生留下不普通的印记。"

我接触的女作家中，能坚守写作这块阵地，同时又能协调处理好工作、家庭包括和周围人关系的不是很多，但虹影是其中之一。我听说在单位的年度考核中，十几年来她一直是优秀，即使到了师职领导岗位上，民主测评也一直名列前茅。这很不容易。我想，除了虹影的敬业和能力外，这也体现了她真诚善良的为人处世观。在虹影的文字中，她对亲情的呵护、对友情的珍惜、对爱人和孩子的在乎、对战友的关怀，处处尽显。

虹影的文字是接地气的。文集中所有的文字，都来自生活。她是个生活中的有心人，走过的路、接触过的人、经历过的事情，许多都变成了她笔下的文字。她的《没有熬不亮的天》写的是她与小区门口卖菜的阿姨之间的友谊，及她从阿姨身上所获得的人生启示和感悟；《长大后我没能成为你》写的是对小学老师的怀念；《马小宝轶事》是写与一个学龄前孩子的忘年交;《一座城半生缘》是写她对生活 20 多年的城市郑州的感情。

今年是虹影人生重大转折的一年,她的军旅人生画上了句号。她说,这本文集的所有作品都是穿军装时写下的,这本书也是对军旅人生的一份纪念。军旅的终点,也是人生新的起点;告别,是为了遇见更好的自己。在这里,我也深深祝福虹影,在新的起点上依然能够保持对文学的挚爱和坚守。

前辈的风采

——读《灿烂如夏花》

　　杜之祥的传记作品《灿烂如夏花》中的传主李文放女士，是我非常尊敬的革命前辈。在她生前，我曾和他的儿子——我的军校同学贾雪阳将军一起，去看望过她一次。她托雪阳送我的秦篆书法作品，至今还悬挂在我的书房里。

　　百年以来，无数的先辈志士前仆后继、披荆斩棘，为了中国的光明未来和人民的幸福生活或抛头颅洒热血，或兢兢业业奉献一生，展现出了矢志不渝、英勇无畏、艰苦奋斗的精神品质和充满魅力的人格形象。李文放正是一位这样的革命女战士，她不是家喻户晓的英雄人物，也不是叱咤一生的风云人物，平凡而非凡、普通而特别，她长达68年的革命征程充满了枪林弹雨中生与死的考验、社会主义建设中血与火的奋进，她是党的光辉历史发展进程的亲历者、参与者、见证者。读完这部传记书稿，我深感她的故事传奇而精彩，她的形象美丽而纯净，她的精神崇高而感人。我愿意在这里写下一个晚辈的感动、崇敬和追思。

　　1924年，李文放出生在长江边的一个富裕商人家庭，小小年纪就接受了来自兄长和老师的革命启蒙。面对国民党高官之子的纠缠、逼婚,13岁的她不畏权贵,敢于以死抗争。她在进步人士的帮助下逃往重庆,并以她所崇拜的马克思主办的《莱茵报》为灵感,给自己改名为莱茵,向往革命、追求进步。14岁的李文放心怀抗日救国的理想,在重庆加入八路军并奔赴向往已久的革命圣地延安,在革命的大熔炉中逐渐淬炼成了一名坚定的共产主义者。在长达68年的南征北战革命历程中,李文放经历了新中国成立,也遭遇了十年动乱,更迎来了改革开放,但无论面对什么样的环境和条件,无论面对怎样的个人得失,李文放都初心不改、激情常在,始终怀揣着对党的坚定信仰、对祖国和人民的深切热爱,坚定、坚守、坚持始终贯穿着她为党和国家奋斗的灿烂一生。

李文放是革命者,同时也是专业精深的古文字学者、书法家。1946年,李文放随部队挺进东北,看到日本出版的《秦篆碑法帖大观》,联想到我们的文化国宝被侵略者掠夺的屈辱历史,以当时并不多见的文化自觉,立志要"复兴秦篆,重书秦碑",抢救文化国宝以扬国威。新中国成立后,李文放把工作之余的所有时间和精力都放到了当时国内研究基本是空白的秦篆上。她克服在战争中双耳失聪的痛苦,一有空就扎进图书馆、博物馆,痴迷而执着地查阅资料、研习碑帖。被丈夫笑称为"三不"——不记人、不记事、不记路——的李文放,却清楚而准确地记得,某条篆文资料出自何处,某部典籍藏于哪家图书馆,古代篆书大家的姓名著述,秦七刻石的源流,等等,被学界称为"篆文活字典"。1979年,国家百废待兴之际,文化部决定正式成立中国秦篆研究组,李文放成了擎旗领军的不二人选。她带着专家学者白手起家，最终重书秦七刻石，还主编了被称为"奇书"的《中华篆文大字典》，实现了她"抢救国宝扬国威"的理想。同时，李文放还在飞白篆书和甲骨文的书法艺术上有很深的造诣，在海内外享有盛誉。

2006年，82岁高龄的李文放重回延安，重走自己刚刚参加革命时的道路。往昔的场景历历在目。而当初年少稚嫩的小莱茵已经满头银发，青春不再，但是无论岁月怎样流逝，始终不变的是她对党、对国家的纯粹真心。李文放称重回延安是自己的充电加油之旅，从延安回京后，干劲十足的她计划再大干一场。但在年底，李文放不幸摔倒引发并发症，抢救无效，憾别人世。

在个人的奋斗历程中，李文放充分展现了不怕苦、不怕难，迎难而上、勇于拼搏的可贵精神品质。在东北时担任战地记者在战火中穿梭，在香港时顶着特务眼线遍布的压力进行统战工作，不畏艰难主动参与海南的公路修建，克服各种困难学习钻研秦篆……李文放在面对各种困难、面临各种困境时从不畏惧，也从不退缩，而是迎难而上，发扬个人顽强拼搏、积极进取的精神品质，将辛苦咀嚼、咽下，在汗水中结出硕果，收获灿烂。

阅读李文放的人生传记，回望李文放充满激情的人生历程，细品她无限深沉的家国情怀、无比坚定的理想信仰，泰戈尔那句"生如夏花之绚烂，死若秋叶之静美"，真是契合她传奇的革命一生。我理解，也正是有无数像李文放一样的先辈、志士，在理想信念的感召下，源源不断汇入为党的伟大事业奋斗终身的火热浪潮之中，才铸就了百年党史的灿烂荣光，才使我们的祖国有了美好的今天。

剪纸之艺

——读赵聚德的剪纸作品

　　剪纸，是中国民间的一种传统艺术。它属于一种镂空艺术创造，通过剪子对纸张的剪裁，给人带来视觉上的惊喜，让人得到透空的感觉愉悦和艺术享受。一把剪刀、一张纸，经过民间剪纸艺术家的一双巧手，很短的时间里，就会有一件惟妙惟肖的镂空艺术品出现在人们眼前，这确实非常神奇。

　　这种艺术形式是在纸张被创造出来之后开始出现的。我国最早的五幅团花剪纸作品，是在新疆吐鲁番火焰山附近出土发现的，属于北朝时期的作品。剪纸艺术到了唐代，有了更大的发展空间，也更趋成熟，杜甫的诗中已有了"暖汤濯我足，剪纸招我魂"的句子。现藏于大英博物馆里的唐代剪纸，其工艺已经达到很高的水平。

　　在我的故乡河南南阳，乡间会剪纸的艺人很多。过去，逢年过节，婚庆喜日，剪纸艺人们会用自己的一双巧手，剪出一幅幅精美的作品，或窗花、墙花、灯花，或娃娃、葫芦、莲蓬，或家禽家畜，或瓜果鱼虫，贴在墙上、窗上、门上、灯笼上，喜庆的气氛便被渲染得更加浓郁。

在南阳当代的剪纸艺人中,生长在方城县博望镇的赵聚德是最为杰出的一位。赵聚德的母亲擅长剪纸,经常用剪刀和红纸为乡亲们剪小孩的虎头鞋样和小兜肚样子,那些趣味横生的图案,让少时的赵聚德觉得很有意思,就也慢慢喜欢上了这一行。从十几岁时起,他开始从母亲的针线筐里拿出剪刀,找一些红纸片学着剪起窗花来。一来二去,手中的窗花就越剪越灵巧漂亮。母亲和乡亲们的夸奖使他对剪纸艺术的兴味更足,他从此便一发而不可收,逐渐成为闻名四乡的剪纸艺人。如今,他在剪纸这个民间艺术的创作道路上,已走过了半个多世纪。

赵聚德的剪纸作品,在题材上特别丰富。既有对虫鱼牛马虎豹等动物形象的刻画,也有对花朵、荷叶、庄稼谷物等植物形态的表现,还有对人物和人物的活动场景的描摹。他在继承传统技艺的基础上,还大但创新,开始对村里人忙碌种地的景象进行表现,把校园里少先队员宣誓升国旗的场景也收到了作品里。他曾剪出 2 008 只造型各异的老虎迎接 2008 年奥运会的召开,剪出《百牛图》迎接 2012 年全国农运会的举行,还剪出了系列抗战作品迎接抗战胜利 70 周年。

收在这本集子里的作品,是赵聚德这些年创作成果的一次展示。从这些作品中,我们能看出他的剪纸艺术水准,看出他在这项艺术领域里所进行的探索。我们相信,凭着他对剪纸艺术的那股执着精神,他今后在剪纸艺术道路上,还会走出更远的距离,取得更多的成果,获得更高的艺术造诣。

我和他的许多乡亲一样,都对他怀着新的企望。

玉兰花香扑鼻来

——读长篇小说《月印京西》

　　王锦秋是与我生活在同一个院子里的战友。他当年由解放军艺术学院文学系毕业后，没能从事专业创作，但他对文学的那份痴情不改，常把业余休息时间用来创作。2008 年，他出版了第一部长篇小说《雪落花开》，作品在当时获得了很大反响。2016 年，他出版了长篇报告文学《大国担当》，该书后来获得了"中国好书"年度奖。2018 年，他又推出了长篇小说《月印京西》（时代文艺出版社 2018 年 3 月版，《作家》杂志 2018 年第 5 期刊登），这部新作在艺术上又做了新的探索，我为他在文学上的新收获感到由衷的高兴。

　　《月印京西》的开篇是西非突发埃博拉疫情，为了防止疫情在更大范围内扩散，我国国内一所著名传染病医院"京西医院"临危受命，抽调专业防控队伍前往疫区进行援助。年已九十的医院院长白玉兰力排众议，起用了身世复杂的外籍病毒专家金玉春为队长，而此时她的女婿雷学武正接受纪委调查，外孙女雷新月隐蔽的恋情显露……几起令人颇感突兀的事件集中在一起，充满了悬念感。作者从容铺展文字，使一段段故事跌宕起伏，一个个人物跃然纸上。书中的每个人物的经历都围绕着这所医院的历史展开，都与白玉兰院长发生着关系。曾经的京西地下党组织负责人马青山、"病毒之子"柳原、为爱不惜一切的交际花沈玉婉、陷入权力欲和情欲的雷学武、私生女白云霓、身世奇特的金玉春……多个人物在作者的笔下奇妙而又合理地连接在一起，成为白玉兰丰富人生经历中一个个片段景观，反映出动荡年代里人们相互交错的命运浮沉，也使白玉兰这个人物形象更加丰满。读完全书，这位老人已栩栩如生地站在我的眼前，她身上的那种人性之美，就如玉兰花一样，发散出一种沁人心脾的馨香。

王锦秋这部小说中人物的活动场景，所以选择在传染病医院，是因为他曾供职于国内某著名传染病医院。他在这所医院任职时的所见所闻，就成了他新的写作资源。这是他一直以来特别的优点，从不放过对自己所从事工作的文学化的思考和书写。我们在读这本小说时，会感受到作者对民国时期的传染病防控史料了然于胸，对新中国成立后我国防疫的情况很清楚，对援非抗埃的突发性国际安全事件非常熟悉。这部小说所表现的生活领域，是国内其他作家从未涉足的。他处理和表现此一领域生活的魄力和技艺，令我叹服；书中显露出的国际性的视野，以及无可置疑的专业常识，也令我惊奇不已。这是一个传奇传染病医院三段不同时期历史的展示，是一部四代人爱恨情仇交织的故事的演绎，也是作者丰富想象力和表现力的一次展现。

王锦秋在这部书中写的是传染病医院医护人员防止和抗击传染病的故事，表达的是一种深沉的家国情怀，抒发的是对人类生命的挚爱之情。人类自从在地球上诞生之后,为保证自己的繁衍发展,一直在与疾病尤其是传染病做着不懈的斗争。我们中华民族在华夏大地上繁衍生息以来,也一直在与疾病尤其是传染病做着坚决的斗争。王锦秋用他的这部小说,让我们重温了中华民族和整个人类与传染病做顽强抗击的历史,让我们感受到了人类对生命的那份珍爱意识,让我们体会到了中国人那种不屈不挠的进取精神。

王锦秋在这部小说里,对叙述语言也做了新的实验和探索。比如形容词的破例使用,又如名词的活用,再如在讲述不同人物的故事时,有意使用不同的语调,让人读了感受到了不同的韵味,显示出了作者驾驭文字的不凡本领。我在读这部书的过程中,在语言上的确获得了一种新的阅读享受,这也是我要向他特别表示祝贺的地方。

来读书吧

书

是祖先伟大的发明

最初记事只能结绳

有了它

才有了精神财富的世代传承

书

能有今天的面影

走过了艰难的旅程

有些年代

考生背上的竹简有几十斤重

书

是人类智慧的结晶

记载着前人的聪明

录下了今人的足音

预示着后人的处境

书中

有智者发出的预警

有文人的深沉吟诵

有史家记下的

不该忘却的情景

书中

有爱因斯坦的预言——黑洞和虫洞

有麦克斯韦的偏微分方程

有门捷列夫的化学原理

有写出了《算术研究》的高斯神童

书中

可以听见动听的鸟鸣

可以窥见宇宙中的恒星

还能看见

正开处方的张仲景

读书

会使我们不再懵懂

会使我们看见前行路上的陷阱

会使我们应对生活时

变得更加从容

读书

有可能让你成为社会精英

有可能提升你所在的社会阶层

更重要的是

会让你拥有独立思考的本领

读书

会知道自己在知识的拥有上远不是富翁

会明白面对自然界时要保持恭敬

会更真切地感到

我们需要去创造和发明

来读书吧

不管你是在校的学生

还是即将退休的老翁

阅读都会让你

心里充满激情

来读书吧

不管你是商界的大亨

还是乡间的牧童

阅读都会让你明白

爱在人间是多么贵重

来读书吧

沐浴着这温煦的春风

趁着我们气盛年轻

借着这图书馆开馆的时机

把更多的知识装进我们脑中

一本书打开一个世界

欢迎订购、合作

订购电话：0571-85153371

服务热线：0571-85152727

KEY- 可以文化

浙江文艺出版社

京东自营店

关注 KEY- 可以文化、浙江文艺出版社公众号，
及浙江文艺出版社京东自营店，随时获取最新图书资讯，
享受最优购书福利以及意想不到的作家惊喜